D0816033

Henri Arslanian

JE T'AI DONNÉ MON CŒUR

Tout d'abord secrétaire puis hôtesse de l'air, ce n'est qu'à la mort de son mari que Mary Higgins Clark se lance dans la rédaction de scripts pour la radio, puis de romans. Son premier ouvrage est une biographie de George Washington. Elle décide ensuite d'écrire un roman à suspense, *La Maison du guet*, qui devient son premier best-seller. Encouragée par ce succès, elle continue à écrire tout en s'occupant de ses enfants. En 1980, *La Nuit du renard* obtient le Grand Prix de littérature policière. Mary Higgins Clark prend alors son rythme de croisière et publie un titre par an, toujours accueilli avec le même succès par le public. Elle est traduite dans le monde entier et plusieurs de ses romans ont été adaptés pour la télévision. Depuis quelques années, elle cosigne des ouvrages avec l'une de ses filles, Carol Higgins Clark, qui mène par ailleurs sa propre carrière d'écrivain.

MARY HIGGINS CLARK

Je t'ai donné mon cœur

ROMAN TRADUIT DE L'ANGLAIS (ÉTATS-UNIS) PAR ANNE DAMOUR

ALBIN MICHEL

Titre original :

JUST TAKE MY HEART
Publié en accord avec l'éditeur original Simon & Schuster,
Inc., New York.

Pour John Conheeney,
mon admirable mari,
et nos merveilleux enfants et petits-enfants,
avec tout mon amour.

excellent roman !
Passionant d'un bout
à l'autre !

1

C'était le pressentiment d'un drame imminent et non le vent du nord-est qui avait poussé Natalie à regagner le New Jersey dès la première heure ce lundi-là. Elle avait espéré trouver refuge dans la confortable maison de Cape Cod, qui avait jadis appartenu à sa grand-mère et dont elle était aujourd'hui propriétaire, mais la neige fondue qui frappait les carreaux n'avait fait qu'accroître la terreur qui s'était peu à peu emparée d'elle. Et, lorsqu'une panne de courant avait plongé la maison dans l'obscurité, elle était restée étendue sur son lit, immobile, certaine que chacun des bruits qu'elle croyait entende provenait d'un intrus.

Quinze ans après le drame, elle était convaincue d'avoir découvert par hasard l'identité de celui qui avait étranglé son amie Jamie, à l'époque où elles étaient toutes les deux de jeunes actrices débutantes. Et il *sait* que je sais, pensa-t-elle, je l'ai vu dans ses yeux.

Le vendredi soir, il était venu avec un groupe d'amis à la dernière représentation d'*Un tramway nommé Désir,* à l'Omega Playhouse. Elle jouait Blanche

DuBois, le rôle le plus difficile de sa carrière, qui lui avait apporté le plus de satisfaction. Les critiques avaient été élogieuses à son égard, mais la pièce l'avait épuisée sur le plan émotionnel. Exténuée, elle avait failli ne pas répondre au coup frappé à la porte de sa loge. Mais elle avait fini par ouvrir, et ils s'étaient tous pressés autour d'elle pour la féliciter – soudain, elle l'avait reconnu. Il approchait de la cinquantaine aujourd'hui, son visage s'était empâté, mais c'était bien l'homme dont la photo avait disparu du portefeuille de Jamie quand on avait retrouvé son corps. Jamie s'était toujours montrée très mystérieuse à son sujet, elle l'appelait Jess, disait que c'était le « petit nom » qu'elle lui donnait.

J'ai été tellement stupéfaite quand on nous a présentés que je l'ai appelé « Jess », se souvint Natalie. Tout le monde parlait à la fois, je suis certaine que personne ne l'a remarqué. Mais *lui* m'a entendue prononcer son nom.

À qui se confier ? Qui me croirait ? Ma parole contre la sienne ? Mon souvenir d'une petite photo cachée dans le portefeuille de Jamie ? C'est par hasard que je l'avais découverte. Elle m'avait demandé de lui prêter ma carte Visa et j'avais besoin de la récupérer. Elle était sous la douche et m'avait dit de la reprendre dans son portefeuille. C'est alors que j'avais vu la photo, glissée sous des cartes de crédit.

Jamie ne m'avait pas dit grand-chose à son propos, hormis qu'il avait vaguement essayé d'être comédien et qu'il était en train de divorcer. J'ai tenté de la

10

persuader que c'était une histoire vieille comme le monde, se souvint Natalie, mais elle ne m'écoutait pas. Les deux jeunes femmes partageaient un appartement dans le West Side jusqu'à ce funeste matin où Jamie avait été étranglée alors qu'elle faisait du jogging dans Central Park. On avait retrouvé son portefeuille à côté d'elle, son argent et sa montre avaient disparu, ainsi que la photo de Jess. Je l'ai signalé aux policiers mais ils n'y ont pas prêté attention. Plusieurs agressions avaient eu lieu le même matin dans le parc et ils étaient sûrs que Jamie était une victime parmi les autres, bien qu'elle fût la seule à avoir perdu la vie.

Il était tombé des torrents d'eau durant la traversée de Rhode Island et du Connecticut, mais une fois sur la Palisades Parkway la pluie s'était peu à peu calmée. Plus loin, les routes étaient déjà sèches.

Se sentirait-elle en sûreté chez elle ? Elle n'en était pas certaine. Vingt ans plus tôt, devenue veuve, sa New-Yorkaise de mère avait vendu sans regret la maison et acheté un petit appartement près du Lincoln Center.

Il y avait un an, lorsque Natalie et Gregg s'étaient séparés, elle avait appris que la modeste maison où elle avait grandi, dans le nord du New Jersey, était à nouveau à vendre.

« Natalie, l'avait avertie sa mère, tu fais une grave erreur. Je pense que tu as tort de ne pas donner une seconde chance à ton mariage. Se réfugier à la maison n'a jamais été une solution pour personne. On ne recrée pas le passé. »

Natalie savait qu'elle n'avait aucune chance de faire comprendre à sa mère qu'elle ne pourrait jamais être la femme qui convenait à Gregg. « Je n'ai pas été loyale envers lui quand je l'ai épousé, dit-elle. Il lui fallait quelqu'un qui soit une vraie mère pour Katie. J'en suis incapable. L'année dernière je suis restée absente de la maison pendant six mois en tout. Cela ne peut pas marcher. Lorsque j'aurai quitté Manhattan, je suis persuadée qu'il comprendra que notre mariage est vraiment fini.

— Tu l'aimes toujours, avait insisté sa mère. Et lui t'aime aussi.

— Cela ne signifie pas que nous soyons faits l'un pour l'autre. »

Je sais que j'ai raison, pensa Natalie en avalant la boule qui restait coincée dans sa gorge chaque fois qu'elle se laissait aller à penser à Gregg. Elle aurait voulu pouvoir lui parler de ce qui s'était passé le vendredi soir. Que lui dirait-elle ? « Gregg, que dois-je faire ? Je sais qui a tué mon amie Jamie, mais je n'ai pas la moindre preuve pour étayer cette certitude. » Non, elle ne pouvait pas le mêler à tout ça. Il lui demanderait de revenir avec lui et elle risquait de céder à ses prières. Bien qu'elle lui ait menti en racontant qu'elle s'intéressait à un autre homme, les coups de téléphone de Gregg n'avaient pas cessé pour autant.

En quittant la route nationale pour s'engager dans Walnut Street, Natalie eut soudain envie d'un café. Elle avait roulé sans arrêt et il était huit heures moins le quart. À cette heure-là, en temps normal, elle en aurait déjà avalé deux tasses.

La plupart des maisons de Walnut Street à Closter avaient été démolies pour faire place à de nouvelles constructions de luxe. Natalie disait en plaisantant qu'aujourd'hui deux haies de deux mètres de haut s'élevaient de part et d'autre de sa maison, la mettant complètement à l'abri de ses voisins. Des années auparavant, il y avait d'un côté les Keene et de l'autre les Foley. À présent, elle ne connaissait même pas le nom des gens qui habitaient près de chez elle.

Une impression de danger la saisit au moment où elle s'engageait dans l'allée et actionnait la télécommande pour ouvrir la porte du garage. La voyant se relever, elle secoua la tête. Gregg avait raison de dire qu'elle s'identifiait à chacune des héroïnes qu'elle interprétait. Avant même le choc de sa rencontre avec Jess, elle avait les nerfs en pelote, tout comme Blanche DuBois.

Elle pénétra dans le garage, s'arrêta, mais sans raison particulière ne referma pas aussitôt la porte. Elle descendit de la voiture et, laissant la portière ouverte, entra directement dans la maison par la cuisine.

Deux mains gantées l'attirèrent à l'intérieur, la firent pivoter et la jetèrent à terre. Le heurt de sa tête contre le sol se répercuta dans son crâne en ondes douloureuses, mais elle eut le temps de voir qu'il portait un imperméable et des protège-chaussures en caoutchouc.

« Non ! cria-t-elle. *Pitié.* » Elle leva la main pour se protéger du pistolet qu'il pointait vers sa poitrine.

Le déclic du cran de sûreté répondit à sa prière.

2

À huit heures moins dix, ponctuelle comme à son habitude, Suzie Walsh quitta la Route 9W et prit la direction de la maison de sa patronne, Catherine Banks. Elle faisait le ménage depuis trente ans chez cette veuve de soixante-quinze ans, et arrivait à huit heures tous les matins pour repartir après le déjeuner, à treize heures tapantes.

Mordue de théâtre, Suzie s'était réjouie le jour où la célèbre actrice Natalie Raines avait acheté la maison voisine de celle de Mme Banks. Natalie était son actrice préférée. Deux semaines plus tôt, après l'avoir vue jouer lors d'une tournée exceptionnelle d'*Un tramway nommé Désir*, elle avait décrété que personne mieux qu'elle n'aurait su interpréter la fragile héroïne de la pièce, Blanche DuBois, pas même Vivien Leigh. Avec ses traits délicats, son corps svelte et sa cascade de cheveux blonds, Natalie était l'incarnation de Blanche.

Suzie n'avait jamais parlé à Natalie Raines. Elle espérait toujours tomber sur elle au supermarché, mais en vain. Chaque fois qu'elle arrivait à son travail le matin, ou qu'elle en repartait au début de l'après-midi, elle s'arrangeait pour passer devant la maison de l'actrice, s'obligeant à faire un détour avant de regagner la nationale.

Le lundi matin, Suzie faillit voir son rêve se réaliser. En longeant la maison de Natalie, elle la vit sortir de sa voiture. Elle poussa un soupir. La vue de son idole, même brève, suffisait à illuminer sa journée.

À une heure de l'après-midi, après un au revoir chaleureux à l'adresse de Mme Banks, munie d'une liste de courses pour le lendemain, Suzie monta dans sa voiture et fit marche arrière dans l'allée. Elle eut un moment d'hésitation. Elle n'avait pas une chance sur un million d'apercevoir la comédienne deux fois dans la même journée et, en outre, elle était fatiguée. Pourtant, cédant à l'habitude, elle bifurqua sur sa gauche et ralentit au moment où elle passait devant la maison voisine.

Elle pila. La porte du garage de Natalie Raines était relevée et la portière de sa voiture du côté conducteur ouverte comme le matin. Or elle n'était pas du genre à ne refermer ni son garage ni sa voiture. Je devrais peut-être m'occuper de mes affaires, pensa Suzie, mais c'est plus fort que moi.

Elle roula dans l'allée, s'arrêta et descendit. Hésitante, elle pénétra dans le garage. Il était étroit et elle dut repousser la portière du véhicule de la comédienne pour atteindre la porte de la cuisine. Elle comprit aussitôt qu'il y avait quelque chose d'anormal. Un rapide coup d'œil à la voiture lui avait suffi pour repérer un portefeuille sur le siège du passager et une valise sur le plancher, à l'arrière.

Elle frappa à la porte de la cuisine, attendit, puis, cédant à la curiosité, tourna la poignée. La porte n'était pas fermée à clé. Sachant qu'elle risquait d'être poursuivie pour intrusion, Suzie ne put néanmoins s'empêcher d'entrer.

Elle poussa un hurlement.

Natalie Raines gisait recroquevillée sur le sol, son pull blanc à torsades maculé de sang. Ses yeux étaient fermés mais un faible gémissement sortait de ses lèvres.

S'agenouillant à côté d'elle, Suzie saisit son téléphone portable dans sa poche et composa le 911. « 80 Walnut Street, Closter », cria-t-elle à l'opérateur. « Natalie Raines, on lui a tiré dessus. Vite. Dépêchez-vous. Elle va mourir. »

Elle lâcha le téléphone. Caressant les cheveux de Natalie, elle murmura doucement : « Madame Raines, n'ayez pas peur. Tout ira bien. Ils vont envoyer une ambulance. Elle sera là dans une minute. Je vous le promets. »

Le son qui sortait des lèvres de Natalie s'arrêta. Un instant plus tard, son cœur avait cessé de battre.

Sa dernière pensée fut la phrase que prononce Blanche DuBois à la fin de la pièce : « J'ai toujours dépendu de la bonté des autres. »

3

Elle avait rêvé de Mark la nuit dernière, un de ces rêves confus, troublants, où elle entendait sa voix et errait à sa recherche dans une vaste maison sombre et caverneuse. Emily Kelly Wallace se réveilla avec la sensation d'oppression familière qui s'emparait souvent de son esprit après ce genre de rêve, mais déterminée à se secouer ce jour-là.

Elle jeta un regard à Bess, le bichon maltais que son frère Jack lui avait offert à Noël. La petite chienne dormait profondément sur l'autre oreiller et sa vue lui apporta un réconfort immédiat. Elle se glissa hors du lit, dans l'air frisquet de la chambre à coucher, s'empara de la confortable robe de chambre qu'elle gardait à portée de main, prit Bess dans ses bras et descendit l'escalier de la maison de Glen Rock, dans le New Jersey, où elle avait vécu la plus grande partie de ses trente-deux années.

Après la mort de Mark, tué trois ans plus tôt par une bombe sur une route en Irak, elle n'avait plus voulu vivre dans leur appartement. Un an après, alors qu'elle se remettait de son opération, son père, Sean Kelly, lui avait acheté cette modeste maison de style colonial. Veuf de longue date, il était sur le point de se remarier et d'aller s'installer en Floride. « Emily, lui avait-il dit, c'est une acquisition raisonnable. Pas d'emprunt. Des impôts modérés. Tu connais la plupart des voisins. Fais un essai. Ensuite, si tu préfères aller t'installer ailleurs, tu pourras vendre la maison et tu auras un apport substantiel. »

Mais l'essai avait été concluant, songea Emily en se hâtant vers la cuisine, Bess sous le bras. Je suis heureuse ici. La cafetière électrique réglée à sept heures siffla, la prévenant que le café était prêt. Son petit déjeuner se composait d'un jus d'orange frais, d'un muffin grillé et de deux tasses de café. Emportant la seconde tasse avec elle, Emily remonta rapidement à l'étage pour prendre une douche et se changer.

Un pull à col roulé neuf, rouge vif, ajouta une note de gaieté au tailleur-pantalon gris anthracite qu'elle avait acheté l'année précédente. Une tenue parfaite pour le tribunal, pensa-t-elle, et un bon antidote au temps couvert de cette matinée de mars et à son méchant rêve. Elle hésita un instant à laisser ses cheveux bruns flotter sur ses épaules, puis décida de les porter relevés. Un peu de mascara, une touche de rouge à lèvres. En fixant ses petites boucles d'oreilles en argent la pensée lui vint qu'elle ne se donnait plus jamais la peine de se farder. Quand elle était malade, elle ne sortait jamais sans se mettre un peu de blush sur les joues.

De retour au rez-de-chaussée, elle fit sortir Bess dans le jardin à l'arrière de la maison, l'embrassa puis l'attacha dans son panier.

Vingt minutes plus tard, sa voiture pénétrait dans le parking du palais de justice du comté de Bergen. Bien qu'il fût à peine huit heures et quart, le parking était déjà à moitié plein. Substitut du procureur depuis six ans, Emily se sentait totalement chez elle dès qu'elle descendait de sa voiture et foulait le bitume jusqu'au tribunal. Avec sa longue et mince silhouette, elle était insensible aux regards admiratifs qui la suivaient tandis qu'elle se faufilait habilement entre les voitures qui arrivaient. Son esprit était déjà concentré sur la décision que devait prononcer le grand jury.

Depuis plusieurs jours, le jury avait recueilli diverses dépositions dans l'affaire du meurtre de Natalie Raines, l'actrice de Broadway qui avait été assassinée dans sa maison presque deux ans auparavant. Bien que les soupçons se soient toujours portés sur lui, son ex-mari, Gregg Aldrich, n'avait été arrêté que trois semaines plus tôt, quand un supposé complice avait soudain fait surface. On s'attendait à ce que le jury prononce son inculpation très rapidement.

C'est lui l'assassin, j'en suis sûre, se dit Emily alors qu'elle pénétrait dans le palais de justice, parcourait la galerie voûtée et, négligeant l'ascenseur, grimpait au troisième étage. Je donnerais n'importe quoi pour requérir contre lui, pensa-t-elle.

Le département du procureur, dans l'aile ouest du palais de justice, abritait quarante adjoints, soixante-dix inspecteurs et vingt-cinq secrétaires. Emily composa le code de sécurité d'une main, poussa la porte, salua d'un signe la standardiste, puis retira son manteau avant de gagner le box dépourvu de fenêtre qui lui servait de bureau. Un portemanteau branlant, deux armoires métalliques grises, deux chaises dépareillées pour l'audition des témoins, un bureau vieux de cinquante ans et son propre fauteuil pivotant en composaient le mobilier. Des plantes disposées au-dessus des classeurs et sur un coin de son bureau évoquaient, disait-elle, l'espoir d'une Amérique verte.

Elle accrocha son manteau, s'installa dans son fauteuil et prit le dossier qu'elle avait examiné la veille au soir. L'affaire Lopez, une scène de ménage qui s'était transformée en meurtre. Deux jeunes enfants, désormais sans mère, et un père enfermé dans la prison du comté. Et mon job est de le faire incarcérer, pensa Emily en ouvrant le dossier. Le procès devait s'ouvrir la semaine suivante.

À onze heures quinze son téléphone sonna. C'était Ted Wesley, le procureur. « Emily, puis-je vous voir une minute ? » Il raccrocha sans attendre de réponse.

Edward « Ted » Scott Wesley, le procureur du comté de Bergen, était indéniablement bel homme. La cinquantaine, un mètre quatre-vingt-cinq, il avait ce port remarquable qui non seulement le faisait paraître plus grand qu'il n'était, mais lui donnait un air d'autorité qui, comme l'avait écrit un journaliste, « mettait en confiance les gens honnêtes et démontait ceux qui avaient des raisons de ne pas dormir la nuit ».

Ses yeux d'un bleu foncé et son abondante chevelure sombre, à peine parsemée de quelques fils gris, complétaient l'image d'un homme habitué à commander.

Après avoir frappé à la porte entrouverte, Emily entra dans le bureau et s'immobilisa, étonnée de sentir le regard de Ted la scruter avec attention.

Il finit par dire d'un ton froid : « Bonjour, Emily, vous semblez en forme. Vous êtes d'attaque ? »

Ce n'était pas une question en l'air. « Plus que jamais », dit-elle d'un air détaché, quasi indifférent, tout en se demandant pourquoi il insistait.

« Tant mieux. Car le grand jury vient d'inculper Gregg Aldrich.

— Ils l'ont fait ! »

Elle sentit une bouffée d'adrénaline l'envahir. Bien que la décision du jury ne fût pas une surprise pour elle, Emily n'ignorait pas que l'accusation reposait essentiellement sur des présomptions et que le procès ne serait pas gagné d'avance. « J'enrageais de voir ce type cité dans toutes les chroniques mondaines, côtoyer les célébrités du moment alors qu'il avait laissé sa femme se vider de son sang. Natalie Raines était une grande actrice. Mon Dieu, quand elle entrait en scène, c'était magique.

— Ne vous laissez pas émouvoir par la vie privée d'Aldrich, dit doucement Wesley. Mettez-le à l'ombre pour de bon. Ce procès est le vôtre. »

C'était ce qu'elle avait tant espéré. Néanmoins, il lui fallut un moment pour enregistrer ce que son patron lui disait. C'était le genre de procès qu'en général un procureur tel que Ted Wesley se réservait. Son déroulement ferait les gros titres des journaux et il avait une prédilection pour les gros titres.

Il sourit devant son air étonné. « Emily, gardez-le pour vous, j'ai été pressenti par la nouvelle administration pour un poste important qui sera vacant à l'automne. C'est une proposition qui pourrait m'intéresser, et Nan serait ravie de vivre à Washington. Comme vous le savez, elle y a grandi. Je ne voudrais pas me trouver au beau milieu d'un procès si cette nomination se confirmait. En conséquence, Aldrich est à vous. »

Aldrich est à moi. Aldrich est à moi. C'était l'affaire dont elle avait toujours rêvé avant d'être obligée d'interrompre sa carrière deux ans plus tôt. De retour dans son bureau, Emily hésita à appeler son père, puis y renonça. Il lui recommanderait de ne pas travailler trop dur. C'était aussi ce que dirait Jack, son informaticien de frère qui travaillait dans la Silicon Valley. Et, de toute façon, *Jack est en route pour son bureau en ce moment,* se dit-elle. *Il n'est que huit heures trente en Californie.*

Mais toi, Mark, Mark, je sais que tu serais si fier de moi...

Elle ferma les yeux un instant, soulevée par une immense vague d'émotion, puis secoua la tête et saisit le dossier Lopez. Une fois encore, elle en lut attentivement chaque ligne. Vingt-quatre ans chacun, séparés, deux enfants ; il était revenu la supplier de reprendre la vie commune, elle était sortie comme une furie de l'appartement, avait essayé de le dépasser dans l'escalier de marbre usé du vieil immeuble. Il prétendait qu'elle était tombée. La baby-sitter qui les avait suivis hors de l'appartement jurait qu'il l'avait poussée. Mais de là où elle était, elle n'avait pas une bonne vision de la scène, se dit Emily en examinant la photo de l'escalier.

Le téléphone sonna. C'était Joe Lyons, l'avocat commis d'office qui défendait Lopez. « Emily, je voudrais venir discuter avec vous de l'affaire Lopez. Vos services se trompent. Il ne l'a pas poussée, elle a trébuché. C'était un accident.

— Ce n'est pas ce que dit la baby-sitter, répondit Emily. Mais parlons-en. Venez à trois heures. »

Tandis qu'elle raccrochait, Emily regarda la photo de l'accusé en pleurs le jour de la lecture de l'acte d'accusation. Un sentiment d'incertitude la saisit. Elle devait admettre qu'elle avait des doutes concernant ce garçon. Sa femme était peut-être réellement tombée après tout. Peut-être s'agissait-il d'un accident.

Je me suis montrée si dure, songea-t-elle.

Je commence à me demander si je n'aurais pas dû être avocate de la défense.

4

Plus tôt dans la matinée, lorgnant à travers les fentes des vieux stores de sa cuisine, Zachary Lanning avait regardé Emily prendre son rapide petit déjeuner. Le micro qu'il était parvenu à installer en douce dans un placard au-dessus du réfrigérateur le jour où des ouvriers avaient oublié de refermer la porte à clé lui permettait d'entendre les mots doux qu'elle murmurait à son petit chien, couché sur ses genoux pendant qu'elle mangeait.

J'avais presque l'impression qu'elle me parlait, se remémora Zach hilare tandis qu'il empilait des cartons dans l'entrepôt où il travaillait sur la Route 46, à quarante-cinq minutes en voiture de la maison qu'il louait sous un nom d'emprunt depuis qu'il avait fui l'Iowa. Il travaillait de huit heures trente à dix-sept heures trente, un horaire parfaitement adapté à ses besoins. Il pouvait observer Emily tôt dans la matinée avant de partir pour son travail. Quand elle revenait le soir, pendant qu'elle préparait son dîner, il la voyait à nouveau. Elle avait de la compagnie parfois, et il s'en irritait. Elle *lui* appartenait.

Il était sûr d'une chose : il n'y avait pas d'homme dans sa vie. Il savait qu'elle était veuve. S'ils se rencontraient dans la rue, elle se montrait aimable mais distante. Il lui avait signalé qu'il était bon bricoleur si jamais elle avait besoin d'un dépannage, mais il avait su immédiatement qu'elle ne ferait jamais appel à lui. Comme toutes les autres durant sa vie entière, elle l'avait rejeté au premier coup d'œil. Elle ne comprenait donc pas qu'il veillait sur elle, qu'il la *protégeait*. Elle ne se rendait pas compte qu'ils étaient faits l'un pour l'autre.

Mais les choses allaient changer.

Fluet, de taille moyenne, avec ses cheveux blondasses et ses petits yeux bruns, Zach, à cinquante ans, était le genre de personnage anodin que la plupart des gens ne se souviennent pas d'avoir jamais rencontré.

Qui eût imaginé qu'il était la cible d'une chasse à l'homme à travers tout le pays après avoir six ans plus tôt assassiné de sang-froid sa femme, ses enfants et sa belle-mère ?

5

« Gregg, je vous l'ai déjà dit et je vais le répéter pendant les six prochains mois parce que vous avez besoin de l'entendre. » Richard Moore ne regardait pas son client assis à côté de lui dans la voiture tandis que son chauffeur parvenait tant bien que mal à éviter la foule des journalistes qui se pressaient dans le parking du palais de justice du comté de Bergen, les mitraillant de questions et de photos. « Cette affaire repose sur la déposition d'un menteur qui est, de surcroît, un criminel professionnel, poursuivit Moore. C'est pathétique. » La veille, le grand jury avait délivré l'acte d'accusation. Le bureau du procureur en avait averti Moore et il avait été convenu qu'Aldrich se présenterait ce matin.

Ils venaient de quitter la salle d'audience du juge Calvin Stevens qui avait cité Gregg à comparaître après son inculpation et fixé la caution à un million de dollars qui avait été versé sur-le-champ.

« Alors pourquoi le jury a-t-il voté l'accusation ? demanda Gregg d'un ton morne.

— Il existe un proverbe chez les avocats. Le procureur a le pouvoir d'inculper un sandwich au jambon s'il en a envie. Obtenir une mise en examen n'a rien de sorcier, surtout s'il s'agit d'un procès à sensation. L'acte d'accusation signifie avant tout que les preuves sont suffisantes pour permettre au procureur d'aller plus loin. Les médias ont donné une place disproportionnée à l'affaire. Natalie était une star et le seul fait de la mentionner fait vendre. Et à présent, voilà cet escroc notoire, Jimmy Easton, pris en flagrant délit dans un cambriolage, qui prétend que vous l'avez payé pour tuer votre femme. Lorsque le procès sera terminé et que vous aurez été acquitté, le public cessera de s'intéresser à vous.

— De même qu'il ne s'est plus intéressé à O.J. Simpson quand il a été acquitté de l'assassinat de sa femme ? demanda Aldrich d'un ton où perçait l'ironie. Richard, vous savez comme moi que même si un jury me déclare innocent – et vous êtes beaucoup plus optimiste que moi sur ce point –, cette affaire ne sera finie que le jour où le type qui a tué Natalie frappera à la porte du procureur pour se mettre à table. En attendant, je suis libre sous caution, je n'ai plus de passeport et ne peux pas quitter le pays, ce qui est épatant pour quelqu'un de ma profession. Sans compter que j'ai une fille de quatorze ans dont le père est cité tous les jours dans les médias et sur le Net et risque de l'être pendant longtemps. »

Richard Moore ne chercha pas à le rassurer. Gregg Aldrich était un homme intelligent et réaliste, pas le genre à accepter des paroles de consolation lénifiantes. Moore savait que l'accusation présentait de sérieuses insuffisances et dépendait d'un témoin qu'il était sûr de pouvoir mettre en difficulté pendant l'interrogatoire. Mais Aldrich avait raison : quel que soit le verdict, le fait d'avoir été accusé du meurtre de son ex-femme n'empêcherait pas certains de le croire à jamais coupable d'assassinat. Pourtant, pensa Moore avec une moue désabusée, je préfère le voir obligé d'affronter cette situation plutôt que d'imaginer qu'il pourrait croupir en prison après avoir été condamné.

Et s'il *était* l'assassin ? Gregg Aldrich lui cachait quelque chose. Moore en était convaincu. Il ne s'attendait certes pas à un semblant de confession de la part de son client, mais l'inculpation à peine prononcée, il commençait à se demander si cette dissimulation reviendrait le hanter durant le procès.

Moore regarda par la fenêtre. C'était une journée de mars morose, conforme à l'humeur qui régnait à l'intérieur de la voiture. Ben Smith, le détective privé, et chauffeur occasionnel, qui travaillait pour lui depuis vingt-cinq ans, était au volant. D'après la légère inclinaison de sa tête, Moore savait qu'il n'avait pas perdu un mot de sa conversation avec Aldrich. L'ouïe exceptionnellement fine de Ben était un atout dans son métier, et Moore faisait souvent appel à lui pour se rafraîchir la mémoire après s'être entretenu avec ses clients en voiture.

Suivirent quarante minutes de silence. Puis ils s'arrêtèrent devant l'immeuble de Park Avenue où habitait

Gregg Aldrich. « C'est ici, du moins pour le moment, dit Aldrich en ouvrant la portière. Richard, c'est très aimable à vous de m'avoir conduit à l'aller et au retour. Comme je vous l'ai dit, j'aurais pu vous donner rendez-vous quelque part et vous épargner de traverser le pont à deux reprises.

— Ne vous inquiétez pas, de toute façon, j'avais l'intention de passer le reste de la journée au bureau de New York », dit Moore. Il tendit la main. « Gregg, souvenez-vous de ce que je vous ai dit.

— C'est gravé dans mon esprit », dit Aldrich, d'un ton toujours aussi morne.

Le portier traversa rapidement le trottoir pour tenir ouverte la porte de la voiture. En le remerciant d'un murmure, Gregg Aldrich regarda l'homme dans les yeux et y décela l'excitation à peine dissimulée que certains éprouvent quand ils voient de près les protagonistes d'un fait divers à sensation. J'espère que ça t'amuse, se dit-il amèrement.

Dans l'ascenseur qui le menait à son appartement, au seizième étage, il se demanda comment toute cette histoire avait pu arriver. Pourquoi avait-il suivi Natalie à Cape Cod ? Et était-il allé dans le New Jersey en voiture le lundi matin ? Il savait qu'il était tellement désemparé, épuisé et furieux en rentrant chez lui qu'il était sorti faire son jogging habituel dans Central Park et s'était ensuite aperçu avec stupéfaction qu'il avait couru pendant deux heures et demie.

Avait-il vraiment couru tout ce temps-là ?

Il se rendait compte avec terreur qu'il n'en était pas sûr à présent.

6

Emily s'avouait que la mort de Mark et la maladie qui l'avait ensuite frappée l'avaient anéantie. Si on ajoutait le mariage de son père et son installation en Floride et le fait que son frère Jack avait accepté un job en Californie, le tout représentait une série de chocs émotionnels qui n'avaient rien arrangé.

Elle avait fait bonne figure quand son père et son frère s'étaient inquiétés de l'abandonner à cette période de sa vie. Elle n'ignorait pas que l'achat de la maison par son père, avec l'approbation chaleureuse de Jack, avait été un moyen d'apaiser leur conscience.

Ils n'avaient aucune raison de se sentir coupables, pensait-elle. Maman est morte depuis douze ans. Papa et Joan se voient régulièrement depuis cinq ans. Ils vont tous les deux avoir soixante-dix ans. Ce sont des amoureux du bateau à voile et ils ont le droit de vouloir en faire toute l'année. Quant à Jack, il n'était pas question qu'il laisse échapper ce poste. Il doit penser à Helen et à leurs deux petites filles.

Cependant, Emily savait que l'éloignement de son père, de son frère et des siens ne l'avait certes pas aidée à s'accoutumer à la perte de Mark. Bien sûr, elle s'était réjouie de se retrouver dans cette maison. L'aspect « retour au bercail » était réconfortant. Mais les voisins qui restaient de l'époque de son adolescence avaient aujourd'hui l'âge de son père. Ceux qui avaient vendu leur maison avaient été remplacés par des familles avec de jeunes enfants. La seule exception était le petit bonhomme sans histoires qui louait la maison à côté de la sienne. Il lui avait proposé ses services de bricoleur au cas où elle aurait besoin de faire des réparations.

Sa première réaction avait été de le repousser. Elle n'avait certainement pas envie d'un voisin cherchant à s'imposer sous prétexte qu'il pouvait être utile. Mais les mois passant, et ses rencontres avec Zacharie Lanning se limitant aux moments où ils entraient ou sortaient en même temps de chez eux, Emily avait fini par ne plus faire attention à lui.

Une fois en charge de l'affaire Aldrich, elle dut consacrer les premières semaines à examiner le dossier. Elle se trouva très rapidement obligée de quitter son bureau à cinq heures, de se précipiter chez elle pour s'occuper de Bess, et de regagner le palais jusqu'à neuf ou dix heures du soir.

Les exigences de son travail lui convenaient. Elles lui laissaient moins de temps pour s'appesantir sur son chagrin. Et plus elle en apprenait sur Natalie, plus elle se sentait proche d'elle. Toutes deux étaient retournées sur les lieux de leur enfance, Natalie à cause d'un mariage brisé, Emily à cause d'un cœur brisé. Emily avait téléchargé une quantité d'informations concernant la vie et la carrière de Natalie. Après avoir cru que Natalie était une vraie blonde, elle avait découvert qu'elle était brune et avait changé de couleur vers l'âge de vingt ans. En contemplant les premières photos, elle fut frappée par sa propre ressemblance avec l'actrice. Le fait que les grands-parents de Natalie fussent originaires du même comté irlandais que les siens l'amena à se demander si elles n'avaient pas appartenu à la même famille à la mode irlandaise, quatre ou cinq générations plus tôt.

Malgré l'intérêt qu'elle portait à la préparation d'une nouvelle affaire, Emily constata vite que faire la navette entre son bureau et sa maison pour s'occuper de Bess lui prenait trop de temps. Et elle était pleine de remords à la pensée de la laisser tous les jours seule, souvent tard le soir.

Quelqu'un d'autre l'avait noté. Zach Lanning avait commencé à préparer son jardin en vue des plantations de printemps. Un soir, il attendit qu'elle eût ramené Bess de sa promenade et l'aborda : « Madame Wallace, dit-il, détournant légèrement le regard, j'ai remarqué que vous êtes pressée de rentrer chez vous à cause de votre chien. Et je vois bien que vous repartez toujours à la hâte. J'ai lu dans le journal que vous étiez chargée de ce procès dont tout le monde parle. Je suppose que c'est beaucoup de travail. Ce que je voulais vous dire, c'est que j'aime beaucoup les chiens, mais que mon propriétaire y est allergique et ne me permet pas d'en avoir un. Alors, je serais très content que

Bess – je vous ai entendue l'appeler Bess – me tienne compagnie lorsque je rentre de mon travail. Si votre maison est bâtie sur le même modèle que la mienne, vous avez une galerie fermée et chauffée à l'arrière. Vous pourriez y laisser le panier de Bess et me confier la clé. Ce qui me permettrait de la faire sortir, de la nourrir et de l'emmener ensuite faire une bonne promenade. Mon jardin est clos de murs et elle pourra y courir pendant que je m'occupe de mes plantations. Ensuite, je la ramènerai chez vous en prenant soin de refermer la porte derrière moi. Ainsi, vous n'aurez pas à vous faire de souci pour elle. Je crois que nous nous entendrions très bien, Bess et moi.

— C'est vraiment très gentil de votre part, monsieur. Laissez-moi y réfléchir. Je suis un peu pressée aujourd'hui. Je vous ferai signe dans un ou deux jours. Vous êtes dans l'annuaire ?

— Je n'ai qu'un portable, répondit-il. Je vais vous noter le numéro. »

En regardant Emily démarrer, prête à regagner son bureau, il contint avec peine son excitation. Une fois qu'il aurait la clé de sa galerie, il n'aurait aucun mal à prendre une empreinte de la serrure de la porte d'entrée. Il était certain qu'elle allait accepter son offre. Elle avait une vraie passion pour cette boule de poils sans intérêt. Et une fois à l'intérieur, j'irai dans sa chambre et fouillerai dans ses tiroirs, se dit-il avec jubilation.

Je veux toucher tout ce qu'elle porte.

7

Alice Mills redoutait la perspective d'être appelée à témoigner devant la cour. La perte de son unique enfant, Natalie Raines, l'avait laissée plus incrédule qu'amère. « Comment *a-t-il pu* lui faire ça ? » – telle était la question qu'elle se répétait sans cesse pendant la journée, et qui la hantait la nuit. Dans son rêve récurrent, elle tentait d'atteindre Natalie. Il fallait qu'elle la prévienne. Quelque chose de terrible allait lui arriver.

Mais le rêve se terminait en cauchemar. Tandis qu'Alice courait dans le noir, elle trébuchait et tombait. L'odeur légère du parfum de Natalie montait alors à ses narines. Sans le voir, elle savait qu'elle avait buté sur le corps de sa fille.

C'est alors qu'elle se réveillait et se redressait brusquement sur son lit : « Comment *a-t-il pu* lui faire ça ? » hurlait-elle.

Au bout d'un an, le cauchemar était devenu moins fréquent, mais il avait repris de plus belle avec l'inculpation de Gregg et la frénésie médiatique autour du procès. C'est pour cette raison qu'en recevant à la mi-avril un appel du substitut du procureur, Emily Wallace, qui la convoquait à un entretien le lendemain matin, elle avait décidé de passer la nuit dans le fauteuil confortable où il lui arrivait souvent de somnoler devant la télévision. Si jamais le sommeil la gagnait, elle espérait seulement s'assoupir et ne pas sombrer dans son habituel cauchemar.

Son plan échoua. Elle se réveilla en prononçant le nom de Natalie et resta sans dormir pendant le restant de la nuit, songeant à sa fille disparue, se rappelant que Natalie était née avec trois semaines d'avance, le jour de son trentième anniversaire. Naturellement, après huit ans de mariage où elle se désespérait de ne pas avoir d'enfant, la naissance de Natalie avait été un don du ciel.

Puis Alice se remémora la soirée, quelques semaines plus tôt, où ses sœurs avaient voulu l'emmener au restaurant pour fêter son soixante-dixième anniversaire. Elles redoutaient de mentionner le nom de Natalie, mais j'ai insisté pour porter un toast à sa mémoire, se souvint Alice. Nous sommes même parvenues à plaisanter. « Croyez-moi, Natalie n'aurait pas accepté que l'on célèbre son quarantième anniversaire, avait-elle dit. Souvenez-vous, elle disait que, dans le monde du spectacle, il vaut mieux rester éternellement jeune. »

Et la voilà jeune à jamais, pensa Alice avec un soupir en se levant de son fauteuil. Il était sept heures du matin, elle se baissa pour enfiler ses pantoufles. Ses genoux arthritiques étaient toujours plus douloureux le matin. Elle se redressa avec une grimace, traversa le séjour de son petit appartement de la 65ᵉ Rue Ouest, ferma les fenêtres et releva les stores. Comme chaque fois, la vue de l'Hudson lui remonta le moral.

Natalie avait hérité de son amour pour l'eau. C'est pourquoi elle allait si souvent à Cape Cod, même pour quelques jours.

Alice resserra la ceinture de sa robe de chambre. Elle appréciait l'air frais, mais la température avait chuté pendant la nuit et il faisait froid dans la pièce. Elle remonta le thermostat, alla dans la cuisine et saisit la cafetière. Elle était réglée sur sept heures moins cinq. Le café était passé, sa tasse posée à côté sur le comptoir.

Elle savait qu'elle aurait dû grignoter un toast, mais elle n'avait pas faim. Qu'allait lui demander le procureur ? se demanda-t-elle en allant s'asseoir avec sa tasse à la table du coin salle à manger d'où elle avait la plus belle vue sur le fleuve. Que puis-je ajouter à ce que j'ai déjà dit aux inspecteurs il y a deux ans ? Que Gregg désirait une réconciliation et que je poussais ma fille à l'accepter ?

Que j'aimais beaucoup Gregg ?

Que je le déteste aujourd'hui ?

Que je ne comprendrai jamais comment il a pu faire une chose pareille ?

Pour l'interview, Alice choisit un tailleur-pantalon noir et un chemisier blanc. Une tenue que sa sœur lui avait achetée pour les funérailles de Natalie. Elle avait maigri depuis deux ans et savait que le tailleur flottait sur elle. Mais quelle importance ? Elle avait cessé de teindre ses cheveux qui étaient maintenant tout blancs et ondulaient naturellement, lui épargnant de nombreuses séances chez le coiffeur. La perte de poids avait creusé les rides de son visage, mais elle n'avait plus le courage d'aller dans un institut de beauté, comme le lui conseillait jadis sa fille.

L'entretien était prévu à dix heures. À huit heures, Alice sortit dans la rue, dépassa le Lincoln Center, s'engouffra dans le métro et prit la ligne qui desservait la gare des bus de Port Authority. Durant le court trajet, elle pensa à la maison de Closter. Un agent immobilier lui avait conseillé de ne pas la mettre sur le marché tant que le nom de Natalie apparaissait tous les jours dans la presse. « Attendez un peu, avait-il suggéré. Puis repeignez l'intérieur. Un coup de blanc donnera une impression de fraîcheur et de netteté. Ensuite, seulement, nous la mettrons en vente. »

Alice savait que cet homme n'avait pas voulu se montrer grossier ou insensible. C'était juste l'idée qu'on tire un trait sur la mort de Natalie qui lui était insupportable. Lorsque son exclusivité avec l'agence viendrait à expiration, elle ne la renouvellerait pas.

Quand elle arriva au terminal de Port Authority, il grouillait comme tous les jours de gens qui couraient, entraient et sortaient de la gare, se ruaient vers les quais ou se hâtaient à l'extérieur pour attraper leur bus ou héler un taxi. Pour Alice, cet endroit, ainsi que beaucoup d'autres, lui rappelait le passé. Elle se revoyait fendant la foule avec Natalie à la sortie de l'école pour se rendre à des auditions pour des spots publicitaires à la télévision quand elle était encore à la maternelle.

Même alors, les gens s'arrêtaient pour la regarder, se souvint Alice pendant qu'elle faisait la queue pour acheter un aller-retour New York-Hackensack, dans le New Jersey, où se trouvait le palais de justice. Alors que les autres petites filles avaient les cheveux longs, Natalie les portait courts avec une frange. C'était une fillette ravissante et on ne voyait qu'elle.

Mais il y avait davantage. Elle rayonnait d'une aura particulière.

Au bout de tant d'années, ses pas auraient dû la porter naturellement vers la porte 210 où était stationné le bus pour Closter, mais Alice se dirigea lentement vers la porte 232, et attendit le bus pour Hackensack.

Une heure plus tard, elle gravissait les marches du tribunal du comté de Bergen. Plaçant son sac sur le tapis roulant du contrôle de sécurité, elle demanda timidement où se trouvait l'ascenseur qui l'amènerait au troisième étage dans le bureau du procureur.

8

Au moment où Alice Mills descendait du bus, à cent mètres du palais de justice, Emily relisait ses notes en prévision de sa réunion avec Billy Tryon et Jake Rosen, les deux inspecteurs qui avaient suivi l'affaire Natalie Raines depuis ses débuts. Ils faisaient partie des agents de la brigade du procureur qui avaient été appelés par la police de Closter lorsqu'elle était arrivée chez Natalie et avait découvert son corps.

Tryon et Rosen étaient assis en face du bureau d'Emily. Comme chaque fois qu'elle se trouvait en leur présence, Emily s'étonna du contraste qui existait entre les deux hommes. Jake Rosen, trente et un ans, un mètre quatre-vingts, mince et musclé, des cheveux blonds coupés court, était un enquêteur intelligent, débrouillard et consciencieux. Elle avait travaillé avec lui plusieurs années auparavant, à l'époque où ils étaient tous les deux affectés à la section des mineurs, et ils s'étaient bien entendus. À la différence de certains de ses collègues, y compris Billy Tryon, Jake n'avait jamais paru gêné d'être sous les ordres d'une femme.

Tryon était d'une autre espèce. Emily et d'autres femmes du bureau avaient toujours perçu chez lui une hostilité à peine voilée. Toutes s'indignaient du fait que, pour la seule raison qu'il était le cousin du procureur Ted Wesley, aucune critique formulée contre lui, même justifiée, n'ait jamais été suivie d'effet.

C'était un fin limier, Emily en convenait. Mais il était de notoriété publique que ses méthodes pour obtenir une inculpation n'étaient pas toujours orthodoxes. Au fil des années, de nombreuses plaintes avaient été déposées par des prévenus qui niaient farouchement avoir fait les déclarations verbales qu'il citait dans ses dépositions sous serment devant le tribunal. Même si tout inspecteur doit affronter ce genre de grief au cours de sa carrière, il était néanmoins évident que Tryon en était bien plus souvent l'objet que d'autres.

Il avait été aussi le premier à réagir quand Jimmy Easton avait demandé à parler à quelqu'un du bureau du procureur après avoir été arrêté pour cambriolage.

Emily espérait que son visage ne trahissait pas l'aversion qu'elle éprouvait pour Tryon pendant qu'elle le regardait, affalé sur sa chaise. Avec son visage buriné, sa chevelure hirsute et ses paupières mi-closes, il paraissait plus âgé que ses cinquante-deux ans. Divorcé, il s'estimait irrésistible et elle savait que certaines femmes en dehors du bureau le trouvaient, en effet, séduisant. Son antipathie s'était accrue en apprenant qu'il répandait le bruit qu'elle n'était pas de taille à requérir dans ce procès. Cependant, après avoir étudié le dossier, elle dut admettre que Rosen et lui avaient fait un excellent boulot d'enquête sur les lieux du crime.

Elle ne perdit pas de temps en préliminaires. Elle ouvrit le premier dossier de la pile posée sur son bureau. « La mère de Natalie Raines sera ici d'un moment à l'autre, dit-elle d'un ton ferme. J'ai lu vos rapports et la première déclaration que vous avez recueillie de sa part le soir de la mort de Natalie, ainsi que sa déposition écrite quelques jours plus tard. »

Elle les regarda l'un après l'autre. « D'après le rapport, sa première réaction fut de nier que Gregg Aldrich ait pu avoir quelque chose à voir dans ce meurtre.

— C'est exact, confirma calmement Rosen. Mme Mills a dit qu'elle aimait Gregg comme un fils et avait supplié Natalie de se réconcilier avec lui. Elle estimait que sa fille travaillait beaucoup trop et aurait aimé la voir se consacrer davantage à sa vie familiale.

— On imagine qu'elle aurait aimé le tuer, dit Tryon d'un ton sarcastique. Mais non, elle était inquiète et bouleversée pour lui et sa gamine.

— Je pense qu'elle comprenait le sentiment de frustration d'Aldrich, dit Rosen en se tournant vers Emily. Leurs amis que nous avons interrogés ont tous déclaré que Natalie était une obsédée du travail. L'ironie dans cette histoire est que le motif du meurtre pourrait valoir à l'assassin l'indulgence du jury. Même sa propre belle-mère s'apitoyait sur son sort. Elle ne le croyait pas coupable.

— Quand lui avez-vous parlé pour la dernière fois ? demanda Emily.

— Nous l'avons appelée juste avant que les médias fassent état de la déposition d'Easton. Nous ne voulions pas qu'elle l'apprenne par eux. Elle a été horriblement choquée. Auparavant, elle avait téléphoné à plusieurs reprises pour savoir si l'enquête avait apporté quelque chose de nouveau, dit Rosen.

— La pauvre vieille avait envie de parler à quelqu'un, l'interrompit Tryon d'une voix neutre, alors on lui a parlé.

— C'est gentil de votre part, dit Emily sèchement. Je lis dans sa déclaration que Mme Mills a mentionné le meurtre de la colocataire de sa fille, Jamie Evans, dans Central Park, quinze ans avant la mort de Natalie. Lui avez-vous demandé si elle pensait qu'il puisse y avoir un lien entre les deux crimes ?

— Elle a dit que c'était impossible. Que Natalie n'avait jamais rencontré le petit ami de sa copine. Elle savait qu'il était marié et soi-disant sur le point de divorcer. Natalie avait poussé son amie à rompre parce qu'elle était sûre qu'il la menait en bateau. Elle avait vu par hasard sa photo dans son portefeuille et, en apprenant qu'elle n'y était plus après le meurtre, elle a pensé que ce n'était peut-être pas une coïncidence, mais les policiers chargés de l'affaire ne l'ont pas crue. Une série d'agressions avaient eu lieu dans Central Park le même jour. Le portefeuille de Jamie Evans était sur le sol, ses cartes de crédit et son argent avaient disparu, sa montre et ses boucles d'oreilles

44

aussi. Les flics ont pensé qu'elle avait tenté de résister et qu'on l'avait tuée. Quoi qu'il en soit, ils n'ont jamais trouvé qui était le petit ami et, pour conclure, ils ont décrété qu'il s'agissait d'un vol qui avait mal tourné. »

Le téléphone sonna. Emily décrocha. « Emily, Mme Mills est arrivée, annonça la réceptionniste.

— Très bien. Nous l'attendons. »

Rosen se leva. « Permettez-moi d'aller l'accueillir, Emily. »

Tryon ne bougea pas.

Emily le regarda. « Il nous faudra une autre chaise, dit-elle. Pouvez-vous aller en chercher une ? »

Tryon se leva sans se presser. « Avez-vous vraiment besoin de nous deux pour cette réunion ? J'ai à terminer mon rapport sur l'affaire Gannon. Je ne pense pas que grand-maman va nous apporter des éléments nouveaux.

— Elle s'appelle Mme Alice Mills. » Emily ne se donna pas la peine de masquer son irritation. « J'aimerais que vous montriez un peu plus de considération à son égard.

— Calmez-vous, Emily. Ce n'est pas la peine de me faire la leçon. » Il planta son regard dans le sien. « N'oubliez pas que je travaillais déjà dans ce service quand vous étiez encore sur les bancs de l'école. »

Il sortit de la pièce au moment où Rosen y entrait, accompagné d'Alice Mills. Emily fut aussitôt frappée par le chagrin qui marquait le visage de sa visiteuse, le léger tremblement de son cou, le fait que son tailleur flottait sur elle. Elle se présenta, exprima ses condo-léances, et l'invita à s'asseoir. Puis elle prit place dans son fauteuil et expliqua à la mère de Natalie Raines qu'elle était chargée d'instruire le procès et n'aurait de cesse que Gregg Aldrich ne soit condamné et que justice ne soit rendue à Natalie.

« Et je vous en prie, appelez-moi Emily, conclut-elle.

— Merci, dit doucement Alice Mills. Je dois vous dire que les gens de votre service se sont montrés très attentionnés. Je voudrais seulement qu'ils puissent me rendre ma fille. »

Le souvenir de Mark lui disant au revoir pour la dernière fois traversa l'esprit d'Emily. « J'aimerais en avoir le pouvoir », répliqua-t-elle, espérant ne pas montrer son émotion.

Pendant l'heure qui suivit, sur le ton de la conver-sation, sans hâte, Emily passa en revue les déclarations qu'Alice Mills avait faites deux ans plus tôt. Conster-née, elle constata très vite que la mère de Natalie avait encore du mal à croire à la culpabilité de Gregg Aldrich. « Quand on m'a rapporté les propos d'Easton, j'ai été stupéfaite et anéantie, mais en même temps sou-lagée de connaître la vérité. Cependant, plus j'en apprends sur cet homme, plus j'hésite... »

Si le jury a le même sentiment, je suis cuite, pensa Emily, et elle passa au deuxième sujet qu'elle voulait aborder : « Madame Mills, la colocataire de Natalie, Jamie Evans, a été victime d'un meurtre dans Central Park il y a plusieurs années. Est-il vrai que Natalie soupçonnait son mystérieux petit ami d'en être l'auteur ?

— Jamie et Natalie sont mortes », dit Alice Mills en secouant la tête, refoulant ses larmes. « Toutes les deux assassinées... Qui aurait pu imaginer une tragédie aussi épouvantable ? » Elle se tamponna les yeux avec un kleenex et poursuivit : « Natalie avait tort. Elle avait vu par hasard la photo de cet homme dans le portefeuille de Jamie, mais c'était au moins un mois avant qu'elle ne soit tuée. Jamie a très bien pu s'en être débarrassée elle-même. Je pense que Natalie a eu la réaction que j'ai aujourd'hui. Jamie et elle étaient très proches. Il lui fallait quelqu'un à accuser de la mort de son amie, à faire payer.

— Tout comme vous voulez faire payer Gregg Aldrich ? demanda Emily.

— Je veux faire payer son meurtrier, quel qu'il soit. »

Emily détourna les yeux du visage douloureux de son interlocutrice. C'était l'aspect de sa fonction qu'elle redoutait le plus. Elle savait que la compassion qu'elle éprouvait envers la famille d'une victime la poussait à se surpasser au tribunal. Mais aujourd'hui, pour une raison qu'elle ignorait, le chagrin dont elle était témoin la touchait au plus profond d'elle-même. Elle savait aussi que les mots seraient impuissants à apaiser la douleur de cette mère.

Mais je peux l'aider, songea-t-elle, en lui prouvant et en démontrant au jury que Gregg Aldrich est le meurtrier de Natalie et mérite la sentence la plus sévère qu'un juge puisse prononcer : la prison à vie.

Elle eut alors un geste qui la surprit elle-même. Au moment où Alice Mills s'apprêtait à partir, elle fit rapidement le tour de son bureau et la serra dans ses bras.

9

Sur le bureau de Michael Gordon, au quatorzième étage du Rockefeller Center, s'entassait une pile de journaux en provenance des quatre coins du pays, un spectacle habituel à cette heure matinale. Avant la fin de la journée, il aurait parcouru la plupart d'entre eux et repéré les crimes les plus intéressants pour son émission quotidienne du soir, *Courtside*, sur Channel 8.

Ancien avocat de la défense, Michael avait carrément changé de vie à l'âge de trente-quatre ans, après avoir été invité dans ce même programme à faire partie du groupe d'experts qui analysaient les procès criminels en cours à Manhattan. Ses commentaires pénétrants, son sens de la repartie et son physique de bel Irlandais brun en avaient fait l'un des participants les plus en vue du groupe. Puis, quand l'ancien animateur avait pris sa retraite, on lui avait proposé de le remplacer et aujourd'hui, deux ans plus tard, son émission était l'une des plus populaires du pays.

Né à Manhattan, Mike habitait un appartement sur Central Park West. Bien que célibataire très demandé et submergé d'invitations, il passait de nombreuses soirées chez lui, à écrire un ouvrage de commande qui traitait des grands procès criminels du vingtième siècle. Il avait décidé de consacrer le premier chapitre à l'assassinat de l'architecte Stanford White par Harry Thaw en 1906 et de conclure par le premier procès d'O.J. Simpson en 1995.

C'était un projet qui le passionnait. Il en était arrivé à penser que la plupart des crimes étaient motivés par la jalousie. Thaw avait été jaloux de la liaison de White avec sa femme quand elle était très jeune. Simpson ne supportait pas que l'on voie son épouse avec un autre.

Et Gregg Aldrich, un homme qu'il avait admiré et aimé comme un frère ? Michael avait été un ami proche de Gregg et de Natalie, avant même leur mariage. Il avait rendu un hommage émouvant à la jeune femme lors de ses obsèques, et souvent invité Gregg et sa fille Katie dans son chalet du Vermont pour des week-ends de ski pendant les deux années qui avaient suivi la mort de Natalie.

J'ai toujours estimé que la police s'était montrée trop hâtive en cataloguant Gregg comme « suspect », pensa Michael en jetant un regard distrait au journal posé sur son bureau. Ce que je crois aujourd'hui ? Franchement, je ne sais pas.

Gregg lui avait téléphoné le jour même de son inculpation. « Mike, je suppose que tu vas parler du procès dans ton émission ?

— Oui.

50

— Je vais te faciliter la tâche. Je ne te demande pas si tu crois ou non ce que raconte Easton. Je pense seulement qu'il vaut mieux éviter de nous voir avant la clôture du procès.

— Tu as sans doute raison, Gregg. »

Avait suivi un silence inconfortable.

Ils s'étaient donc peu vus durant les six mois écoulés. Ils s'étaient croisés au théâtre ou à des cocktails, se contentant de se saluer rapidement. L'ouverture du procès devait avoir lieu le 15 septembre, le lundi suivant. Mike savait qu'il en rendrait compte comme à son habitude en rapportant tous les soirs les points forts des témoignages. Suivrait un débat avec son groupe d'experts judiciaires. C'était une chance que le juge ait autorisé la présence de caméras à l'intérieur de la salle d'audience. Les extraits filmés du déroulement des débats attiraient toujours les téléspectateurs.

Connaissant Gregg, il était certain qu'il garderait son sang-froid quelles que soient les accusations portées contre lui par le procureur. Mais les émotions de Gregg étaient enfouies au plus profond de lui. À l'enterrement, il était resté d'un calme imperturbable. Plus tard dans la soirée, en présence de la mère de Natalie et de Michael, il avait éclaté en sanglots, puis, embarrassé, était sorti précipitamment de la pièce.

Il était indéniable qu'il avait aimé follement Natalie. Mais cette manifestation de désespoir était-elle l'expression d'un pur chagrin, du remords, de la terreur de passer le reste de sa vie en prison ? Mike n'était sûr de rien à présent. Curieusement, le souvenir de Scott Peterson affichant des photos de sa femme disparue, alors qu'il l'avait assassinée avant de jeter son corps dans le Pacifique, lui revenait à l'esprit chaque fois qu'il pensait à cette soirée où Gregg s'était effondré.

« Mike. »

Sa secrétaire l'appelait sur l'interphone. Brusquement tiré de ses pensées, Michael répondit : « Oh, euh, oui, Trish.

— Katie Aldrich est ici. Elle aimerait vous voir.

— Katie ! Bien sûr. Faites-la entrer. »

Mike se leva rapidement et fit le tour de son bureau pour accueillir la blonde adolescente de quatorze ans qui se jetait dans ses bras. « Katie, tu m'as manqué. »

Il la sentit trembler contre lui.

« Mike, j'ai si peur. Dis-moi qu'ils ne vont pas condamner papa.

— Katie, ton père a un bon avocat, le meilleur. Tout repose sur le témoignage d'un escroc, un repris de justice.

— Pourquoi sommes-nous restés sans te voir pendant six mois ? » demanda-t-elle en scrutant son visage.

Mike la conduisit jusqu'aux fauteuils confortables disposés devant les fenêtres qui donnaient sur la patinoire du Rockefeller Center. Il attendit qu'ils fussent assis pour lui prendre la main. « Katie, c'est la décision de ton père, pas la mienne.

— Non, Mike. Quand il t'a fait cette suggestion au téléphone, c'était une manière de te tester. Il a dit que si tu avais cru en son innocence, tu n'aurais pas accepté sa proposition. »

Mike se sentit honteux devant le reproche et la peine contenus dans le regard de Katie. « Katie, je suis journaliste. Je ne dois pas être informé du système de défense de ton père et si je venais chez vous, j'entendrais inévitablement des choses que je ne suis pas censé connaître. Dans le cas présent, mes auditeurs ont le droit de savoir que j'ai été, je le suis toujours, un ami proche de ton père, mais ils doivent aussi être convaincus que je m'abstiendrai de lui parler jusqu'à la fin du procès.

— Peux-tu influencer l'opinion publique pour que, s'il est acquitté – elle eut un instant d'hésitation –, *quand* il sera acquitté, les gens sachent qu'il est innocent et a été injustement accusé ?

— Katie, le public devra se faire une opinion par lui-même. »

Katie Aldrich retira ses mains des siennes et se leva. « Je devrais retourner à Choate pour le semestre d'automne, mais je n'irai pas. Je prendrai des cours particuliers. Je veux assister au procès tous les jours. Papa a besoin de quelqu'un qui le soutienne. J'avais espéré que tu y serais toi aussi. Papa a toujours dit que tu étais un avocat formidable. »

Sans attendre sa réponse, elle se hâta vers la porte. Au moment où elle posait la main sur la poignée, elle se retourna vers lui : « J'espère que ton émission sera un succès, Mike. Dans ce cas, je suis sûre que tu auras droit à une belle prime. »

10

Pendant les quelques jours qui précédèrent l'ouverture du procès, Emily se sentit raisonnablement optimiste sur le déroulement de la phase préparatoire. L'été s'était écoulé dans un brouillard. En juillet, elle avait pu prendre une semaine de vacances pour aller voir son père et sa femme Joan en Floride, ensuite elle avait passé cinq jours en août avec son frère Jack et sa famille en Californie.

Elle s'était réjouie de les voir tous, mais ses pensées la ramenaient sans cesse au procès. En juillet et août, elle avait méticuleusement interrogé les dix-huit témoins qu'elle appellerait à la barre et pratiquement mémorisé leurs dépositions.

L'intensité de la phase préparatoire avait été un tournant dans son accoutumance douloureuse à la mort de Mark. Il lui manquait toujours autant, mais elle ne se torturait plus douze fois par jour avec cette phrase qui absorbait toute son énergie : « Si seulement il était encore en vie, si seulement il était encore en vie. »

En revanche, c'était le visage de Gregg Aldrich qui occupait le plus souvent son esprit quand elle rencontrait les futurs témoins. En particulier lorsque les amis de Natalie racontaient son désarroi, quand elle vérifiait les messages de son téléphone portable et y trouvait invariablement un appel ou un texte de Gregg la suppliant de lui accorder une nouvelle chance.

« Je l'ai vue plus d'une fois éclater en sanglots, lui avait rapporté Lisa Kent, une de ses proches amies. Elle était très attachée à lui, et même, je suis sûre qu'elle l'aimait encore. C'était leur mariage qui ne marchait pas. Elle avait espéré pouvoir le garder comme agent, mais elle s'était vite rendu compte qu'il était beaucoup trop épris d'elle pour qu'ils puissent continuer à être en contact tout le temps, même s'il s'agissait seulement d'une relation professionnelle. »

Emily était sûre que Lisa ferait un excellent témoin.

Tard dans l'après-midi du vendredi, trois jours avant l'ouverture du procès, Ted Wesley la fit venir dans son bureau. Dès le premier coup d'œil, elle vit qu'il contenait difficilement sa satisfaction.

« Fermez la porte, dit-il. J'ai une nouvelle à vous annoncer.

— Laissez-moi deviner. Vous avez eu des nouvelles de Washington.

— Il y a un quart d'heure. Vous êtes la première du bureau à être au courant. Le Président va annoncer demain que je serai son nouveau ministre de la Justice.

— Ted, c'est merveilleux. Quel honneur ! Et personne ne le mérite plus que vous. »

Elle se sentait sincèrement heureuse pour lui.

« Je ne pars pas tout de suite. Le Sénat doit valider ma nomination dans quelques semaines. Je suis plutôt content que les choses se déroulent ainsi. J'ai envie d'être dans les parages au moment du procès Aldrich. Je veux voir ce type condamné.

— Moi aussi. C'est une chance qu'Easton ait des souvenirs aussi précis de la salle de séjour de Gregg Aldrich. Même si l'on tient compte de son passé, je ne vois pas comment Moore pourra tirer son client de là.

— Et il y a cet appel qu'Aldrich a passé à Easton depuis son portable. Je me demande quelle explication va en donner Moore. » Wesley s'inclina en arrière dans son fauteuil. « Emily, vous devez savoir qu'il y a eu quelques grincements de dents dans le service lorsque je vous ai confié cette affaire. Je l'ai fait parce que je pense que vous êtes à la hauteur et que je vous sais capable de convaincre le jury. »

Emily eut un sourire ironique. « Si seulement vous pouviez me dire comment transformer cette canaille d'Easton en un témoin crédible, je vous en serais éternellement reconnaissante. Nous lui avons acheté un costume bleu marine pour se présenter à la barre des témoins, mais nous savons très bien qu'il aura l'air déguisé quand il l'aura sur le dos. En allant m'entretenir avec lui à la prison, j'ai remarqué que ses cheveux avaient perdu leur couleur acajou, mais il n'est pas plus sortable pour autant. »

Wesley fronça les sourcils d'un air songeur. « Emily, je me fiche de l'apparence d'Easton. Vous avez la description qu'il a faite du séjour d'Aldrich, et vous avez l'appel téléphonique que ce dernier lui a passé. Même s'il fait un effet minable, on ne peut rien changer à ces deux faits.

— Alors pourquoi Moore porte-t-il l'affaire au pénal ? Ils n'ont jamais cherché aucun arrangement, y compris après l'apparition d'Easton dans le décor. J'ignore où ils ont l'intention d'aller comme ça, et si Easton tiendra le coup pendant le contre-interrogatoire de Moore.

— Nous le saurons bientôt », dit Wesley d'un ton radouci.

Emily perçut un changement dans sa voix et eut l'impression de lire ses pensées. Il commence à redouter qu'Aldrich puisse être acquitté, pensa-t-elle. Ce ne serait pas seulement un échec pour moi. Ce serait interprété comme une erreur de jugement de sa part de m'avoir confié l'affaire. Pas la meilleure façon d'obtenir la confirmation du Sénat.

Après avoir félicité à nouveau Wesley pour sa nomination, Emily rentra chez elle. Mais le lendemain à la première heure, elle était de retour à son bureau pour réviser ses notes, et elle finit par y passer la plus grande partie du week-end.

Heureusement que Zach est là, pensa-t-elle à plusieurs reprises durant ces quelques jours. Elle se rappelait sa réticence à la pensée de lier connaissance avec lui au début et s'avouait aujourd'hui soulagée et reconnaissante de pouvoir lui confier Bess. Il s'en était même occupé pendant qu'elle avait pris quelques jours de congé, prétextant qu'il était inutile de mettre Bess en pension dans un chenil.

« Nous sommes devenus copains, lui avait dit Zach de son air timide et embarrassé. Elle sera en sécurité avec moi. »

Mais le dimanche soir, en rentrant chez elle à vingt-deux heures, elle s'étonna de trouver Zach dans la galerie avec Bess sur les genoux en train de regarder la télévision.

« Nous nous tenons compagnie elle et moi, expliqua Zach en souriant. J'ai pensé que vous étiez allée dîner avec des amis. »

Emily s'apprêtait à répondre que, sachant qu'elle travaillerait tard dans la soirée, elle avait emporté un sandwich et des fruits à son bureau, mais elle se reprit. Elle ne lui devait aucune explication. C'est alors qu'elle comprit que dans son isolement, même inconsciemment, Zach s'intéressait non seulement à Bess, mais à elle.

C'était un sentiment déplaisant qui, sur le moment, lui donna la chair de poule.

11

Le dimanche soir avant l'ouverture du procès, Richard Moore et son fils Cole, qui l'avait aidé à préparer la défense, avaient dîné avec Gregg Aldrich et sa fille Katie dans le restaurant du club de l'immeuble où habitait Gregg. Ils avaient retenu une petite salle où ils pourraient parler librement et, par la même occasion, protéger Gregg de la curiosité des autres convives.

Brillant conteur, Moore parvint à arracher à Gregg et Katie quelques sourires, voire un ou deux rires, pendant qu'on servait les hors-d'œuvre. Et c'est une Katie visiblement rassérénée qui se leva avant le dessert et demanda la permission de s'en aller. « J'ai promis à papa de faire tous mes devoirs s'il me permettait de rester ici et d'assister au procès. Je dois commencer sans tarder. »

« Quel sérieux pour son âge, dit Moore à Aldrich après le départ de la jeune fille. Vous l'avez vraiment bien élevée.

— Elle me surprend tous les jours, dit doucement Aldrich. Elle m'avait dit qu'elle ne s'attarderait pas pour le dessert parce qu'elle était sûre que nous aurions à discuter de certains détails de dernière minute. Je suppose qu'elle avait raison, non ? »

Richard Moore regarda son client assis en face de lui. Au cours des six mois écoulés depuis son inculpation, Gregg avait vieilli de dix ans. Il avait maigri et, bien que son visage soit toujours aussi beau, il semblait las et avait des cernes profonds sous les yeux.

Cole, le portrait de Richard en plus jeune, s'était plongé dès le début dans toute l'affaire et avait fait part à son père de son inquiétude concernant l'issue du procès. « Papa, il faut lui faire comprendre qu'il est de son intérêt de négocier avec le procureur. Pourquoi s'y est-il toujours refusé ? »

C'était une question que Richard Moore s'était souvent posée et il croyait tenir la réponse. Gregg Aldrich n'avait pas seulement besoin de convaincre le jury, mais *lui-même*, de son innocence. Une seule fois Gregg avait fait allusion à sa stupéfaction quand il était rentré chez lui le matin de la mort de Natalie et s'était rendu compte qu'il avait couru pendant plus de deux heures. Il semblait ne pas comprendre ce qui s'était passé. Est-ce parce qu'il repoussait la pensée d'avoir tué Natalie qu'il s'était inconsciemment blindé contre le souvenir ? J'ai déjà observé ce genre de réaction, songea Richard. Cole et moi sommes alors convenus qu'il *avait* probablement assassiné Natalie...

Le serveur s'approcha de leur table. Renonçant au dessert, ils commandèrent un café. Richard Moore s'éclaircit la voix. « Gregg, dit-il doucement, je ne serais pas loyal envers vous si je n'abordais pas une fois de plus le sujet. Je sais que vous n'avez jamais voulu entendre parler d'arrangement avec le procureur, mais il n'est sans doute pas trop tard pour l'envisager. Vous risquez de passer le reste de vos jours en prison. Mais je pense sincèrement qu'ils ne sont pas sûrs d'eux dans cette affaire. Je pense que je pourrais les amener à envisager une peine de vingt ans. C'est long, je sais, mais vous auriez un peu plus de soixante ans à votre libération et il vous resterait encore beaucoup d'années devant vous.

— Vingt ans ! s'écria Gregg. *Seulement* vingt ans ! Pourquoi ne pas les appeler tout de suite ? Si nous attendons, ils risquent de ne plus nous offrir un arrangement aussi avantageux. »

Son ton était cassant. Il reposa brusquement sa serviette sur la table puis, voyant le serveur revenir dans la salle, fit un effort pour se calmer. Quand ils furent à nouveau seuls, son regard alla tour à tour de Richard à Cole pour finir par se fixer sur Richard. « Nous sommes là tous les trois dans nos costumes de marque, dans une salle à manger privée de Park Avenue, et vous me proposez, pour m'éviter de mourir en prison, d'y passer les vingt prochaines années de ma vie. C'est le marché qu'ils accepteraient dans leur grande générosité. »

Il souleva sa tasse, avala son café d'un trait. « Richard, j'irai au procès. Il n'est pas question que j'abandonne ma fille. Il y a une simple petite chose que je voudrais rappeler : *j'aimais* Natalie ! Il n'y a pas la moindre possibilité sur terre que j'aie pu lui faire une chose pareille. Et comme je vous l'ai dit clairement, j'ai l'intention de témoigner. Maintenant, si vous voulez bien m'excuser tous les deux, je vais essayer de prendre un peu de repos. Je serai à votre cabinet demain à huit heures, et nous nous rendrons ensemble au tribunal. Main dans la main, j'espère. »

Les Moore, père et fils, se regardèrent, puis Richard prit la parole : « Gregg, je ne soulèverai plus cette question. Nous allons leur mener la vie dure. Et je vous promets de mettre Easton en pièces. »

12

Le 15 septembre s'ouvrit le procès de l'État contre Gregg Aldrich. Le président était l'honorable Calvin Stevens, un vétéran des cours d'assises, le premier Afro-Américain nommé à la Cour supérieure du comté de Bergen, considéré comme un juriste sévère mais juste.

Au moment où la sélection du jury allait commencer, Emily tourna la tête en direction d'Aldrich et de son avocat, Richard Moore. Elle avait su dès le début qu'Aldrich avait choisi l'homme qui le défendrait le mieux. Avec sa silhouette mince et son abondante chevelure poivre et sel, Moore, à soixante-cinq ans, était un homme extrêmement séduisant. Élégamment vêtu d'un costume marine, d'une chemise bleu clair et d'une cravate à motifs discrets, il respirait la confiance en soi. Emily savait que c'était le genre d'avocat qui adopterait une attitude aimable et respectueuse envers les jurés et qu'ils l'apprécieraient.

Elle savait aussi qu'il se comporterait de même envers les témoins qui ne représenteraient aucune menace pour son client et se montrerait féroce envers les plus redoutables. Elle était parfaitement au courant de ses succès dans des procès où l'État avait été forcé, ainsi qu'elle le serait bientôt, d'appeler, à la barre des témoins, des criminels patentés comme Jimmy Easton, qui prétendrait avoir été engagé par le prévenu pour commettre le meurtre.

Près de Moore se trouvait son fils et associé, Cole Moore, qu'elle connaissait et appréciait. Cole avait été pendant quatre ans substitut du procureur dans le même service qu'elle avant de rejoindre son père cinq ans plus tôt. C'était un bon avocat et le père et le fils formaient une formidable équipe de défenseurs.

Aldrich était assis de l'autre côté de Richard Moore. La perspective de passer sa vie en prison devait le terrifier, mais il semblait calme et maître de lui. À quarante-deux ans, il était devenu l'un des agents artistiques les plus en vue du milieu. Il était apprécié pour son esprit brillant et son charme, et on comprenait sans peine pourquoi Natalie Raines était tombée amoureuse de lui. Emily savait qu'il avait une fille de quatorze ans d'un premier mariage et qu'elle vivait avec lui à Manhattan. La mère de la jeune fille était décédée jeune et, d'après les informations qu'Emily avait recueillies, il avait espéré que Natalie saurait la remplacer. C'était, selon les amis de l'actrice, l'une des raisons de l'échec de leur mariage ; même eux reconnaissaient que pour elle *rien* ne comptait plus que sa carrière.

Ils seront de bons témoins, se persuada Emily. Ils montreront au jury combien Aldrich s'était senti blessé et frustré avant de perdre la tête et de la tuer.

Jimmy Easton. C'était de lui que dépendait l'issue du procès. Heureusement, certains éléments corroboraient sa déposition. Plusieurs témoins fiables viendraient déclarer qu'ils l'avaient vu en compagnie d'Aldrich dans un bar trois semaines avant le meurtre de Natalie. Mieux encore, se rappela Emily, Easton avait décrit avec précision la salle de séjour de l'appartement d'Aldrich à New York. Voyons comment Moore allait s'en tirer !

Malgré tout, parvenir à une condamnation ne serait pas une mince affaire. Le juge s'était adressé aux jurés et les avait avertis qu'il s'agissait d'un procès criminel et qu'en tenant compte des délais de sélection du jury et des délibérations il pourrait durer quatre semaines environ.

Emily jeta un coup d'œil derrière elle. Plusieurs journalistes étaient massés au premier rang de la salle d'audience, et elle avait vu les photographes et cameramen filmer l'arrivée d'Aldrich et de ses avocats. Elle savait qu'une fois le jury constitué et quand Moore et elle auraient prononcé leurs déclarations liminaires, la salle serait bondée. Le juge avait autorisé la retransmission du procès à la télévision, et Michael Gordon, le présentateur de l'émission *Courtside* sur le câble, s'apprêtait à la commenter.

La gorge sèche, elle avala sa salive. Emily avait vingt procès criminels à son actif et en avait gagné la plupart, mais celui-ci était de loin le plus spectaculaire de tous. Elle se dit encore une fois : Ce n'est pas dans la poche.

Le premier juré potentiel, une vieille dame aux airs de mamie, était appelé par le juge. Il lui demanda, sans que le jury puisse l'entendre, si elle s'était déjà fait une opinion sur l'accusé.

« Eh bien, Votre Honneur, puisque vous me posez la question et que je suis une personne honnête, je pense qu'il est coupable et archicoupable. »

Moore n'eut pas à intervenir. Le juge Stevens parla pour lui. Poliment mais fermement, il dit à la dame, visiblement déçue, qu'elle était récusée.

13

La fastidieuse sélection du jury et les prestations de serment durèrent trois jours. Le quatrième, le juge, les jurés, les avocats et l'accusé furent réunis. Le juge Stevens annonça aux jurés que les avocats allaient prononcer leur déclaration liminaire. Il leur communiqua les instructions générales et expliqua que, madame le procureur ayant la charge de la preuve, c'était à elle de commencer.

Prenant une longue inspiration, Emily se leva de sa chaise et s'avança vers les jurés. « Bonjour, mesdames et messieurs. Comme le juge Stevens vous en a informés précédemment, je m'appelle Emily Wallace et je suis substitut du procureur du comté de Bergen. Je suis chargée de vous présenter, afin que vous puissiez en prendre connaissance et les évaluer, les preuves rassemblées dans l'affaire État contre Gregg Aldrich. Comme le juge Stevens vous l'a également précisé, ce que je vais dire à présent ainsi que ce que M. Moore dira ensuite dans sa déclaration liminaire n'a pas valeur de preuve. Les preuves seront fournies par les témoins au cours de leurs dépositions et par les pièces à conviction venant à l'appui des dépositions. Le but de ma déclaration liminaire est de vous donner un point de vue général de l'accusation, afin qu'au fur et à mesure des témoignages vous compreniez mieux comment telle ou telle déposition s'inscrit dans l'argumentation d'ensemble de l'État.

« Lorsque tous les témoins auront été entendus, je m'adresserai à nouveau à vous – dans mon réquisitoire – et à ce stade, je vous prie de me croire, je serai en mesure d'affirmer que les témoins de l'État et les pièces à conviction matérielles présentées démontrent au-delà du doute raisonnable que Gregg Aldrich a brutalement assassiné sa femme. »

Pendant les quarante-cinq minutes qui suivirent, Emily détailla méticuleusement l'enquête et les circonstances qui avaient conduit à l'inculpation de Gregg Aldrich. Elle rappela que, au dire de tous, Natalie Raines et Gregg Aldrich avaient été très heureux au début des cinq années de leur mariage. Elle parla des succès d'actrice de Natalie et du rôle éminent joué par Aldrich quand il était son agent. Elle expliqua que les témoignages prouveraient que peu à peu, les impératifs de la carrière de Natalie, y compris les longues séparations dues aux tournées, avaient créé de fortes tensions dans le couple.

Baissant la voix, elle décrivit la frustration grandissante d'Aldrich, sa déception qui s'était muée en un profond ressentiment devant les absences répétées de Natalie. Avec compassion, elle rappela que la première femme d'Aldrich était décédée quand Katie n'avait que trois ans et qu'il avait espéré que Natalie jouerait auprès d'elle le rôle de seconde maman. Katie avait sept ans quand ils s'étaient mariés. Emily indiqua qu'elle appellerait à la barre des amis du couple qui témoigneraient des propos amers que Gregg tenait sur Natalie, lui reprochant de se consacrer uniquement à sa carrière et de ne plus leur offrir aucune présence affective.

Elle informa ensuite le jury que Natalie et Aldrich avaient signé un accord prénuptial garantissant l'indépendance de leurs patrimoines. Néanmoins, souligna-t-elle, une grande partie des revenus de Gregg provenaient de son activité d'agent pour sa femme. Quand, un an avant sa mort, Natalie l'avait quitté, elle lui avait déclaré qu'elle éprouvait toujours une profonde affection pour lui et désirait qu'il continue à être son agent. Cependant, à mesure que le temps passait, Natalie fut convaincue devant l'animosité d'Aldrich qu'une séparation définitive devenait nécessaire et il se trouva confronté à la perte substantielle des revenus provenant de sa principale cliente.

Emily rappela que les témoignages confirmeraient que Gregg avait demandé à maintes reprises à Natalie de reprendre la vie en commun mais qu'elle l'avait toujours repoussé. Qu'après leur séparation, Natalie avait racheté la maison de son enfance à Closter, dans le New Jersey, à une demi-heure de voiture de l'appartement de Manhattan que Gregg continuait d'habiter avec sa fille. Emily ajouta que Natalie était heureuse dans cette maison, qui lui permettait d'être à proximité du quartier des théâtres de New York, mais de rester à une certaine distance de Gregg sur le plan physique et émotionnel. Les témoins rappelleraient que Gregg en avait été très affligé mais qu'il espérait toujours que son mariage pouvait être sauvé.

Emily poursuivit : la preuve serait apportée que Gregg Aldrich, de plus en plus malheureux, s'était mis à suivre Natalie. Le vendredi qui avait précédé la mort de l'actrice, survenue dans la matinée du lundi, il avait assisté à la dernière représentation d'*Un tramway nommé Désir* à Broadway, assis au dernier rang de manière à passer inaperçu. Il avait toutefois été reconnu par quelques personnes qui racontèrent qu'il était resté impassible pendant tout le spectacle et avait été le seul à ne pas se lever pour les applaudissements de la fin.

Tandis que les jurés écoutaient avec une profonde attention, leur regard passant d'Emily à la table de la défense, Emily continua : « La liste des appels téléphoniques de Natalie montre que le samedi 14 Gregg a reçu ce qui allait être l'ultime message de sa femme. D'après ce qu'il a déclaré à la police après la découverte du corps, Natalie lui aurait annoncé qu'elle allait passer le week-end dans sa maison de Cape Cod. Elle aurait ajouté qu'elle avait toujours l'intention de le retrouver le lundi à trois heures pour la passation de pouvoirs chez son nouvel agent. »

Emily rapporta qu'Aldrich avait expliqué à la police que cette réunion avait pour but d'examiner avec le nouvel agent, en présence de Natalie, les contrats et les offres en suspens. Gregg l'avait reconnu, Natalie lui avait dit dans son message qu'elle voulait être seule pendant le week-end, le suppliant de ne chercher à la joindre sous aucun prétexte.

Emily se tourna alors vers Gregg, comme si elle voulait le défier. « Gregg Aldrich lui a obéi, dit-elle en haussant la voix. Bien qu'il ait initialement nié avoir eu d'autres contacts avec Natalie avant sa mort, la police lui a mis sous le nez la liste des enregistrements qu'elle n'a pas tardé à obtenir. Une demi-heure après cet appel téléphonique, il a en effet utilisé sa carte de crédit pour louer une voiture, une berline Toyota vert foncé, qu'il a conservée pendant deux jours et avec laquelle il a parcouru un total de 1 085 kilomètres. La location est un élément crucial parce que l'accusé est déjà propriétaire d'une voiture, qui pendant ce temps est restée dans le garage de son immeuble. »

Se tournant à nouveau vers les jurés, Emily souligna que le kilométrage avait une importance capitale, un aller-retour de Manhattan à Cape Cod représentant 865 kilomètres. Gregg Aldrich avait fini par admettre s'être rendu au Cape après qu'un voisin de Natalie l'avait vu passer devant chez lui le samedi soir au volant d'une Toyota vert foncé.

« Et quelle explication a-t-il trouvée ? Il voudrait faire croire au jury qu'il avait fait tout ce trajet dans le seul but de savoir si sa femme passait le week-end avec un autre homme. Aldrich voudrait aussi vous faire avaler que s'il avait réellement vu quelqu'un avec elle, il aurait renoncé à ses tentatives de réconciliation et accepté le divorce. »

Emily leva les yeux au ciel et haussa les épaules. « Tout simplement, fit-elle. Après l'avoir suppliée de revenir, le même homme qui l'avait littéralement traquée en utilisant une voiture de location destinée à le faire passer inaperçu allait tout laisser tomber et rentrer gentiment chez lui. Il avait compté sans la présence du voisin qui l'a vu au volant de cette voiture.

« Gregg Aldrich vit sur un grand pied. Il existe de très bons hôtels à Cape Cod, mais il a choisi un motel bon marché à Hyannis. Il a reconnu être passé devant la maison de Natalie à deux reprises le samedi, mais sans y remarquer ni voiture ni personne. Il a recommencé le dimanche, trois fois, la dernière à huit heures du soir. Natalie était apparemment seule. Il a prétendu avoir mis cinq heures pour rentrer à New York et s'être mis au lit aussitôt. Il s'est réveillé le lundi à sept heures du matin et, à sept heures vingt, il est sorti faire son jogging matinal dans Central Park, a couru ou marché pendant plus de deux heures, avant de rendre la Toyota à l'agence de location, à six rues de son bureau, à dix heures. »

La voix d'Emily prit un ton encore plus ironique : « Et quelle raison a-t-il donnée à la police pour expliquer qu'il avait loué une voiture plutôt que d'utiliser la sienne ? Il a déclaré que celle-ci avait dépassé la date de révision et qu'il ne voulait pas rajouter davantage de kilomètres au compteur. » Elle secoua la tête. « Une excuse pathétique. Je vais vous dire ce que je pense : Gregg Aldrich a loué une voiture que Natalie ne risquait pas de reconnaître si par hasard elle regardait par la fenêtre. Il ne voulait pas qu'elle sache qu'il l'espionnait. »

Elle s'interrompit un instant. « Mais il connaissait bien ses habitudes. Natalie n'aimait pas conduire dans les embouteillages. Elle préférait rouler tard le soir ou très tôt le matin. Considérez donc qu'Aldrich savait que Natalie serait de retour chez elle à Closter au début ou au milieu de la matinée du lundi et qu'il s'est rendu sur place dans le but de l'aborder de front. Il est arrivé avant elle. Vous entendrez la déposition de la femme de ménage d'une voisine, Suzie Walsh, qui a vu Natalie descendre de sa voiture dans son garage quelques minutes avant huit heures. Elle vous dira que cinq heures plus tard, à treize heures, quand elle est passée devant la maison de Natalie, elle a vu que la portière de la voiture était ouverte, ce qui lui a paru anormal. Elle vous dira aussi qu'elle a décidé d'entrer dans la maison et a trouvé Natalie étendue sur le sol, mourante. Les inspecteurs vous informeront qu'il n'y avait aucun signe d'effraction mais, d'après la mère de Natalie, sa fille cachait une clé de la porte de service à l'intérieur d'un faux rocher placé dans le jardin à l'arrière de la maison. La clé n'y était plus. Et, détail intéressant, Gregg Aldrich savait où trouver cette clé, car c'est lui qui avait acheté ce rocher décoratif pour Natalie. »

Emily continua : « L'État reconnaît n'avoir trouvé aucune preuve matérielle reliant Gregg Aldrich à la scène du crime. C'est pourquoi, durant les deux premières années de cette enquête, malgré l'existence de fortes présomptions, le bureau du procureur du comté de Bergen a reconnu que les soupçons portés sur Aldrich ne suffisaient pas à l'inculper. Il n'a été arrêté qu'il y a six mois, quand est survenu un élément nouveau en la personne de Jimmy Easton. »

C'est maintenant que va se jouer la partie la plus difficile, pensa Emily en avalant une gorgée d'eau. « Je commencerai à décrire M. Easton en vous prévenant qu'il s'agit d'un ancien criminel. Il a été plusieurs fois condamné et incarcéré au cours des vingt dernières années pour des infractions majeures. Pas plus tard qu'il y a six mois, il a récidivé. Il s'est introduit dans une maison de Ridgewood, mais on l'a rattrapé alors qu'il s'enfuyait avec des bijoux et de l'argent. La police avait été prévenue du cambriolage par une alarme silencieuse. Interrogé au commissariat local, il a vite compris qu'il risquait une longue peine de prison. C'est alors qu'il a annoncé à la police qu'il détenait une information de première importance concernant le meurtre de Natalie Raines. Des inspecteurs du bureau du procureur sont aussitôt venus le questionner. »

Les jurés écoutaient tous avec attention. Emily perçut leur réaction négative quand elle détailla les condamnations d'Easton pour cambriolage, vol, faux en écriture et vente illicite de drogue. Avant d'exposer ce qu'il avait dit aux inspecteurs, elle précisa qu'elle savait pertinemment qu'aucun jury n'ajouterait foi aux propos d'Easton sans qu'une preuve additionnelle vienne les confirmer. Et que cette preuve existait.

Emily déclara sans ambages qu'Easton ne coopérait pas par bonté d'âme. En échange de son témoignage, le bureau du procureur avait accepté de limiter à quatre ans son incarcération, six ans de moins que la peine à laquelle il aurait été condamné comme récidiviste. Elle leur rappela que des accords de cette nature étaient parfois nécessaires pour obtenir des informations concernant une affaire plus grave. Elle précisa qu'Easton ferait néanmoins de la prison, mais qu'il tirerait bénéfice de sa coopération.

Elle reprit son souffle. Elle était consciente que les jurés ne perdaient pas un mot de ce qu'elle disait. Elle leur rapporta qu'Easton avait déclaré aux inspecteurs avoir rencontré par hasard Gregg Aldrich dans un bar de Manhattan trois semaines avant le meurtre de Natalie Raines. Selon lui, Aldrich avait bu plus que de raison et semblait très déprimé. Il avait engagé la conversation, alors qu'ils étaient assis au comptoir, et prétendu qu'il voulait se débarrasser de sa femme. Easton avait expliqué à la police qu'il venait d'être libéré sur parole et n'arrivait pas à trouver du travail à cause de ses condamnations antérieures. Il habitait dans une chambre louée à Greenwich Village et vivait de petits boulots.

« Mesdames et messieurs les membres du jury, Jimmy Easton a informé Aldrich de son passé de criminel et ajouté qu'il était disposé, pour un prix convenable, à s'occuper de son problème. Aldrich lui a offert cinq mille dollars en acompte, plus vingt mille une fois le crime commis. Vous entendrez M. Easton témoigner que l'accord a été conclu et que M. Aldrich lui a fourni de nombreux détails concernant l'emploi du temps de Natalie et l'endroit où elle habitait. Vous apprendrez également, mesdames et messieurs, que les enregistrements téléphoniques font état d'un appel du portable d'Aldrich vers celui d'Easton. Vous apprendrez que Jimmy Easton s'est rendu dans l'appartement de Gregg Aldrich, dont il décrira l'intérieur en détail, et qu'il a accepté les cinq mille dollars d'acompte. Cependant, M. Easton vous dira qu'il a par la suite eu peur d'être arrêté et de passer le restant de sa vie en prison. Il vous dira qu'il a écrit une lettre à M. Aldrich pour l'informer qu'il ne pourrait pas donner suite à leur accord. Mesdames et messieurs, ma thèse est que, tragiquement pour Natalie Raines, c'est à ce moment-là que Gregg Aldrich a décidé de se charger lui-même de la tuer. »

Emily conclut en remerciant les jurés de leur attention. Lorsque le juge leur annonça que M. Moore allait maintenant s'adresser à eux, elle regagna lentement sa place. Elle adressa un signe de tête presque imperceptible à Ted Wesley, assis au premier rang. Je suis contente que ce soit terminé, pensa-t-elle. Cela s'est plutôt bien passé. Maintenant, écoutons ce que Moore va dire de notre témoin-vedette.

Moore se leva, secouant la tête avec affectation comme s'il voulait en chasser les stupidités qu'il avait dû entendre. Il remercia le juge, s'avança vers les bancs du jury d'un pas mesuré et s'inclina légèrement sur la barre.

Comme de bons voisins bavardant par-dessus la clôture, se moqua Emily. C'est sa manière de procéder. Parler entre amis.

« Mesdames et messieurs, je m'appelle Richard Moore et je représente Gregg Aldrich. Pour commencer, nous voudrions vous remercier de consacrer plusieurs semaines de votre vie privée pour siéger à ce banc. Nous vous en sommes reconnaissants. C'est aussi d'une extrême importance. Vous tenez littéralement l'avenir et la vie de Gregg entre vos mains. Le choix des jurés a pris longtemps, et quand j'ai déclaré que le jury était "satisfaisant", j'ai voulu dire que Gregg et moi savions que les personnes qui en faisaient partie seraient justes. Et c'est tout ce que nous attendons de vous.

« Le procureur vient de passer près d'une heure à décrire ce qu'elle présente comme l'ensemble des preuves dans ce procès. Vous l'avez entendue tout comme moi. Il n'y a eu aucune inculpation dans cette affaire pendant presque deux ans. Durant cette période la police savait seulement que Gregg et Natalie, comme bien d'autres couples, étaient en train de divorcer. Et comme beaucoup d'hommes dans ce genre de situation,

Gregg avait le cœur brisé. Je vous promets qu'il témoignera au cours du procès. Il vous dira, ainsi qu'il l'a raconté à la police longtemps avant d'être arrêté, qu'il est allé à Cape Cod parce qu'il voulait savoir si sa femme entretenait une liaison. Il voulait savoir si poursuivre ses tentatives de réconciliation en valait la peine.

« Vous apprendrez qu'il a constaté qu'elle était seule, puis qu'elle avait quitté Cape Cod et regagné New York. Il ne lui a jamais adressé la parole.

« Le substitut Wallace a souligné le fait que Gregg Aldrich était sorti le matin de l'assassinat de Natalie. Vous apprendrez, en effet, que le jogging fait partie de ses habitudes quotidiennes. Le bureau du procureur voudrait vous faire croire que, ce matin-là en particulier, il était parvenu à se rendre en voiture dans le New Jersey à l'heure de pointe, à tuer Natalie et à revenir à New York à travers les mêmes encombrements, le tout en deux heures. Il voudrait vous faire croire qu'il a assassiné la femme dont il savait qu'elle n'avait d'aventure avec personne et avec laquelle il voulait toujours désespérément se réconcilier. Voilà en gros en quoi consistaient les preuves jusqu'à l'arrivée de Jimmy Easton. Ce citoyen modèle, ce sauveur du procès, est un homme qui a passé les trois quarts de sa vie d'adulte en prison, et l'autre quart en liberté conditionnelle. »

Moore secoua la tête et continua, sarcastique : « Jimmy Easton a été arrêté pour la énième fois alors qu'il s'enfuyait après un cambriolage perpétré dans une maison du comté. Une fois de plus, il avait violé l'intimité d'un foyer familial qu'il avait mis à sac. Heureusement, l'alarme silencieuse a alerté la police et il a été pris. Mais tout n'était pas perdu pour Jimmy Easton. Il a trouvé en la personne de Gregg Aldrich un moyen d'échapper à une lourde peine de récidive. Vous allez entendre comment ce menteur pathologique, ce sociopathe, a transformé sa rencontre fortuite avec Gregg Aldrich dans un bar où ils ont discuté de baseball en un sinistre projet d'assassinat de la femme que Gregg aimait. Vous apprendrez comment Gregg a soi-disant offert à cet inconnu vingt-cinq mille dollars pour commettre ce crime. Vous apprendrez aussi qu'Easton a accepté cette proposition avant d'être pris de remords, apparemment pour la première fois de sa misérable vie, et de renoncer au marché.

« Telles sont les insanités que l'État vous demande d'avaler. Telles sont les preuves à partir desquelles on vous demande d'anéantir la vie de Gregg Aldrich. Mesdames et messieurs, je vous propose maintenant d'entendre la déposition de mon client, qui vous expliquera de manière satisfaisante pourquoi Easton a été à même de décrire sa salle de séjour et la raison de l'appel téléphonique qui lui a été adressé. »

Se retournant et pointant un doigt vers Emily, Moore tonna : « Pour la première fois en plus de vingt confrontations avec la justice, Easton témoigne pour l'État, au lieu d'être poursuivi par lui. »

Comme Moore regagnait son siège, le juge s'adressa à Emily : « Madame le procureur, veuillez appeler votre premier témoin. »

14

Dès l'instant où elle avait découvert Natalie, Suzie Walsh était devenue une célébrité parmi ses amis. Elle racontait à qui voulait l'entendre qu'elle avait eu un pressentiment en voyant la portière de la voiture et la porte du garage de Natalie ouvertes, exactement comme elles l'étaient cinq heures auparavant.

« Quelque chose m'a poussée à aller jeter un coup d'œil, malgré ma crainte d'être arrêtée pour intrusion, racontait-elle d'un ton haletant, et quand je suis entrée et que j'ai vu cette femme si belle qui gisait sur le sol, gémissant, son pull blanc tout couvert de sang, croyez-moi, j'ai senti mon cœur s'arrêter de battre. Mes doigts tremblaient tellement en composant le 911 que j'ai cru que je n'arriverais jamais à passer l'appel. Et alors... »

Sachant que la police tenait le mari de Natalie, Gregg Aldrich, pour suspect et qu'il risquait d'être mis en examen, Suzie s'était rendue une demi-douzaine de fois au tribunal du comté de Bergen lorsque s'y tenait un procès d'assises, dans le but de se familiariser avec l'environnement au cas où elle serait un jour appelée à témoigner. Elle trouva les délibérations passionnantes, mais nota que certains témoins parlaient trop et étaient incités par le juge à répondre aux questions sans donner leur opinion personnelle. Suzie savait qu'elle aurait du mal à en faire autant.

Quand, au bout de deux ans, Gregg Aldrich fut formellement accusé du meurtre de Natalie, et que Suzie sut qu'elle allait être appelée à témoigner, elle eut avec ses amies de longues discussions sur le genre de tenue qu'elle porterait à l'audience. « Tu seras peut-être en première page des journaux, lui dit l'une d'elles. À ta place, je m'achèterais un tailleur-pantalon en tweed noir ou marron. Je sais que le rouge est ta couleur préférée, mais c'est un peu trop gai pour décrire le spectacle que tu as vu ce jour-là. »

Suzie avait trouvé ce qu'elle cherchait en solde dans son magasin préféré. Un tailleur-pantalon de tweed marron tissé de rouge foncé. Non seulement c'était sa couleur favorite, mais elle lui portait toujours chance. Le fait que par ailleurs la coupe du tailleur amincissait sa silhouette plutôt rebondie lui donna confiance en elle.

Malgré tout, et bien qu'elle fût passée entre les mains du coiffeur la veille, Suzie sentit son estomac se nouer au moment où elle fut appelée à la barre. Elle posa sa main sur la bible et jura de dire la vérité, toute la vérité, rien que la vérité, avant de prendre place sur la chaise des témoins.

La procureur, Emily Wallace, était réellement ravissante, pensa Suzie, et elle paraissait très jeune pour requérir dans une affaire aussi importante que celle-ci. Une sorte de bienveillance se dégageait d'elle et, après les premières questions, Suzie commença à se détendre. Elle avait si souvent raconté toute l'histoire à ses amis qu'il lui était facile de répondre sans hésiter.

Suite aux questions d'Emily, Suzie expliqua qu'elle était entrée dans le garage, avait vu le portefeuille et la valise de Natalie Raines dans la voiture et frappé à la porte de la cuisine. S'apercevant qu'elle n'était pas fermée, elle l'avait ouverte et était entrée. Elle se retint d'expliquer qu'elle n'avait pas l'habitude d'entrer chez les gens sans y être invitée, mais que c'était différent cette fois-là, en raison de ce qu'elle avait vu. Contente-toi de répondre à ce qu'on te demande, pensa-t-elle.

Puis Emily Wallace la pria de décrire ce qu'elle avait découvert dans la cuisine.

« Je l'ai vue immédiatement. Si j'avais fait deux pas de plus, j'aurais buté sur son corps.

— Qui avez-vous vu, madame Walsh ?

— J'ai vu Natalie Raines.

— Était-elle encore en vie ?

— Oui. Elle gémissait comme un petit chat blessé. »

Suzie entendit un sanglot dans la salle. Son regard se porta vers une femme, au troisième rang, qu'elle reconnut d'après des photos parues dans la presse. C'était la tante de Natalie Raines qui sortait un mouchoir de sa poche et le portait à ses lèvres. Suzie vit le visage de la vieille dame devenir livide, mais elle n'émit plus aucun son.

Suzie rapporta alors qu'elle avait appelé le 911 et s'était agenouillée à côté de Natalie. « Son pull était maculé de sang. J'ignorais si elle pouvait m'entendre mais je sais que les gens qui paraissent inconscients peuvent parfois comprendre ce que vous dites si vous leur parlez. Alors, je lui ai dit qu'on allait la tirer de là, qu'une ambulance était sur le point d'arriver. Et soudain elle a cessé de respirer.

— L'avez-vous touchée ?

— J'ai posé ma main sur son front et l'ai caressé. Je voulais qu'elle sente qu'elle n'était pas seule. Elle devait avoir tellement peur, je veux dire, étendue là, souffrant horriblement, et sachant qu'elle était sans doute en train de mourir. Croyez-moi, j'aurais été terrifiée à sa place.

— Objection. »

Richard Moore se leva d'un bond de son siège.

« Objection accordée, ordonna le juge. Madame Walsh, bornez-vous à répondre à la question sans y ajouter de commentaire. Madame le procureur, veuillez répéter la question.

— L'avez-vous touchée ? demanda à nouveau Emily.

— J'ai posé ma main sur son front et je l'ai caressé », reprit prudemment Suzie, effrayée par l'avocat de la défense.

Mais quand vint le tour de Moore, il se contenta de poser quelques questions et se montra très amical. Elle eut un moment d'embarras lorsqu'il lui fallut avouer qu'elle passait presque tous les jours devant la maison de Natalie Raines en rentrant de son travail, même si elle était obligée de faire un détour. Elle remarqua le sourire de certains dans la salle au moment où elle dit que Natalie était son idole et qu'elle cherchait toutes les occasions de l'apercevoir.

« Quand avez-vous vu Natalie Raines pour la dernière fois avant d'entrer dans sa maison ? demanda Moore.

— Comme je l'ai dit, le matin même, alors qu'elle sortait de sa voiture.

— Pas d'autres questions », déclara Moore d'un ton définitif.

Suzie fut presque déçue que ce soit fini. En quittant le banc des témoins, elle fixa intentionnellement Gregg Aldrich. Bel homme, jugea-t-elle. Je peux comprendre qu'une femme, même aussi séduisante que Natalie Raines, soit tombée amoureuse de lui. Il a l'air si triste. Quel comédien ! C'est à vous dégoûter.

Elle espéra qu'il saisirait le regard de mépris qu'elle lui lança en sortant.

15

À cause de sa longue amitié avec Gregg Aldrich, et parce que le reproche de Katie l'avait piqué au vif, Michael Gordon s'était attendu à être particulièrement affecté par le procès de l'État du New Jersey contre Gregg Aldrich. Cependant, il n'avait pas imaginé qu'il éprouverait en même temps le sentiment presque fataliste que non seulement Gregg était coupable, mais qu'il allait être condamné pour le meurtre de sa femme.

Comme prévu, le procès avait un retentissement national. Natalie avait été une comédienne renommée, nominée à l'Academy Award. Gregg, habitué des manifestations du Tout-Broadway, était bien connu des lecteurs de la presse people qui se passionnaient pour les célébrités du monde du spectacle. Après la mort de Natalie, il avait été la cible toute désignée des paparazzis. Chaque fois qu'il accompagnait une actrice à une cérémonie quelconque, la rumeur courait qu'il avait une liaison avec elle.

Les magazines populaires s'en étaient donné à cœur

joie, soulignant qu'il était considéré comme suspect du meurtre.

Michael savait que la personnalité de Gregg donnait un poids particulier au procès. Mais s'y ajoutait un élément inattendu : les journaux se concentraient aussi sur la jeune et jolie procureur, Emily Wallace, et sur l'habileté avec laquelle elle menait son réquisitoire contre Aldrich.

Ancien avocat, il ne lui échappa pas qu'Emily éliminait toute possibilité que le meurtre de Natalie ait été commis sans préméditation. Les dépositions des inspecteurs de son bureau, Billy Tryon et Jake Rosen, furent extrêmement claires et précises.

Ils déclarèrent qu'aucune effraction n'avait été constatée dans la maison de Natalie Raines. On n'avait pas touché au système d'alarme. Un cambrioleur professionnel aurait pu ouvrir le petit coffre-fort de la chambre de Natalie avec un simple ouvre-boîte, mais aucun signe ne montrait qu'on s'en était approché. Tout semblait indiquer que l'assassin était sorti par la porte de service et avait traversé rapidement la cour et le petit bois à l'arrière pour gagner la rue. Il avait plu durant la nuit et, selon les deux inspecteurs, il portait probablement des protège-chaussures en caoutchouc car il n'avait pas été possible de prendre une empreinte correcte. Ils avaient tout de même relevé deux traces spécifiques à un endroit où l'herbe était particulièrement molle. La taille de la chaussure était comprise entre 42 et 44.

Gregg Aldrich chaussait du 43.

L'enregistreur du dispositif de sécurité avait été consigné comme pièce à conviction. L'alarme avait été mise la dernière fois le vendredi 13 mars, à seize heures. On l'avait coupée à onze heures trente le même soir, comme en témoigna l'installateur, et elle n'avait pas été rebranchée, ce qui signifiait que la maison était restée sans surveillance pendant le week-end et le lundi matin quand Natalie Raines avait été tuée.

À la barre, la mère de Natalie, Alice Mills, déclara que sa fille cachait un double de ses clés sous un faux rocher dans la cour, à l'arrière de sa maison de Closter. « Gregg connaissait l'existence de ce rocher, affirma-t-elle. C'est lui qui l'avait offert à Natalie. Quand elle vivait avec lui, elle passait son temps à perdre ou oublier la clé de son appartement. Le jour où elle s'est installée à Closter, il lui a conseillé d'avoir un autre jeu à portée de la main si elle ne voulait pas se trouver à la porte de sa maison par une nuit glaciale. »

L'exclamation qui échappa ensuite à Alice Mills fut retirée des minutes du procès, mais tout le monde dans la salle avait pu l'entendre. Éclatant en sanglots, le regard fixé sur Gregg, elle s'était écriée : « Vous vous êtes toujours montré si protecteur avec Natalie ! Comment avez-vous pu changer autant ? Comment avez-vous pu la haïr à ce point ? »

Le témoin suivant était un employé de chez Brookstone muni d'une copie de la facture prouvant que Gregg avait réglé l'achat du faux rocher avec sa carte de crédit.

La déposition du médecin légiste fut froide et précise. Partant de la position du corps, il déclara que Natalie Raines avait été attaquée dès qu'elle avait franchi la porte. Une bosse à l'arrière du crâne laissait penser qu'elle avait été jetée à terre, puis que l'assassin avait tiré à bout portant. « La balle n'a pas touché le cœur. La mort a été provoquée par une hémorragie interne.

— Si elle avait été secourue immédiatement après avoir été blessée, aurait-elle survécu ? s'enquit Emily Wallace.

— Absolument. »

Ce soir-là, les débats de l'émission *Courtside* roulèrent sur Emily Wallace.

« Le regard qu'elle a lancé à Aldrich après sa dernière question au médecin légiste était du pur théâtre, commenta Peter Knowles, un procureur à la retraite. Elle voulait que les jurés comprennent qu'après avoir tiré sur Natalie, Aldrich aurait encore pu lui sauver la vie. Au lieu de quoi, il l'a laissée se vider de son sang.

— Je n'en crois rien, dit avec force Brett Long, un criminologue. Pourquoi aurait-il couru le risque que quelqu'un entre dans la maison après son départ et aille chercher du secours ? Non. Aldrich, ou celui qui l'a tuée, a pensé qu'elle était morte. »

C'était exactement la réflexion que se faisait Michael Gordon. Pourquoi ne l'ai-je pas dit tout de suite ? se demanda-t-il. Est-ce parce que je ne veux pas offrir à Gregg même un soupçon de soutien ? Suis-je tellement sûr de sa culpabilité ? Au lieu de se ranger à l'avis de Brett Long, il dit : « Emily Wallace a le don de donner à chaque juré l'impression qu'elle lui parle en particulier. Nous savons tous à quel point c'est efficace. »

À la fin de la deuxième semaine du procès, les auditeurs furent invités à donner leur avis concernant l'innocence ou la culpabilité de Gregg sur le site de *Courtside*. Le nombre de réponses dépassa les prévisions, avec soixante-quinze pour cent des votes en faveur d'un verdict de culpabilité. Quand un membre du groupe de discussion le félicita du succès de son émission, Michael se souvint du reproche de Katie lui prédisant une prime pour son succès.

Les mailles du filet semblaient se resserrer chaque jour davantage autour de Gregg et Gordon éprouvait le sentiment de plus en plus profond d'avoir abandonné son ami, voire d'aider l'opinion à se dresser contre lui. Et les jurés ? se demanda-t-il. Ils étaient censés se tenir éloignés de la couverture médiatique du procès. Michael se demanda combien d'entre eux regardaient son émission le soir et s'ils étaient influencés par les votes du public.

Gregg regardait-il *Courtside* en rentrant chez lui ? Probablement. Il se demandait aussi si Gregg avait la même réaction que lui devant Emily Wallace – l'impression troublante que quelque chose en elle lui rappelait Natalie.

16

Zachary Lanning savait qu'il avait fait une erreur. Il n'aurait jamais dû se trouver dans la galerie d'Emily en train de regarder la télévision quand elle était rentrée. Une lueur inquiète avait traversé son regard en le voyant, et elle l'avait remercié de s'être occupé de Bess d'un ton très froid.

C'était uniquement à cause du procès qu'elle n'avait pas mis fin à leur arrangement, mais il était certain qu'elle ne tarderait pas à trouver une excuse pour se débarrasser de lui. Pire, peut-être mènerait-elle une enquête à son sujet. Elle était procureur, après tout. Il ne fallait pas éveiller sa méfiance.

Zachary Lanning, il avait pris ce nom pendant les longs mois où il avait échafaudé un plan pour se venger de Charlotte, de sa mère et des enfants. Il s'efforçait de ne jamais penser à ses autres noms, même s'ils refaisaient parfois surface pendant son sommeil.

À Des Moines il s'appelait Charley Muir, électricien et pompier bénévole. Charlotte était sa troisième femme, mais elle n'en savait rien. Il avait dépensé ses économies pour lui acheter une maison. Charley et

Charlotte, deux prénoms qui s'accordaient bien. Puis, au bout de deux ans, elle l'avait mis dehors. Sa mère était venue vivre avec elle et les enfants. Elle s'était installée chez moi, se disait-il, alors qu'elle ne venait jamais nous rendre visite quand j'étais là. Charlotte avait demandé le divorce et le juge lui avait attribué la maison et une pension parce qu'elle prétendait avoir abandonné une bonne situation pour s'occuper des enfants et lui faire la cuisine. Charlotte était une fief-fée menteuse. Elle n'avait jamais aimé son travail.

Il avait ensuite découvert qu'elle sortait avec un des pompiers de la caserne, Rick Morgan. Il avait entendu Rick dire que Charlotte l'avait quitté parce qu'elle avait peur de lui, qu'il était bizarre...

Il avait adoré voir Emily Wallace passer tout son été à instruire un procès destiné à faire condamner un type qui avait tué sa femme. Le plus fort est qu'elle va y arriver, songea-t-il, car elle est sacrément intelligente. Pas assez pourtant pour deviner que j'ai tué cinq per-sonnes d'un coup ! Il était fier de voir le nom et la photo d'Emily dans tous les médias. Il avait presque l'impression que les éloges lui étaient adressés.

Personne n'est plus proche d'elle que moi, pensait-il. Je lis ses e-mails. Je fouille dans son bureau. Je touche ses vêtements. Je lis les lettres que son mari lui écri-vait d'Irak. Je connais Emily mieux qu'elle ne se connaît elle-même.

Mais maintenant, il devait se débrouiller pour dissi-per ses soupçons. Il fit le tour du quartier et trouva une gamine qui cherchait à gagner un peu d'argent en sortant de l'école. Et le vendredi de la deuxième semaine du procès, il attendit le retour d'Emily et s'approcha d'elle au moment où elle descendait de sa voiture.

« Emily, je suis désolé, j'ai été transféré dans l'équipe qui travaille de seize à vingt-trois heures à l'entrepôt, mentit-il. C'est un coup dur pour Bess. »

Le soulagement que trahit le regard d'Emily l'emplit de rancœur. Puis il lui parla de cette jeune écolière, non loin de chez elle, qui était prête à le remplacer pour s'occuper de Bess au moins jusqu'à Thanksgiving, avant que ne commencent les répétitions de la pièce de théâtre de l'école.

« C'est très gentil de votre part, Zach, lui dit-elle. Mais je vais avoir des horaires plus raisonnables, je n'aurai sans doute plus besoin d'aide. »

Elle aurait pu aussi bien ajouter le mot « jamais ». Zach comprit qu'elle ne laisserait plus personne entrer chez elle en son absence.

« Très bien, voici quand même son numéro de téléphone, au cas où vous changeriez d'avis, et vos clés. » Zach poursuivit sans la regarder, d'un ton presque timide : « Je regarde cette émission, *Courtside*, tous les soirs. Vous êtes formidable. J'attends avec impatience de voir comment vous allez traiter ce salaud, Aldrich, quand il sera à la barre. Il doit être redoutable. »

Emily le remercia avec un sourire et enfouit la clé dans sa poche. Tout est bien qui finit bien, pensa-t-elle en montant les quelques marches qui menaient à la porte d'entrée. Je cherchais un moyen de mettre fin à cette situation et ce pauvre garçon l'a fait pour moi.

Zach la regarda s'éloigner en plissant les yeux. Emily l'éjectait de sa vie aussi sûrement que Charlotte l'avait mis à la porte de chez lui. Les choses ne se passaient pas comme il l'avait prévu, il avait espéré qu'elle laisserait la gamine d'à côté s'occuper de son chien et se réjouirait ensuite de le voir revenir. C'était fichu.

La fureur qui s'était emparée de lui à d'autres moments de sa vie le submergea à nouveau. Il prit sa décision. C'est ton tour, Emily, décida-t-il. Je ne supporte pas qu'on me repousse. Je ne l'ai jamais supporté et je ne le supporterai jamais.

Une fois à l'intérieur, Emily se sentit inexplicablement inquiète et referma à clé derrière elle. Elle alla dans la galerie, sortit Bess de son panier et se dit qu'elle ferait bien de changer la serrure de cette porte.

Pourquoi ai-je un tel sentiment d'appréhension ? se demanda-t-elle. Ce doit être le procès. J'ai tellement évoqué Natalie que j'ai l'impression de m'identifier à elle.

17

Depuis le début des débats, Gregg Aldrich avait pris l'habitude de rejoindre directement le cabinet de son avocat en quittant le tribunal et d'y rester une ou deux heures à passer en revue les dépositions des témoins de l'accusation qui avaient été appelés à la barre ce jour-là. Puis une voiture le ramenait chez lui. Katie, qui montrait toujours la même détermination à l'accompagner au tribunal, avait accepté de regagner directement l'appartement dès que l'audience s'interrompait, à seize heures, et d'y retrouver son professeur particulier.

Elle avait aussi accepté, à la demande de son père, de passer de temps en temps la soirée avec des amis qui étaient en classe avec elle à Manhattan avant qu'elle ne soit interne à Choate, dans le Connecticut.

Quand elle était à la maison, ils regardaient ensemble *Courtside*. Revoir les principaux moments du procès accompagnés des commentaires du groupe de discussion plongeait aussitôt Katie dans la colère et le désespoir.

« Papa, pourquoi Michael ne prend-il jamais parti en ta faveur ? demandait-elle. Il était si gentil quand nous allions skier avec lui, et il disait toujours que c'était toi qui avais fait la carrière de Natalie. Pourquoi ne le dit-il plus maintenant, quand cela pourrait t'être utile ?

— Nous allons lui apprendre, répliquait Gregg. Nous n'irons plus jamais faire de ski avec lui. »

Et il brandissait son poing en direction de la télévision, feignant l'indignation.

« Oh, papa, s'écriait Katie en riant, je parle *sérieusement*.

— Moi aussi », disait Gregg, d'un ton plus calme.

Il devait s'avouer que les soirs où Katie sortait avec ses amis étaient un répit pour lui. Pendant la journée, sa présence affectueuse, quand elle était assise quelques rangs derrière lui au tribunal, lui apportait un réconfort aussi enveloppant qu'une couverture chaude et douillette. Mais il lui arrivait parfois d'avoir tout simplement envie d'être seul.

Et ce soir, justement, Katie dînait dehors. Gregg lui avait promis de se faire monter un repas par le club de l'immeuble mais, après son départ, il se versa un double scotch avec des glaçons et s'installa dans le bureau, la télécommande à la main. Il avait l'intention de regarder *Courtside*, mais auparavant il voulait retrouver un souvenir.

Pendant leur réunion quelques heures plus tôt, Richard et Cole Moore l'avaient averti que Jimmy Easton serait appelé à la barre le lendemain et que l'issue du procès reposait sur sa crédibilité. « Gregg, le point crucial de sa déposition se situera au moment où il dira vous avoir retrouvé dans votre appartement, lui avait dit Richard. Je vous le demande à nouveau : y a-t-il une possibilité qu'il soit jamais venu chez vous ? »

Gregg s'était emporté : « Je n'ai jamais reçu ce menteur chez moi et ne me posez plus cette question. » Mais ce point le hantait. Comment Easton peut-il prétendre être venu ici ? Est-ce que je deviens fou ? se dit-il.

Il avala une gorgée de whisky et s'arma de courage avant de regarder *Courtside*, comme tous les soirs. Mais l'effet apaisant du pur malt s'évanouit aussitôt. Soixante-quinze pour cent des téléspectateurs qui avaient répondu au sondage sur le Net le croyaient coupable.

Soixante-quinze pour cent ! se répéta-t-il, incrédule. Soixante-quinze pour cent !

Un extrait de la vidéo du procès apparut à l'écran, montrant Emily Wallace au moment où son regard avait croisé le sien. Comme au tribunal, l'expression de dédain et de mépris dans ses yeux le figea sur place. Tous les spectateurs de l'émission devaient le constater comme lui. Un accusé est présumé innocent jusqu'à preuve du contraire, se dit-il. Elle se débrouille drôlement bien pour prouver que je suis coupable.

Incontestablement, il y avait quelque chose chez Emily Wallace qui le troublait. Un des invités de *Courtside* avait qualifié sa présentation de « pur théâtre ». Il a raison, pensa Gregg, il baissa le volume du son et, les yeux fermés, palpa dans sa poche la feuille de papier pliée, semblable à toutes celles sur lesquelles il griffonnait pendant l'audience. Il s'était livré à des calculs : la voiture de location avait 24 300 kilomètres au compteur quand il l'avait prise, et 1 085 de plus quand il l'avait rendue. Un total de 865 kilomètres correspondait à l'aller-retour de Manhattan à Cape Cod. Il avait fait cinq fois le trajet qui séparait le motel de Hyannis de la maison de Natalie à Dennis entre le samedi après-midi et le dimanche soir. Environ 32 kilomètres chaque fois. Ce qui représentait un peu plus de 160 kilomètres.

Il me restait juste assez de kilométrage pour aller jusqu'à la maison de Natalie le lundi matin, la tuer et être de retour à Manhattan à l'heure prévue, pensa Gregg. Aurais-je pu commettre un acte aussi abominable ? Ai-je *jamais* couru pendant plus de deux heures d'affilée ? Étais-je déboussolé au point de ne plus avoir aucun souvenir ?

Aurais-je pu la laisser se vider de son sang ?

Il ouvrit les yeux et augmenta le volume. Son ancien ami intime Michael Gordon disait : « Demain aura lieu un véritable feu d'artifice au tribunal, quand le témoin-vedette de l'État, Jimmy Easton, viendra témoigner qu'il a été engagé par Gregg Aldrich pour assassiner sa femme dont il était séparé, la célèbre actrice Natalie Raines. »

Gregg appuya sur le bouton d'arrêt de la télécommande et finit son verre.

18

« Votre Honneur, l'État appelle James Easton à comparaître. »

La porte de la cellule du tribunal s'ouvrit. Easton en sortit et s'avança lentement vers la barre, encadré par les agents de police. À sa vue, Emily se rappela une des expressions favorites de sa grand-mère : « La farine du diable ne fait pas du bon pain. »

Jimmy portait le costume bleu marine, la chemise blanche et la cravate à petits motifs qu'Emily avait personnellement choisis pour le jour où il se présente-rait devant la cour. Malgré ses protestations, il s'était laissé couper les cheveux par le coiffeur de la prison et, néanmoins, comme Emily en avait fait la remarque à Ted Wesley, il avait toujours l'apparence d'un tau-lard.

Grâce à sa longue expérience des tribunaux, il savait ce qui viendrait ensuite. Il s'arrêta en arrivant devant le banc du juge. Le juge Stevens lui ordonna alors de déclarer son identité, puis d'épeler son nom de famille.

« James Easton, E A S T O N.

— Veuillez lever la main droite et prêter serment. »

L'hypocrisie affichée sur le visage d'Easton quand il jura de dire la vérité, toute la vérité et rien que la vérité provoqua une vague de ricanements parmi l'assistance.

Bravo, pensa Emily, consternée. Pourvu que le jury reste impartial devant mon témoin-vedette.

Le juge Stevens frappa plusieurs coups secs de son marteau et menaça d'expulsion et d'interdiction d'assister aux audiences suivantes quiconque réagirait verbalement ou par gestes à la déposition d'un témoin.

Une fois Easton installé dans son siège, Emily s'avança lentement vers lui, le visage grave. Sa stratégie était de l'amener à évoquer d'emblée ses condamnations anciennes et l'accord qu'il avait conclu avec elle. Elle avait décrit son passé criminel dans son exposé liminaire et voulait en finir avec cette question. En attaquant le sujet de front, elle espérait montrer aux jurés qu'elle entendait être honnête avec eux et que son témoin, en dépit de la liste interminable de ses délits, méritait d'être cru.

Je marche sur un fil, pensa-t-elle, et peut-être va-t-il céder. Mais Easton réagit aussi bien qu'elle pouvait l'espérer aux questions successives qu'elle lui posa d'un ton neutre. Le ton humble, le geste mesuré, il ne fit pas mystère de ses nombreuses arrestations et condamnations. Puis, il ajouta inopinément : « Mais je n'ai jamais touché un cheveu de personne, madame. C'est pourquoi je n'ai pas pu exécuter le marché passé avec M. Aldrich et tuer sa femme. »

Richard Moore se leva d'un bond. « Objection. »

Bravo, Jimmy ! pensa Emily. Même si la remarque est retirée des minutes, les jurés l'auront bel et bien entendue.

La matinée était déjà avancée quand Easton avait commencé sa déposition. À midi vingt, voyant qu'Emily s'apprêtait à interroger son témoin sur ses relations avec Gregg Aldrich, le juge Stevens intervint : « Madame Wallace, l'interruption habituelle du déjeuner approchant, je propose que nous suspendions la séance jusqu'à treize heures trente. »

Excellent, pensa Emily. Il y aura ainsi un laps de temps suffisant entre les déclarations de Jimmy sur son passé et sa déposition concernant Aldrich. Merci, monsieur le juge. Impassible, elle attendit à la table du procureur qu'Easton soit reconduit jusqu'à sa cellule par les agents et que les jurés aient quitté la salle. Puis elle gagna rapidement le bureau de Ted Wesley. Il avait assisté à l'audience pendant toute la matinée et elle voulait connaître son opinion sur la manière dont elle avait conduit l'interrogatoire d'Easton.

Depuis l'annonce, deux semaines plus tôt, de sa nomination à la fonction de ministre de la Justice, les médias s'étaient livrés à une vague de commentaires, la plupart très élogieux. Pourquoi en aurait-il été autrement ? se dit Emily en se hâtant dans le couloir. Ted avait été un avocat renommé, très actif dans les cercles républicains, avant d'être nommé procureur.

En entrant, elle vit sur son bureau une pile de coupures de presse dont elle aurait juré qu'elles concernaient sa nomination. Et il était clair qu'il était d'excellente humeur.

« Emily, dit-il en l'accueillant, approchez-vous. Regardez-moi ça.

— J'ai presque tout lu. Vous avez une presse fabuleuse. Félicitations.

— Vous ne vous débrouillez pas mal non plus. Vous m'avez presque délogé de la une des journaux tant vous menez cette affaire avec brio. »

Il avait fait monter des sandwichs et du café pour déjeuner sur place. « J'ai commandé un jambon-fromage pour vous. Et du café noir. Ça vous va ?

— C'est parfait. »

Elle prit le sandwich qu'il lui tendait.

« Maintenant asseyez-vous et détendez-vous un instant. Je dois vous parler. »

Emily venait juste de déballer son sandwich. Y avait-il du nouveau ? Elle le regarda d'un air interrogateur.

« Je vais vous donner un conseil, Emily. Vous n'avez pas voulu dire que vous aviez eu une transplantation cardiaque il y a deux ans. Personne dans le service n'ignore que vous avez subi une opération du cœur et, bien sûr, vous êtes restée en convalescence pendant plusieurs mois. Mais comme vous avez été extrêmement avare de détails, je pense être le seul ici à savoir qu'il s'agissait d'une transplantation.

— C'est vrai », dit doucement Emily en ouvrant le sachet de moutarde qu'elle pressa sur son sandwich. « Ted, vous savez que la mort de Mark m'a anéantie.

J'étais une vraie loque. Les gens ont été merveilleux, mais toute cette compassion m'étouffait. Puis, moins d'un an plus tard, lorsqu'il a fallu subitement remplacer ma valve aortique, tout a été de mal en pis. Au bureau, on s'attendait à ce que je reste absente pendant trois mois de toute façon. Aussi, quand la valve a lâché et que j'ai eu la chance de pouvoir bénéficier immédiatement d'une transplantation, je suis retournée tranquillement à l'hôpital et je n'ai raconté qu'à quelques rares personnes, dont vous, ce qui était arrivé. »

Ted se pencha en avant dans son fauteuil, laissant de côté son sandwich, et la regarda avec une profonde sollicitude. « Emily, je comprends parfaitement, et j'ai toujours su pourquoi vous n'avez pas voulu en parler. J'ai vu votre réaction, il y a six mois, quand je vous ai demandé si vous vous sentiez d'attaque pour vous charger de cette affaire. Je sais que vous ne voulez pas passer pour quelqu'un de fragile, dans tous les sens du terme. Mais parlons franchement. Vous requérez dans un procès très médiatisé et vous êtes en train de devenir célèbre. Les débats sont commentés tous les soirs dans *Courtside* et votre nom constamment cité. On ne parle que de vous. Ce n'est qu'une question de jours avant qu'ils se mettent à fouiller votre passé et, croyez-moi, ils finiront par trouver. Vous suscitez un véritable intérêt en tant que personne. Entre la transplantation et la disparition de Mark en Irak, vous allez être la cible favorite des journalistes, même s'ils se montrent favorables à votre égard. »

Emily but une gorgée de café. « Votre conseil, Ted ?

— Soyez prête. Attendez-vous aux questions et ne vous laissez pas démonter. Que vous le vouliez ou non, vous êtes aujourd'hui un personnage public.

— Oh, Ted, c'est tout ce que je déteste, protesta Emily. Je n'ai jamais souhaité parler de tout ça. Vous savez que certains individus peuvent vous rendre la vie difficile quand vous faites partie du bureau du procureur et que vous êtes une femme. »

En particulier des individus comme votre cousin, pensa-t-elle.

« Emily, vous n'avez pas cherché à ce que je vous facilite la tâche à cause de vos problèmes de santé, et pour cela je vous ai admirée, croyez-moi.

— Il y a autre chose, dit posément Emily. Mark ne s'attendait pas à mourir. Il était certain de revenir. Il nourrissait tellement de projets pour nous et notre avenir. Nous avions même discuté des noms que nous donnerions à nos enfants. Aujourd'hui, je suis pleinement consciente d'être en vie grâce à la mort de quelqu'un d'autre. Quelle que soit cette personne, elle aussi devait nourrir des projets et des espoirs pour l'avenir. C'est une chose que j'ai du mal à accepter.

— Ce que je peux comprendre. Mais écoutez mon conseil. Soyez prête à être interrogée là-dessus aussi. »

Emily mordit dans son sandwich et se força à sourire. « Pour changer de sujet, vous avez l'air de penser que jusqu'ici je me suis bien débrouillée avec Jimmy Easton.

— Je regardais Richard Moore se tortiller sur sa chaise pendant que Jimmy Easton exposait son passé et l'arrangement qu'il a conclu avec nous. Vous lui avez coupé l'herbe sous le pied en déballant tout le paquet en première partie, Emily. Vous êtes parvenue à convaincre le jury qu'à vos yeux Easton est une crapule mais que, dans cette affaire, il ne ment pas. »

Emily mangea encore quelques bouchées de son sandwich et enveloppa le reste. « Merci, Ted. J'espérais avoir votre approbation. » Elle hésita, avala avec difficulté. « Et merci pour tout le reste... votre soutien quand j'ai perdu Mark... quand j'ai été malade... et merci de m'avoir confié cette affaire. Je ne l'oublierai jamais. »

Ted Wesley se leva. « Vous avez amplement mérité tout le soutien que je vous ai apporté, dit-il avec chaleur. Et je vais vous confier une chose, Emily, si vous faites condamner Aldrich, je ne serais pas étonné que le nouveau procureur vous offre le poste de premier substitut. Cela n'aurait rien d'anormal. Retournez là-bas et vendez Easton au jury. Faites-leur croire à tous qu'il s'est rangé des voitures. »

Emily se leva de sa chaise en riant. « Si j'y arrive, c'est que je suis capable de vendre de la glace à un Esquimau, comme on dit. À bientôt, Ted. »

19

Sans s'en douter, Jimmy Easton eut exactement le même déjeuner qu'Emily, un sandwich jambon-fromage et du café noir. À la seule différence qu'il se plaignit auprès du gardien de sa cellule de ne pas avoir assez de moutarde.

« On s'en souviendra demain si vous êtes encore là, ricana son geôlier. Nous ne voudrions surtout pas que vous soyez insatisfait de notre cuisine.

— Je suis sûr que vous en parlerez au chef, grommela Jimmy, et vous lui direz aussi que, la prochaine fois, il ajoute une rondelle de tomate. »

Il n'obtint pas de réponse.

Hormis le manque de moutarde, Jimmy se sentait plutôt satisfait de sa performance jusque-là. En récitant tous ses délits antérieurs, il avait eu l'impression de se confesser. « Bénissez-moi, mon père, parce que j'ai péché... Il y a plus ou moins une trentaine d'années que je n'ai pas mis les pieds dans un confessionnal. J'ai été arrêté dix-huit fois, emprisonné trois fois pour un total de douze ans. Puis, voilà six mois, j'ai cambriolé quatre maisons en une semaine et été assez stupide pour me faire prendre à la quatrième. Mais j'ai toujours su que j'avais un atout dans ma manche. »

Bien entendu, ce n'était pas à un prêtre qu'il avait raconté cette histoire. En réalité, il s'était mis à table devant l'inspecteur du bureau du procureur, et c'était pour cette raison qu'ils étaient tous aux petits soins pour lui, alors qu'il aurait dû en prendre pour dix ans au minimum.

Jimmy avala la dernière goutte de son café. Peut-être devrait-il préciser à ce gardien qui faisait le malin qu'il aimerait bien en avoir une plus grande tasse demain. Et un petit oignon au vinaigre, se dit-il avec un ricanement. Il regarda la pendule au mur. Il était presque treize heures. Le juge serait de retour dans une demi-heure. « La cour, veuillez vous lever. » Pourquoi pas : « Jimmy Easton, veuillez vous lever » ? Dans la soirée il y aurait sûrement des détenus pour regarder *Courtside* et le voir apparaître à l'écran. Il allait faire de son mieux pour leur offrir un chouette spectacle.

Jimmy se leva et tapa contre les barreaux de sa cellule. « Je veux aller aux chiottes », cria-t-il.

À treize heures trente précises, il était de retour à la barre. Au moment de s'asseoir, il se souvint des instructions d'Emily Wallace. « Tenez-vous droit. Ne croisez pas les jambes. Regardez-moi. Ne vous avisez pas de faire le mariole devant le jury. »

Mais je parie qu'elle n'a pas regretté de m'entendre déclarer à l'improviste que je n'avais jamais fait le moindre mal à personne, pensa Jimmy. L'air sérieux, il se tourna vers Emily Wallace. Quand elle venait l'interroger en prison, elle avait parfois les cheveux relevés. Aujourd'hui ils tombaient sur ses épaules, parfaitement coiffés, lisses comme une cascade. Elle portait un tailleur bleu foncé, qui rappelait la couleur de ses yeux. Pas de doute, c'était une belle nana. Des types lui avaient dit que c'était une dure à cuire quand elle avait décidé de vous faire la peau, mais ce n'était pas le cas avec lui, de ça il était sûr.

« Monsieur Easton, connaissez-vous le prévenu, Gregg Aldrich ? »

Jimmy serra les lèvres, retenant la réponse qu'il aurait formulée en d'autres circonstances : « Tu parles que je le connais. » Au lieu de quoi, il répondit d'une voix mesurée : « Oui, je le connais.

— Quand avez-vous rencontré M. Aldrich pour la première fois ?

— Il y a deux ans et demi, le 2 mars.

— À quelle occasion avez-vous rencontré M. Aldrich ?

— J'étais au Vinnie's-on-Broadway. Un bar de la 46e Rue à Manhattan.

— Quelle heure était-il ?

— Environ dix-huit heures trente. Je prenais un verre et le type sur le tabouret à côté de moi m'a demandé de lui passer les cacahuètes et les amandes salées, ce que j'ai fait. Mais j'ai pris deux ou trois amandes au passage, et il m'a dit que c'était ce qu'il préférait lui aussi, ensuite nous nous sommes mis à bavarder.

— Vous êtes-vous présentés l'un à l'autre ?

— Ouais. Je lui ai dit que je m'appelais Jimmy Easton et il m'a dit qu'il s'appelait Gregg Aldrich.

— M. Aldrich est-il dans cette salle ?

— Et comment qu'il est là. Je veux dire, oui.

— Auriez-vous l'obligeance de le désigner du doigt et de décrire brièvement la façon dont il est habillé ? »

Jimmy montra la table de la défense. « C'est celui qui est assis au milieu entre les deux autres hommes. Il porte un costume gris et une cravate bleue.

— Les minutes du procès rappelleront que M. Easton a identifié M. Aldrich », dit le juge Stevens.

Emily poursuivit son interrogatoire : « Est-ce vous qui avez engagé la conversation avec M. Aldrich, monsieur Easton ?

— Je dirais plutôt qu'Aldrich a commencé à me parler. Il était déjà à moitié bourré...

— Objection ! s'écria Moore.

— Objection accordée », dit le juge, avant d'ajouter : « Monsieur Easton, répondez uniquement à la question qui est posée. »

Jimmy feignit un air contrit. « D'accord. » Il surprit le regard d'Emily et ajouta hâtivement : « Votre Honneur. »

« Monsieur Easton, retracez-nous fidèlement, je vous prie, la conversation que vous avez eue avec

M. Aldrich. » Nous y voilà, pensa Emily. C'est ici que tout se joue.

« Eh bien, vous voyez, commença Jimmy, nous avions bu un verre ou deux et nous avions tous les deux le moral à zéro. En général, je ne raconte pas que j'ai fait de la prison, vous savez, c'est plutôt gênant, mais j'avais cherché du boulot toute la journée et je n'avais essuyé que des refus. J'ai dit à Aldrich que c'était dur pour un type comme moi de se réformer, même s'il en avait l'intention. »

Jimmy se tortilla sur son siège. « Et c'est mon intention », assura-t-il à l'auditoire.

« Comment Gregg Aldrich a-t-il réagi à ce que vous lui disiez ?

— D'abord, il a rien dit. Il a sorti son téléphone portable et composé un numéro. Une femme a répondu. Quand elle a su que c'était lui qui appelait, elle est entrée en rage. Je veux dire qu'elle criait si fort que je pouvais l'entendre. Elle hurlait : "Gregg, fiche-moi la paix." Puis elle a sans doute raccroché, et j'ai bien vu qu'il était furax. Il s'est tourné vers moi et a dit : "C'était ma femme. Je la *tuerais* si je pouvais."

— Pourriez-vous répéter, monsieur Easton ?

— Il s'est tourné vers moi et a dit : "C'était ma femme. Je la *tuerais* si je pouvais."

— Gregg Aldrich a dit : "C'était ma femme, je la *tuerais* si je pouvais", reprit lentement Emily, désireuse de laisser les mots s'imprimer dans l'esprit des jurés.

— Ouais. »

Emily lança à la dérobée un regard à Gregg Aldrich. Il secouait la tête comme s'il n'en croyait pas ses oreilles. Elle voyait des gouttes de transpiration se former sur son front. Moore lui murmura quelques mots, cherchant visiblement à le calmer. Inutile, pensa-t-elle. Je n'en suis qu'au début.

« Monsieur Easton, quelle a été votre réaction en entendant ces propos de la part de M. Aldrich ?

— Je me suis rendu compte qu'il était drôlement secoué. Je veux dire hors de lui. Il était écarlate et il a donné un grand coup sur le bar avec son téléphone, mais j'ai cru qu'il plaisantait. Alors, juste pour plaisanter moi aussi, je lui ai dit : "Je suis fauché. Pour vingt mille dollars, je le fais à votre place."

— Que s'est-il passé alors ?

— Un type est entré dans le bar, il a aperçu Aldrich et s'est dirigé droit sur lui.

— M. Aldrich vous a-t-il présenté à cet homme ?

— Non. Il est seulement resté le temps de dire qu'il avait vu Natalie dans *Un tramway nommé Désir* et qu'elle était superbe. C'est le mot qu'il a employé, superbe.

— Comment a réagi M. Aldrich ?

— Il lui a dit sur un ton plutôt agacé que Natalie était superbe dans tous ses rôles, puis il lui a tourné le dos. L'autre a juste haussé les épaules et il s'est dirigé vers la salle du restaurant, je l'ai vu rejoindre des gens à une table.

— Vous êtes-vous rendu compte que cet homme parlait de Natalie Raines ?

— C'est ce que j'ai tout de suite compris. J'aime aller au cinéma et je l'ai vue dans le film pour lequel elle a été nommée pour les Oscars. Et j'ai vu les affiches du *Tramway*. »

Emily but une gorgée d'eau. « Monsieur Easton, après cette rapide rencontre, que vous a dit M. Aldrich ?

— Je lui ai dit, juste pour plaisanter : "Dites donc, votre femme c'est Natalie Raines. Mon prix pour la supprimer du paysage vient d'augmenter."

— Comment a-t-il réagi ?

— Il m'a regardé sans un mot pendant une minute, puis il a dit : "Et quel est votre prix à présent, Jimmy ?"

— Qu'avez-vous répondu ?

— Toujours en plaisantant, j'ai dit : "Cinq mille tout de suite et vingt mille quand j'aurai fini le boulot."

— Et qu'a dit M. Aldrich ?

— Il a dit : "Laissez-moi réfléchir. Donnez-moi votre numéro de téléphone." Je le lui ai noté sur un bout de papier, ensuite je me suis levé pour partir, mais j'ai eu envie d'aller aux toilettes avant. Je suppose qu'il a cru que j'avais déjà quitté les lieux car, moins de cinq minutes plus tard, alors que j'étais en train de me laver les mains, mon portable a sonné. C'était Aldrich. Il a dit qu'il acceptait mon offre et que je devais me rendre à son appartement le lendemain pour y prendre les cinq mille dollars en liquide.

— M. Aldrich vous a demandé de venir le lendemain. C'est-à-dire le 3 mars, n'est-ce pas ?

— Oui, vers seize heures. Il a dit que la femme de ménage serait partie à cette heure-là. Il a ajouté qu'il m'attendrait à l'angle de son immeuble et qu'il me ferait monter chez lui pour que le portier n'ait pas à m'annoncer. Il m'a recommandé de porter des lunettes noires et un chapeau. C'est ce que j'ai fait, et il était là, au coin. Puis il a laissé d'autres personnes sortir d'un taxi et entrer dans l'immeuble, et nous sommes montés avec elles dans l'ascenseur.

— Vous êtes donc allé dans son appartement et il vous a donné cinq mille dollars pour tuer Natalie Raines.

— C'est ça, et il m'a indiqué où elle habitait dans le New Jersey, et ses horaires au théâtre.

— Pouvez-vous décrire l'appartement de M. Aldrich, monsieur Easton ?

— Il est situé au seizième étage. Super luxueux. Vous savez, seulement deux appartements par étage. Un grand hall d'entrée. La pièce de séjour peinte dans une sorte de blanc, avec une énorme cheminée de marbre ornée d'une quantité de sculptures au centre. Je me souviens qu'il y avait un de ces tapis d'Orient, dans des couleurs rouge et bleu. Et un canapé bleu, face à la cheminée, des fauteuils sans bras de chaque côté. Il y avait aussi un autre petit divan sous la fenêtre et plein de tableaux sur les murs.

— Combien de temps y êtes-vous resté ?

— Pas longtemps. Il ne m'a pas demandé de m'asseoir. Je voyais qu'il était drôlement nerveux. Puis il a ouvert le tiroir d'une petite table près du divan, en a sorti l'argent et compté cinq mille dollars.

— Qu'avez-vous fait ensuite ?

— Je lui ai demandé comment je toucherais le reste de l'argent après avoir fait le travail. Il a dit que la police l'interrogerait probablement après la découverte du corps, étant donné qu'ils étaient en plein divorce, et qu'il m'appellerait une semaine plus tard d'un téléphone public pour me donner rendez-vous au cinéma au coin de la 57e Rue et de la Troisième Avenue.

— C'était l'arrangement convenu quand vous avez quitté Gregg Aldrich ?

— Ouais. Mais après j'ai réfléchi. Je me suis dit que Natalie Raines était tellement célèbre que ça ferait un foin de tous les diables s'il lui arrivait quelque chose. Ça fourmillerait de flics partout et je risquais de finir ma vie en prison. En fait, quand j'ai empoché les cinq mille dollars, je savais que j'irais sans doute pas jusqu'au bout. Je ne suis pas un tueur.

— Comment avez-vous annoncé à M. Aldrich que vous renonciez ?

— Je lui ai écrit une lettre où je disais que je ne pensais pas convenir pour le job qu'il m'avait confié et que je le remerciais de l'acompte non remboursable qu'il m'avait versé. »

L'éclat de rire qui parcourut la salle provoqua l'agacement du juge, qui réitéra ses mises en garde contre toute forme de manifestation. Puis il pria Emily de poursuivre.

« Qu'avez-vous fait des cinq mille dollars, monsieur Easton ?

— Comme d'habitude. Je les ai claqués au jeu.

— Quand avez-vous posté la lettre dans laquelle vous renonciez au projet d'assassiner Natalie Raines ?

— Le 12 mars au matin, adressée à Gregg Aldrich à son appartement. Je l'ai mise à la boîte près de la pension où je loge dans Greenwich Village.

— Pourquoi lui avez-vous écrit ?

— Parce qu'il m'avait dit de ne pas lui téléphoner, que lui-même avait fait une erreur en m'appelant la première fois. Et je savais qu'il recevrait la lettre. Vous savez ce qu'on dit : ni la tempête ni la pluie ni l'obscurité n'empêchent le facteur de faire sa tournée. Et je dois admettre qu'il m'apporte toujours mes factures. »

Jimmy ne put s'empêcher de se tourner avec un sourire vers les jurés, espérant qu'ils apprécieraient sa petite plaisanterie. Il savait qu'ils buvaient ses paroles et il se réjouissait de ne pas être l'accusé, pour une fois.

« Cette lettre dans laquelle vous renoncez à votre engagement de tuer Natalie Raines a été postée le 11 mars », reprit lentement Emily en se tournant vers les jurés. Elle espérait qu'ils feraient leurs propres calculs. Gregg Aldrich avait donc reçu la lettre le vendredi 13 ou le samedi 14.

Elle espérait aussi qu'ils se rappelaient son exposé liminaire. Le soir du vendredi 13, Gregg avait assisté à la dernière représentation de Natalie et les témoins qui l'avaient aperçu avaient déclaré qu'il se tenait au dernier rang, le visage impénétrable, et qu'il avait été le seul à ne pas se lever pour applaudir. Le samedi 14 mars, il avait loué une voiture et suivi son ex-femme à Cape Cod.

Elle attendit un long moment, puis se tourna vers le juge Stevens. « Pas d'autres questions, Votre Honneur. »

20

Richard Moore se leva lentement. Pendant les deux heures qui suivirent, après avoir repassé en revue le long passé criminel de Jimmy Easton, il entreprit d'attaquer sa déposition. Mais Emily nota avec satisfaction que plus Easton répondait, plus il renforçait leur position.

Moore s'efforçait de donner une interprétation différente des faits relatés par Easton : que Gregg avait rencontré Jimmy au Vinnie's-on-Broadway, qu'il avait téléphoné à Natalie en présence de Jimmy, qu'une connaissance, Walter Robinson, était venue faire l'éloge de l'interprétation de Natalie dans le *Tramway*, et que peu après Gregg avait appelé Jimmy sur son téléphone portable.

Mais, malgré toute son habileté, Richard Moore ne parvenait pas à déstabiliser Easton ni à le pousser à la contradiction. À sa question : « N'est-il pas exact que Gregg Aldrich et vous n'avez eu qu'une conversation anodine à propos de sport ? » Jimmy répondit : « Si pour vous le fait de me demander de tuer sa femme est une conversation anodine, c'est sûr. »

À la question de Moore : « N'est-il pas vrai que, dans un bar aussi bruyant, il vous aurait été impossible d'entendre ce que Nathalie Raines a dit à Gregg ? » la réponse d'Easton fut : « C'était une actrice. Elle savait comment projeter sa voix. C'est étonnant que le bar tout entier ne l'ait pas entendue l'invectiver. »

Jimmy est aux anges, pensa Emily. Il se régale de tenir le devant de la scène. Elle s'inquiétait pourtant de le voir devenir trop bavard, obligeant le juge Stevens à lui rappeler avec une irritation grandissante de se limiter aux questions qui lui étaient posées.

« Quant à l'appel que vous aurait passé Gregg Aldrich, n'avez-vous pas vous-même déclaré à Gregg que vous aviez égaré votre portable ? Ne lui avez-vous pas demandé d'appeler votre numéro afin de faire sonner l'appareil et de le localiser ? N'est-ce pas ainsi que les choses se sont passées ?

— Absolument pas. Je n'ai jamais égaré mon portable, répliqua Jimmy. Je le garde toujours accroché à ma ceinture. Je vous l'ai dit, il m'a appelé pendant que je me lavais les mains dans les toilettes. »

Emily savait que la visite d'Easton à l'appartement était la partie la plus délicate de l'argumentation. Le portier ne l'avait pas vu. La femme de ménage ne l'avait pas vu. S'était-il vraiment rendu chez Gregg ? L'argent lui avait-il été remis ? Avait-il ensuite décidé de ne pas exécuter le contrat ? C'était sa parole contre celle de Gregg.

Les magazines avaient publié plusieurs interviews de Natalie dans cet appartement à l'époque où elle y habitait, et certains comportaient des photos de la salle de séjour. Emily était certaine que Moore se servirait au maximum de ces photos pour prouver qu'il était facile d'avoir connaissance de la disposition et de l'ameublement de l'appartement.

Elle ne se trompait pas. Moore montra à Easton toutes les pages où apparaissait la salle de séjour de Gregg, puis lui demanda de décrire au jury ce qu'il voyait.

Les réponses d'Easton furent une récapitulation mot pour mot de sa déposition précédente.

« Vous avez rencontré Gregg Aldrich par hasard dans ce bar, dit sèchement Moore. Vous saviez qui était sa femme. Puis, quand elle a été assassinée, vous avez concocté cette histoire pour vous en servir comme monnaie d'échange le jour où vous seriez à nouveau arrêté. »

Méprisant, ironique, Moore poursuivit : « Maintenant, lisez les phrases soulignées dans cet article à propos de Gregg Aldrich et de Natalie Raines. » Il tendit à Jimmy un exemplaire de *Vanity Fair*.

Pas ébranlé une seconde par les accusations de Moore, Easton sortit des lunettes de sa poche. « Les mirettes sont plus ce qu'elles étaient », expliqua-t-il. Il s'éclaircit la voix avant de lire à voix haute : « "Ni Gregg ni Natalie n'ont jamais voulu avoir de domestique à demeure. Leur femme de ménage arrive à huit heures du matin et repart à quinze heures trente. S'ils ne sortent pas le soir, ils dînent au club de leur immeuble ou se font monter leur repas." »

Il posa le magazine et regarda Moore. « Et alors ?

— N'est-il pas exact que quiconque ayant lu cet article sait que la femme de ménage n'était plus là à seize heures, heure à laquelle vous prétendez être entré chez Aldrich ?

— Parce que vous croyez que je lis *Vanity Fair* ? »

Une fois encore les spectateurs éclatèrent de rire, et une fois encore le juge les admonesta. Il était visiblement furieux ; il prévint que si cela se reproduisait, il demanderait à l'agent de police du tribunal d'expulser les rieurs.

Le coup final fut porté aux efforts de Moore visant à faire passer Easton pour un menteur lorsqu'il lui demanda d'examiner à nouveau les photos de la salle de séjour et de lui signaler s'il y avait dans la pièce quelque chose qui n'y apparaissait pas.

Jimmy commença par secouer la tête, puis s'exclama : « Oh, attendez. Vous voyez cette petite table près du canapé ? » Il la montra du doigt. « C'est là qu'Aldrich rangeait l'argent qu'il m'a donné. Je ne sais pas si le tiroir grince toujours autant, mais c'est sûr qu'il faisait du bruit quand il l'a ouvert. Je me souviens d'avoir pensé qu'il devrait le faire graisser. »

Emily jeta un coup d'œil à Gregg Aldrich.

Son visage était d'une telle pâleur qu'elle se demanda s'il n'allait pas s'évanouir.

21

Parce qu'il avait menti à Emily en lui disant que ses horaires de travail avaient changé, Zach songea qu'il ne fallait ni qu'elle le voie ni qu'elle aperçoive sa voiture quand elle rentrait du tribunal. Or, maintenant que le procès avait débuté et que l'audience était suspendue à seize heures, elle arrivait plus tôt chez elle, entre dix-sept heures trente et dix-huit heures. Ce qui l'obligeait à errer dehors en sortant de son travail jusqu'à la tombée de la nuit, espérant qu'elle ne le verrait pas mettre sa voiture au garage.

Une raison de plus pour la détester.

Dès qu'il lui avait rendu sa clé, elle avait fait poser un verrou sur la porte de la galerie à l'arrière de la maison. Il s'en était aperçu quand il avait tenté de s'introduire chez elle, une semaine environ après avoir cessé de s'occuper de Bess. Il s'était fait porter pâle à son travail parce qu'il avait un besoin irrésistible de toucher les vêtements d'Emily. Il avait essayé d'entrer dans la maison un matin après son départ et en avait donc été empêché par le nouveau verrou. Ce qu'elle n'avait pas imaginé, c'est qu'il avait fait faire un double de la clé de la porte principale, mais il hésitait à s'en servir. Il savait qu'il était hasardeux de se montrer devant chez elle. Il y avait toujours le risque qu'un voisin l'aperçoive.

Son seul moyen de garder le contact avec elle désormais était de l'entendre parler à Bess le matin dans sa cuisine. Il avait envisagé d'installer un micro ou une caméra à divers endroits de la maison, mais y avait renoncé : c'était trop dangereux. Si elle s'en apercevait, la moitié du bureau du procureur déboulerait chez elle et sonnerait aussitôt chez lui. Il était presque certain qu'elle n'avait jamais remarqué le minuscule micro placé au-dessus de son réfrigérateur. Hors de son champ de vision.

Garder profil bas, se rappelait Zach. Toujours profil bas. Ce qui signifie que le moment venu, se répétait-il, je pourrai faire ce que j'ai à faire puis disparaître. J'y suis parvenu dans l'Iowa, le Dakota du Nord et le Nouveau-Mexique. Charlotte, Lou, Wilma. Lou et Wilma n'avaient pas de famille dans les parages quand il s'était débarrassé d'elles.

Quand viendrait l'heure d'Emily, il lui faudrait disparaître du New Jersey. Il se mit à réfléchir à l'endroit où il irait s'installer.

Un matin, vers la fin de la troisième semaine du procès, pendant qu'il la surveillait à travers les lamelles des stores vénitiens, Zach vit Emily se verser sa première tasse de café puis se lever subitement. « Bess, l'entendit-il dire, pas de temps à perdre. C'est le grand jour. Gregg va venir à la barre pour son contre-interrogatoire. Je vais en faire de la chair à pâté. »

En passant devant le réfrigérateur, avant de se diriger vers l'escalier, elle ralentit le pas et ajouta : « C'est complètement stupide, Bess, mais il m'arrive de le plaindre. Je dois perdre la tête. »

Richard Moore savait que le jour où il ferait venir Gregg Aldrich à la barre, Emily arriverait tôt au tribunal. Il était donc sur place à sept heures du matin quand elle poussa la porte du palais de justice. On était le vendredi 3 octobre.

Emily comprit sur-le-champ la raison de sa présence. Elle l'invita à entrer dans son bureau et lui proposa un café. « Si vous tombez au moment où on vient de le préparer, il est buvable. Mais si vous êtes accro aux Starbucks ou aux Dunkin'Donuts, oubliez. »

Moore sourit. « Avec pareille recommandation, je ne sais pas comment résister, mais non merci, Emily. » Le sourire disparut aussi vite qu'il était apparu. « Emily, ce que je vais dire à présent restera entre ces quatre murs, d'accord ?

— D'accord, a priori. Mais cela dépend de ce que vous avez à me dire.

— Mon client clame qu'il est innocent. Il n'est pas au courant de notre entretien et serait sans aucun doute furieux s'il l'apprenait. Mais voilà ce qui m'amène : la possibilité de plaider coupable pour meurtre avec préméditation en échange d'une peine de vingt ans est-elle toujours d'actualité ? »

Le souvenir de Gregg Aldrich, pâle et bouleversé, surgit dans l'esprit d'Emily mais elle secoua la tête. « Non, Richard, dit-elle avec détermination. En cet instant, pour un certain nombre de raisons, elle ne l'est pas. Pour commencer, si la proposition avait été acceptée par Aldrich quand elle lui a été faite il y a quelques mois, je n'aurais pas eu à soumettre la mère de Natalie à l'épreuve douloureuse du témoignage. » Moore hocha la tête, comme s'il s'était attendu à cette réponse.

Consciente de la dureté de son ton, Emily s'interrompit : « Permettez-moi d'aller me chercher un café. La cafetière est dans le couloir, je reviens tout de suite. »

À son retour, elle fit en sorte de dissimuler son émotion. « Richard, vous connaissez la somme de travail nécessaire pour préparer ce genre de procès. J'y ai passé douze heures par jour pendant des mois et aujourd'hui, j'ai d'autres affaires qui s'accumulent, attendant que je puisse m'en occuper. Au point où nous en sommes, je veux que cette affaire soit tranchée par le jury. »

Richard Moore se leva. « Très bien, je comprends. Et, je le répète, Gregg Aldrich ne m'a pas autorisé à faire cette démarche. Il jure qu'il est innocent et veut que le jury l'acquitte. L'acquitte ? En fait, il veut être innocenté. »

Innocenté ! Il doit être fou, pensa Emily. Il ferait mieux d'espérer qu'un des jurés le croie et fasse obstacle à un verdict à l'unanimité. Au moins aurait-il quelques mois de liberté avant l'ouverture d'un second procès. Sans la moindre ironie, elle dit : « Je doute sincèrement que Gregg Aldrich soit innocenté, par ce jury ou un autre.

— Vous avez peut-être raison », répondit Moore d'un air sombre. À la porte, il se retourna : « À propos, je reconnais qu'Easton a été meilleur à la barre que je ne m'y attendais, Emily. Et je vous félicite sincèrement, vous avez fait du bon travail. »

Richard Moore était connu pour être avare de compliments. Flattée, Emily le remercia.

« Je dois vous avouer que je suis content de voir bientôt la fin de ce procès. Ça n'a pas été facile. »

Il n'attendit pas sa réponse.

23

Le 3 octobre, Gregg Aldrich se leva à cinq heures du matin. Sachant qu'il allait être appelé à déposer, il s'était couché inhabituellement tôt et n'avait pas tardé à le regretter. Il avait dormi pendant une heure, puis s'était réveillé et avait ensuite plus ou moins somnolé jusqu'au moment où il s'était levé.

Il faut que j'aie les idées claires, pensa-t-il. Je ne peux pas témoigner dans cet état d'abrutissement. Je vais aller courir dans le parc, cela me fera du bien. Il releva les stores et ferma la fenêtre. Elle donnait sur l'immeuble de l'autre côté de la rue. On n'a jamais une très belle vue depuis Park Avenue, se dit-il. De la Cinquième Avenue, vous voyez Central Park. D'East End Avenue, vous voyez l'East River. Ici, vous donnez sur des immeubles habités par des gens comme vous, des gens qui ont les moyens de payer des prix astronomiques.

La vue était plus belle à Jersey City, pensa-t-il amèrement. J'apercevais la statue de la Liberté depuis notre ancien appartement. Mais, après la mort de maman, j'ai voulu partir sans attendre. Maman s'était forcée à rester en vie jusqu'à ce que j'obtienne mon diplôme à St. John's University. Je suis heureux qu'elle ne soit pas là aujourd'hui, qu'elle n'assiste pas à l'audience, conclut-il en se détournant de la fenêtre.

Il faisait frais dehors et il choisit un training léger. En l'enfilant, il songea que le souvenir de sa mère lui revenait souvent à la mémoire ces temps-ci. Il se rappela avoir invité, après sa mort, quelques-uns de leurs proches voisins, comme Loretta Lewis, à venir faire leur choix parmi les meubles peu nombreux qui occupaient leur sixième sans ascenseur.

Pourquoi cette pensée soudaine ? se demanda-t-il. Parce que Richard Moore va appeler Mme Lewis à témoigner que j'ai été un fils « merveilleux », toujours prêt à aider les gens âgés de l'immeuble. Il pense créer ainsi un courant de sympathie en ma faveur. Avec mon père décédé quand j'avais neuf ans, ma mère qui a lutté contre un cancer pendant des années, moi-même obligé de financer mes études à l'université, Moore a de quoi les faire pleurer. Mais quel rapport avec la mort de Natalie ? Moore croit que ces éléments peuvent amener le jury à douter que j'aie été capable de tuer Natalie. Qui sait ?

À cinq heures vingt, après avoir avalé une tasse de café instantané, Gregg ouvrit la porte de la chambre de Katie et la contempla. Elle dormait profondément, pelotonnée sous la couette, ses longs cheveux blonds étalés sur l'oreiller. Comme lui, elle aimait dormir dans une chambre fraîche.

Mais la veille, il l'avait entendue pleurer dans son lit et était allé la voir. « Papa, pourquoi cet horrible Jimmy Easton raconte-t-il tous ces mensonges sur toi ? » avait-elle gémi.

Il s'était assis sur son lit et avait posé une main rassurante sur son épaule.

« Il ment parce qu'il passera beaucoup moins de temps en prison en inventant cette histoire, Katie.

— Mais, papa, les jurés le croient. Je vois bien qu'ils le croient.

— Et toi, tu le crois ?

— Non, bien sûr que non. » Elle s'était redressée d'un mouvement vif : « Comment peux-tu me dire une chose pareille ? »

Elle était choquée. Et j'étais bouleversé de lui avoir posé cette question, se rappela Gregg. Mais si j'avais vu l'ombre d'un doute dans son regard, je ne m'en serais jamais remis. Katie avait mis longtemps à s'endormir. Il espéra qu'elle ne se réveillerait pas avant sept heures. Ils devaient partir pour le tribunal à huit heures moins vingt.

Il sortit de l'appartement, commença à courir le long des deux blocs qui le séparaient de Central Park et s'engagea dans l'allée nord du parc. Il avait beau s'efforcer de mettre de l'ordre dans ses pensées avant de témoigner, le passé ne cessait de défiler dans sa tête.

Mon premier boulot dans le show-business consistait à placer les spectateurs au Barrymore, se remémora-t-il, mais j'ai été assez malin pour traîner chez

Sardi et dans d'autres bars de théâtre, jusqu'au jour où Doc Yates m'a offert de venir travailler dans son agence. Et à cette époque, j'avais déjà rencontré Kathleen.

Kathleen tenait un petit rôle dans *La Mélodie du bonheur* au Barrymore. Ce fut le coup de foudre. Nous nous sommes mariés la semaine où j'ai accepté le job que me proposait Doc Yates. Nous avions tous les deux vingt-quatre ans.

Plongé dans ses souvenirs, Gregg courait en direction du nord, ignorant le vent mordant et les autres joggeurs matinaux. Nous avons eu huit ans de vie heureuse, songea-t-il. Je grimpais rapidement les échelons à l'agence. Doc avait fait de moi son poulain. Kathleen travaillait régulièrement mais, dès qu'elle a été enceinte, elle m'a annoncé joyeusement : « Gregg, quand notre enfant sera né, je resterai à la maison. Tu seras l'unique soutien de la famille. »

Gregg Aldrich sourit malgré lui.

Ces années-là avaient été si tendres, si remplies. Apprendre ensuite que Kathleen souffrait du même cancer du sein qui avait tué sa mère, la perdre en très peu de temps, revenir de l'enterrement pour retrouver la petite Katie de trois ans qui sanglotait en appelant sa maman, tant de douleur lui avait paru intolérable.

Le travail avait été le seul remède et, les premières années après la disparition de Kathleen, il s'y était attelé presque sans relâche. Dans la mesure du possible, il s'était arrangé pour travailler chez lui le matin, jusqu'à ce que Kate aille à la maternelle. Puis il avait organisé son emploi du temps pour être avec elle à la fin de l'après-midi. Il n'assistait aux premières et aux cocktails avec ses clients que s'il avait pu consacrer assez de temps à sa fille avant de sortir.

Et quand Katie avait eu sept ans, il avait fait la connaissance de Natalie aux Tony Awards. Elle était une des actrices nominées et portait une robe du soir vert émeraude et des bijoux qui, lui avait-elle confié, lui avaient été prêtés par Cartier. « Si je perds ce collier, promettez-moi de me tuer », avait-elle plaisanté.

Promettez-moi de me tuer. Gregg sentit son estomac se contracter.

Elle n'avait pas remporté le prix ce soir-là et le type qui l'accompagnait s'était soûlé. J'ai ramené Natalie chez elle dans le Village, se souvint-il. Je suis monté prendre un verre et elle m'a montré la pièce qu'on lui avait proposée. Je la connaissais et je lui ai dit de ne pas l'accepter, qu'elle avait été refusée par la moitié des grandes actrices de Hollywood et que c'était un scénario minable. Elle m'a dit que son agent la poussait à signer et je lui ai répliqué qu'elle ferait mieux de quitter son agent dans ce cas. Sur ce, j'ai terminé mon verre et lui ai donné ma carte.

Deux semaines plus tard, Natalie m'appelait pour me demander un rendez-vous. Et ce fut le début d'une idylle échevelée qui atteignit son apogée à l'Actor's Chapel de St. Malachy. Trois mois après notre première rencontre, nous étions mariés. J'étais alors devenu son agent. Durant les quatre années de notre mariage, j'ai fait tout ce qui était en mon pouvoir pour la propulser au sommet de sa carrière. Mais je crois avoir toujours su que notre couple ne durerait pas.

Il fit le tour du Réservoir et se dirigea vers le sud. Quelle était la part de l'amour dans mon désir de me réconcilier avec elle et quelle était celle de l'obsession ? J'étais obsédé par elle, c'est vrai. Mais j'étais aussi obsédé par l'idée de reconquérir ce que j'avais eu, une épouse qui m'aimait, une bonne mère pour Katie. Je ne voulais pas perdre Natalie et tout recommencer de zéro.

Et puis je ne voulais pas que Natalie gâche sa carrière et c'était ce qui était en train d'arriver. Leo Kearns est un bon agent, mais il essayait de faire de l'argent avec elle, exactement comme son premier agent.

Pourquoi l'ai-je suivie à Cape Cod ? Qu'avais-je en tête ? À quoi pensais-je le matin où elle est morte ?

Gregg ne s'était pas rendu compte qu'il avait atteint Central Park South et reprit la direction du nord.

En rentrant chez lui, il trouva Katie habillée et horriblement inquiète. « Papa, il est sept heures et demie. Nous devons partir dans dix minutes. Où étais-tu ?

— Sept heures et demie ! Katie. Je suis désolé. J'avais la tête ailleurs. J'ai perdu la notion du temps. »

Il prit une douche en vitesse. C'est ce qui est arrivé le matin de la mort de Natalie, réfléchit-il. J'avais perdu le sens de l'heure. Et pas plus qu'aujourd'hui je ne suis allé en voiture dans le New Jersey.

Pour la première fois, il en était certain.

Enfin, presque certain, se reprit-il.

24

À neuf heures, Emily appela le premier de ses deux témoins à charge. Eddi Shea, un représentant de la compagnie de téléphone Verizon, confirma que deux ans et demi auparavant, selon leurs archives, Gregg Aldrich avait cherché à joindre Natalie Raines sur son téléphone portable à dix-huit heures trente-huit, avant d'appeler Jimmy Easton le même soir à dix-neuf heures dix.

Le deuxième témoin était Walter Robinson, un financier de Broadway qui avait parlé à Gregg au Vinnie's-on-Broadway et se souvenait d'avoir vu Easton assis au bar à côté de lui.

Quand Robinson eut quitté la barre, Emily se tourna vers le juge : « Votre Honneur, l'accusation en a terminé. »

En se rasseyant à la table du procureur, elle constata que la salle d'audience était comble. Elle reconnut quelques visages familiers parmi l'assistance, des gens dont les noms apparaissaient régulièrement en page 6 du *New York Post*. Comme d'habitude, le procès était filmé. La veille, elle avait été abordée dans les couloirs par Michael Gordon, le présentateur de *Court-side*, qui l'avait complimentée sur la manière dont elle avait mené son réquisitoire et l'avait invitée à participer à son émission après la fin du procès.

« Je ne suis pas sûre de pouvoir accepter », avait-elle répondu. Mais plus tard Ted Wesley lui avait dit qu'il serait important pour sa réputation d'être invitée à une émission nationale. « Emily, si j'ai un conseil à vous donner, c'est de profiter de toute la publicité qui vous est offerte. »

On verra, pensa-t-elle, en tournant son regard vers la table de la défense. Gregg Aldrich portait un costume de bonne coupe, marine à fines rayures, une chemise blanche et une cravate bleu et blanc. Il était moins pâle que la veille et elle se demanda s'il avait fait du jogging avant de venir. Il paraissait aussi plus assuré. Je me demande en quoi il peut avoir confiance, se dit-elle, avec un pincement d'inquiétude.

Aujourd'hui, sa fille Katie était assise au premier rang derrière son père. Emily savait qu'elle n'avait que quatorze ans, mais elle semblait étonnamment mûre, assise là, le dos bien droit, l'expression grave, ses cheveux blonds répandus sur ses épaules. Elle est vraiment très jolie, pensa Emily une fois de plus. Je me demande si elle ressemble à sa mère.

« Monsieur Moore, appelez votre premier témoin. »

Pendant les trois heures qui suivirent, Moore cita des témoins de moralité et des témoins de faits. Le premier, Loretta Lewis, avait été la voisine de Gregg dans sa jeunesse. « Vous n'auriez pu trouver jeune homme plus gentil », dit-elle avec conviction, la voix voilée par l'émotion. « Il faisait tout pour sa mère. Elle n'était pas en bonne santé. Il se montrait toujours attentionné. Je me souviens d'un hiver où il y a eu une panne d'électricité dans notre immeuble, il est allé d'un appartement à l'autre, nous étions une vingtaine d'occupants, frappant aux portes, muni de bougies. Il s'est même débrouillé pour que tout le monde ait chaud. Le lendemain, sa mère m'a raconté qu'il avait apporté ses propres couvertures à Mme Shellhorn, parce que les siennes étaient trop légères. »

Une des anciennes nounous de Katie déclara au jury qu'elle n'avait jamais connu de père plus dévoué : « J'ai rarement vu, même dans une famille où les deux parents sont présents, un père consacrer autant de temps et d'amour à son enfant que M. Gregg. »

Elle était restée chez les Aldrich pendant quatre des cinq années où Gregg et Natalie avaient vécu ensemble. « Natalie Raines était davantage une amie qu'une mère pour Katie. Quand elle était à la maison, elle l'autorisait à se coucher plus tard qu'à l'habitude, ou si elle l'aidait à faire ses devoirs, elle lui donnait les réponses au lieu de la pousser à réfléchir aux problèmes posés. M. Gregg essayait de l'en empêcher, mais sans jamais se fâcher. »

Le nouvel agent que Natalie avait engagé avant sa mort, Leo Kearns, était un témoin-surprise de la défense. Son nom figurait sur la liste des témoins, mais Emily ne s'attendait pas à ce que Richard Moore l'appelle. Kearns déclara que Gregg et lui avaient une conception radicalement différente de la direction que devait prendre la carrière de Natalie. « Natalie Raines avait trente-huit ans, expliqua-t-il. Certes, elle avait été nominée pour les Academy Awards dans la catégorie Meilleure Actrice, mais c'était trois ans auparavant. De nos jours, trop peu de gens vont voir des pièces de Tennessee Williams pour que Natalie continue à occuper le premier rang. Elle avait besoin de tourner dans des films d'action avec de gros budgets de promotion. C'était le moyen de faire parler d'elle. Natalie était une grande actrice, mais personne n'ignore que le tournant de la quarantaine dans le monde du spectacle peut être le commencement de la fin, à moins d'être une vraie vedette.

— Vous étiez en train de devenir l'agent de Natalie Raines, donc de le remplacer, avez-vous jamais senti de l'animosité de la part de Gregg Aldrich à votre égard ? demanda Moore.

— Non, jamais. Seule nous séparait notre conception de la carrière de Natalie.

— Aviez-vous déjà été en concurrence pour un client ?

— Deux de mes clients étaient jadis passés chez lui. Puis l'un des siens est venu chez moi. Pour lui comme pour moi, c'était la règle du jeu. Gregg est un professionnel hors pair. »

La secrétaire d'Aldrich, Louise Powell, témoigna que dans toutes les circonstances, même les plus tendues, Gregg ne perdait jamais son calme. « Je ne l'ai jamais entendu élever la voix », jura-t-elle. Elle parla de ses relations avec Natalie. « Il était fou d'elle. Je sais qu'il lui téléphonait souvent après leur séparation, mais il en faisait autant quand ils étaient mariés. Elle m'a dit un jour qu'elle aimait le voir aussi prévenant. Je pense que ces appels étaient sa manière de lui montrer qu'il était toujours épris d'elle. Natalie avait besoin d'attention et Gregg le savait. »

À midi dix, après que Louise Powell eut quitté la barre, le juge Stevens demanda à Moore s'il avait d'autres témoins.

« Mon prochain et dernier témoin sera M. Gregg Aldrich, Votre Honneur.

— Dans ce cas, l'audience est suspendue et nous reprendrons à treize heures trente. »

Les témoins s'étaient montrés plutôt bons, reconnut Emily. Elle apporta un sandwich et du café dans son bureau et ferma la porte. Elle se sentait soudain fléchir sur le plan émotionnel. Je me prépare à la mise à mort et voilà que je commence à le plaindre, pensa-t-elle. Le fils aimant, le père célibataire, le garçon à qui s'offre une deuxième chance de bonheur et qui voit tout s'écrouler.

Qu'il ait organisé toute son activité en fonction de l'emploi du temps de sa fille ne correspond évidemment pas à l'image de l'agent play-boy que je me fais de lui.

Si Mark et moi avions eu le bonheur d'avoir un enfant, me regarderait-il de la manière dont Katie regarde son père ? Elle le connaît certainement mieux que personne.

Son sandwich avait un goût de carton. Est-ce à ça que ressemble la nourriture d'un détenu ? se demanda-t-elle. La veille, après avoir reconduit Easton en prison, le garde lui avait raconté comment Jimmy avait réclamé un second café.

Comme témoin, il a été formidable, pensa Emily, mais il n'est pas facile à manipuler.

Gregg Aldrich avait paru au bord de l'évanouissement quand Jimmy avait parlé du tiroir qui grinçait. Cette preuve avait établi la crédibilité d'Easton. Ç'avait été le commencement de la fin, ce qui allait décider de la manière dont Aldrich passerait les vingt prochaines années de sa vie.

Pourtant une question ne cessait de tourmenter Emily. Pourquoi Gregg était-il devenu si pâle quand Jimmy avait parlé du tiroir ? Parce qu'il savait que tout était fini pour lui, ou parce qu'il lui paraissait invraisemblable que Jimmy Easton ait pu se souvenir de ce détail ?

M'en serais-je souvenue moi-même ? se demanda Emily, imaginant Easton dans l'appartement de Park Avenue en train de signer un contrat pour accomplir un meurtre – et d'attendre avec cupidité les cinq mille dollars qui allaient lui être remis.

Repoussant avec agacement ces interrogations, Emily ramassa les notes qu'elle comptait utiliser pour son contre-interrogatoire.

25

Pas à pas, Richard Moore amena Gregg Aldrich à raconter l'histoire de sa vie, sa jeunesse à Jersey City, son installation à Manhattan après la mort de sa mère, sa brillante carrière d'agent de théâtre, son premier mariage et le décès de sa femme, puis son mariage avec Natalie.

« Vous êtes restés mariés quatre ans ? demanda Moore.

— Presque cinq ans en réalité. Nous étions séparés, mais pas encore divorcés, lorsque Natalie est morte, un an après avoir quitté notre appartement.

— Comment décririez-vous votre relation avec votre femme ?

— Très heureuse.

— Dans ce cas pourquoi vous être séparés ?

— C'était le choix de Natalie, pas le mien », expliqua Gregg d'une voix calme, l'air détendu et visiblement confiant. « Elle avait décidé que notre mariage battait de l'aile.

— Pour quelle raison avait-elle pensé ceci ?

— À trois reprises, durant notre mariage, elle avait

accepté un rôle dans un film ou une pièce de théâtre qui l'obligeait à rester absente longtemps. Il est vrai que ces séparations m'attristaient, mais je prenais fréquemment l'avion pour la voir. Katie m'avait accompagné à une ou deux occasions, quand elle était en vacances. »

S'adressant directement aux jurés, il poursuivit : « Je suis agent de théâtre, et donc parfaitement conscient qu'une actrice célèbre peut être contrainte de s'absenter pendant de longues périodes. Les rares fois où j'ai conseillé à Natalie de refuser un rôle qui l'aurait obligée à partir en tournée, c'était parce que j'estimais que la pièce ne lui convenait pas, et non parce que je voulais la voir rester à la maison, à me préparer à dîner. C'était elle qui l'interprétait ainsi. »

Tu parles, pensa Emily en notant rapidement la question qu'elle poserait à Aldrich lorsque viendrait le moment du contre-interrogatoire : N'était-elle pas déjà une star capable de gérer sa carrière avant de vous rencontrer ?

« Cette situation a-t-elle créé des tensions dans votre foyer ? demandait Moore.

— Oui. Mais pas pour la raison que Natalie imaginait. Je le répète, lorsque je doutais de la qualité d'un scénario, elle me soupçonnait d'en tirer argument pour la garder près de moi. M'aurait-elle manqué ? Bien sûr. J'étais son mari, son agent et son plus grand admirateur, mais je savais que j'avais épousé une comédienne célèbre. Ce n'est pas parce que je ne voulais pas la voir s'éloigner que je m'opposais à certains des contrats qu'elle voulait signer.

— Vous n'arriviez pas à le lui faire comprendre ?

— C'était toute la question. Elle savait que nous étions tristes, Katie et moi, de la voir partir et elle avait fini par imaginer que tout serait plus facile si nous nous séparions en restant amis.

— Au début, après votre séparation, est-il exact qu'elle vous avait demandé de demeurer son agent ?

— Au début, oui. Je crois sincèrement que Natalie m'aimait presque autant que je l'aimais, et qu'elle voulait rester proche de nous. Je suis convaincu qu'elle était malheureuse de notre séparation. Quand j'étais encore son agent et qu'à la fin de nos réunions de travail nous repartions chacun de notre côté, c'était devenu douloureux pour tous les deux. »

Et douloureux pour votre portefeuille aussi, quand vous l'avez perdue comme cliente ? nota Emily sur son calepin.

« De nombreux amis de Natalie ont déclaré qu'elle était troublée par vos fréquents appels téléphoniques après votre séparation, dit Moore. Pouvez-vous nous donner des explications ?

— C'est exactement ce que vous a dit ma secrétaire, Louise Powell, ce matin, répondit Aldrich. Natalie m'accusait peut-être de la poursuivre, mais je pense qu'elle était animée de sentiments contradictoires concernant notre divorce. Lorsque nous vivions ensemble, elle aimait que je l'appelle le plus souvent possible. »

Moore l'interrogea à propos du tiroir qui grinçait dans lequel Jimmy Easton prétendait que Gregg conservait l'argent qu'il devait lui verser en acompte pour tuer Natalie.

« Ce meuble se trouve dans la salle de séjour depuis que Kathleen et moi l'avons acheté dans une vente, il y a dix-sept ans. Le grincement était devenu un sujet de plaisanterie dans la famille. Nous avions décrété qu'il s'agissait d'un message venant de l'au-delà. Comment Jimmy Easton en a entendu parler, je l'ignore. Il n'a jamais mis les pieds dans cette pièce en ma présence et, autant que je sache, il n'y est jamais entré. »

Moore questionna Gregg sur sa rencontre avec Easton au Vinnie's-on-Broadway.

« J'étais seul et je buvais un verre au bar. Je broyais du noir, je le reconnais. Easton était assis sur le tabouret voisin du mien et il s'est mis à me parler.

— De quoi avez-vous parlé ?

— Nous avons parlé des Yankees et des Mets. La saison de base-ball était sur le point de débuter.

— Lui avez-vous dit que vous étiez marié à Natalie Raines ?

— Non, bien entendu. Cela ne le regardait pas.

— Pendant que vous étiez dans ce bar, a-t-il découvert qu'elle était votre femme ?

— Oui. Walter Robinson, un financier de Broadway, m'a aperçu et est venu me parler. Il voulait seulement me dire qu'il avait trouvé Natalie merveilleuse dans le *Tramway*. Easton l'a entendu et a compris que j'étais le mari de Natalie. Il m'a dit qu'il avait lu dans le magazine *People* que nous étions sur le point de divorcer. Je lui ai dit poliment que je n'avais pas envie d'en discuter. »

Moore l'interrogea sur les appels téléphoniques qu'il avait passés à Natalie sur son portable puis à Easton le soir de leur rencontre au bar. « J'ai appelé Natalie pour lui dire bonsoir. Elle se reposait dans sa loge. Elle avait mal à la tête et elle était fatiguée. Elle n'a pas apprécié d'être dérangée et a, en effet, élevé la voix, comme M. Easton l'a rapporté. Mais, ainsi que je l'ai dit, elle était sujette à des sautes d'humeur. La veille, elle avait passé vingt minutes au téléphone à me raconter qu'elle supportait mal notre séparation. »

Moore lui demanda de parler alors de l'appel téléphonique adressé à Easton.

Emily sentit son estomac se nouer. Quel genre d'explication Aldrich allait-il inventer ? Son avocat avait fourni une hypothèse durant le contre-interrogatoire, mais Gregg n'avait fait aucune autre déclaration après la déposition d'Easton. Elle savait que cet élément pouvait décider de l'issue du procès.

« Peu après m'avoir interrogé sur Natalie, Easton a déclaré qu'il s'absentait pour aller aux toilettes. Je me fichais complètement de ce qu'il pouvait faire, particulièrement après son allusion à Natalie. J'avais faim et j'ai décidé de commander un hamburger et de le manger au bar. Environ cinq minutes plus tard, Easton a réapparu et m'a dit qu'il n'arrivait pas à retrouver son téléphone portable et pensait l'avoir égaré dans le bar.

Il m'a demandé si je voulais bien l'aider en le faisant sonner pour qu'il puisse repérer l'appareil. »

Gregg s'interrompit et regarda en direction du jury. « Il m'a donné son numéro et je l'ai composé. Je l'entendais sonner dans mon téléphone mais nulle part dans le bar. Je l'ai laissé sonner une quinzaine de fois pour lui laisser le temps de faire le tour de la salle et de le localiser. Je me souviens qu'il n'y avait pas de répondeur. Au bout de trente secondes, Easton a décroché et m'a remercié. Il m'a dit qu'il l'avait trouvé dans les toilettes. Je ne l'ai plus jamais revu ni entendu jusqu'à ce qu'il soit arrêté pour ce cambriolage et qu'il raconte à la police cette histoire rocambolesque.

— À votre avis, quelqu'un d'autre l'a-t-il entendu vous demander de composer son numéro ?

— Je ne crois pas. Il y avait beaucoup de bruit. Je ne connaissais personne dans l'assistance. Easton a déballé ses invraisemblables mensonges deux ans plus tard. Je ne saurais même pas à qui demander s'il se souvient de quelque chose.

— À propos, M. Easton vous a-t-il jamais révélé qu'il était un criminel récidiviste et qu'il avait du mal à trouver du travail ?

— Absolument pas ! s'écria Gregg.

— Le vendredi 13 mars, il y a deux ans et demi, continua Moore, vous êtes allé voir Natalie à la dernière représentation d'*Un tramway nommé Désir*. Des témoins ont certifié que vous étiez assis au dernier rang, l'air figé, et que vous ne vous êtes pas joint à l'ovation qui lui a été faite. Comment l'expliquez-vous ?

— Je n'avais pas eu l'intention de voir la pièce, mais j'avais entendu tant d'éloges de son interprétation que je n'avais pu résister. J'avais délibérément acheté un billet au dernier rang. Je ne voulais pas que Natalie me voie car je craignais de la perturber. Je ne me suis pas levé pour l'applaudir parce que j'étais littéralement chaviré. Je venais de constater à nouveau son extraordinaire talent d'actrice.

— Vous a-t-elle téléphoné le lendemain matin ?

— Elle m'a laissé un message sur mon portable, elle disait qu'elle partait à Cape Cod, qu'elle serait à notre rendez-vous du lundi matin, et me priait de ne pas la rappeler pendant le week-end.

— Comment avez-vous réagi à cet appel ?

— J'avoue que j'ai été bouleversé. Natalie m'avait déjà laissé entendre qu'elle fréquentait un autre homme. Il était important pour moi de savoir si c'était vrai. J'ai donc décidé d'aller en voiture à Cape Cod. Si je la trouvais avec quelqu'un, j'étais résolu à me résigner et à y voir la fin de notre mariage. »

Emily nota sur son bloc : Lui demander pourquoi il n'a pas engagé un détective privé pour le savoir.

« Pourquoi avez-vous loué une voiture, une Toyota verte, pour vous rendre à Cape Cod, alors que la vôtre, une Mercedes-Benz, était dans le garage de votre immeuble ?

— Eh bien, parce que Natalie aurait facilement reconnu ma voiture. La plaque d'immatriculation

146

comportait nos deux initiales. Je ne voulais pas qu'elle ou quelqu'un d'autre sache que je la surveillais.

— Qu'avez-vous fait en arrivant au Cap, Gregg ?

— J'ai pris une chambre dans un petit motel, à Hyannis. Nous connaissons beaucoup de gens là-bas et je ne voulais pas me trouver nez à nez avec eux. Je voulais seulement savoir si Natalie était seule.

— Vous êtes donc passé devant sa maison à plusieurs reprises ?

— Oui. Des années auparavant, le garage avait été transformé en salle de jeux et personne ne s'était donné la peine d'en faire construire un nouveau. Il n'y avait aucun endroit où garer une seconde voiture. Lorsque je suis passé devant la maison, il n'y avait que la sienne dans l'allée et j'ai compris qu'elle était seule. »

Et si elle avait ramassé quelqu'un en chemin ? nota Emily. Comment peut-on assurer qu'elle était seule pour la seule raison qu'il n'y avait pas d'autre voiture ?

« Qu'avez-vous fait ensuite, Gregg ? demanda Moore.

— Je suis passé devant sa maison le samedi après-midi et à nouveau tard dans la soirée, puis trois fois le dimanche. Sa voiture était toujours la seule garée dans l'allée. Le temps était resté couvert pendant ces deux jours et il y avait de la lumière à l'intérieur, j'en ai conclu qu'elle était là. Le dimanche soir, j'ai repris la route pour Manhattan. On annonçait un gros orage et je voulais être rentré à temps.

— À ce moment-là, aviez-vous décidé de poursuivre vos efforts pour vous réconcilier avec Natalie Raines ?

— Sur la route du retour, je me souviens d'avoir pensé à une phrase que j'avais lue. Je crois qu'elle est de Thomas Jefferson, mais je n'en suis pas sûr. Qu'importe, la citation est celle-ci : "Je ne suis jamais moins seul que quand je suis seul."

— "Jamais moins seul que quand je suis seul." Avez-vous pensé que cette maxime s'appliquait à Natalie ? demanda Moore.

— Oui. Et sur la route du retour, le dimanche soir, je crois m'être fait à cette réalité.

— À quelle heure êtes-vous arrivé chez vous ?

— Vers une heure du matin. J'étais mort de fatigue et je me suis couché aussitôt.

— Le lundi matin, qu'avez-vous fait ?

— Je suis allé courir dans Central Park. Ensuite, j'ai rendu la voiture de location.

— À quelle heure êtes-vous sorti pour faire du jogging ?

— Environ sept heures et quart.

— Et vous avez rendu la voiture à dix heures cinq.

— Oui.

— N'est-ce pas inhabituel de votre part de courir aussi longtemps le matin ?

— En général, je cours pendant à peu près une heure et parfois je termine en marchant. Et il m'arrive aussi, quand je suis plongé dans mes réflexions, de perdre la notion du temps. »

Tu parles, pensa Emily.

« Est-il fréquent, monsieur Aldrich, que vous perdiez ainsi la notion du temps lorsque vous courez ou marchez ? demanda Moore d'un ton bienveillant.

— Il n'y a pas de règle. Mais cela peut m'arriver quand je suis préoccupé. »

Gregg se souvint que cela avait été le cas le matin même. J'ai quitté l'appartement avant cinq heures et demie et je suis rentré à sept heures et demie, se dit-il. J'ai dû prendre une douche et me changer en vitesse pour arriver au tribunal à l'heure. Mieux vaut ne pas en parler au jury. Ils penseraient que je suis complètement cinglé.

Il n'y a pas de règle. Mais c'est arrivé le jour de la mort de Natalie, pensa Emily. Pratique.

La question suivante concernait la réaction de Gregg Aldrich à l'annonce de la mort de Natalie.

« Je ne pouvais pas y croire. Cela me paraissait impossible. J'étais anéanti.

— Qu'avez-vous fait quand vous avez appris la nouvelle ?

— J'ai quitté mon bureau immédiatement et suis allé chez la mère de Natalie. » Gregg regarda Alice Mills, qui était assise au troisième rang. Bien que les témoins soient en général contraints à l'isolement, on l'avait autorisée, après qu'elle eut fait sa déposition, à assister à la suite du procès. « Nous étions sous le choc, effondrés. Nous avons pleuré ensemble. La première pensée d'Alice a été pour Katie. » La voix lui manqua. « Elle savait à quel point Katie et Natalie s'aimaient. Elle a voulu que j'aille l'annoncer sans tarder à ma fille, avant qu'elle ne l'apprenne par quelqu'un d'autre. »

Seize heures allaient sonner. Moore s'éternise afin de laisser aux jurés un sentiment d'apitoiement qui occupera leur esprit pendant le week-end, pensa Emily.

Déçue de ne pouvoir commencer son interrogatoire contradictoire avant le lundi, elle mit néanmoins un point d'honneur à conserver une attitude impassible.

26

Ce soir-là, les invités de *Courtside* convinrent que Gregg Aldrich s'en était bien sorti et que, s'il tenait bon durant le contre-interrogatoire du procureur, il avait une chance raisonnable de mettre le jury dans l'impasse, voire d'obtenir l'acquittement.

« Le verdict, dans ce cas, repose sur le témoignage d'un escroc », rappela aux participants Bernard Reilly, un juge à la retraite. « Trouvez une explication plausible au fait que Jimmy Easton ait été au courant du grincement de ce satané tiroir et les jurés pourront invoquer le doute raisonnable. Tous les autres témoignages impliquant Easton reviennent à opposer sa parole à celle d'Aldrich. »

Le juge Reilly sourit. « J'ai souvent engagé la conversation avec des types dans des bars, et si l'un d'eux se présentait en affirmant que je lui avais demandé de tuer ma femme, ce serait sa parole contre la mienne. Et je dois vous dire que j'ai trouvé crédible l'explication donnée par Aldrich de son coup de téléphone à Easton. »

Michael Gordon sentit soudain l'émotion le gagner,

et il se rendit compte qu'une partie de lui-même espérait encore voir son ami innocenté.

« Je vais vous parler franchement », déclara-t-il presque malgré lui. « Quand Jimmy Easton a surgi de nulle part, j'ai sincèrement cru qu'il disait la vérité, et que Gregg Aldrich avait commis ce crime. J'ai constaté moi-même à de nombreuses occasions à quel point Gregg était fou de Natalie et bouleversé par leur rupture. J'ai vraiment cru qu'il avait perdu la tête et l'avait tuée. »

Gordon regarda les visages interrogateurs autour de lui. « Je sais que c'est une première pour moi. Ma règle de conduite a toujours été de demeurer neutre pendant un procès et, dans le cas présent, je m'y suis conformé. Comme je l'ai dit dès le premier jour, Gregg et Natalie étaient des amis proches. Je me suis intentionnellement tenu éloigné de Gregg depuis son inculpation, mais après l'avoir entendu témoigner, et avoir examiné les autres dépositions, je regrette aujourd'hui au plus profond de moi-même d'avoir douté de lui. Je suis convaincu que Gregg dit la vérité. Je crois qu'il est innocent et que cette accusation portée contre lui est une vraie tragédie.

— Dans ce cas qui a tué Natalie Raines, à votre avis ? demanda Reilly.

— Il est possible qu'elle ait surpris un cambrioleur, suggéra Gordon. Même si rien n'a été dérobé, l'intrus pourrait avoir pris peur et s'être enfui après l'avoir tuée. Il peut aussi s'agir d'un admirateur pris de folie. Beaucoup de gens ont dans leur jardin de ces faux

rochers qui servent de cachette à clés. Un professionnel aurait cherché s'il y en avait un.

— On devrait peut-être demander à Jimmy Easton
s'il en a déjà trouvé », suggéra Brett Long, le criminologue.

Un éclat de rire général accueillit ces paroles et
Michael Gordon rappela aux téléspectateurs que le
lundi, Emily Wallace, la jeune et belle substitut du procureur, procéderait au contre-interrogatoire de Gregg
Aldrich. « Il sera le dernier témoin de la défense.
Ensuite, quand les avocats auront présenté leurs
conclusions et que le président du tribunal aura donné
ses instructions aux jurés, l'affaire sera entre leurs
mains. Lorsque les délibérations commenceront, nous
effectuerons un nouveau sondage sur notre site Internet. Assurez-vous de peser le pour et le contre et
votez. Merci d'avoir regardé *Courtside*. Bonne nuit. »

Il était dix heures. Après avoir échangé quelques
mots avec les membres du groupe de discussion,
Michael regagna son bureau et composa un numéro
pour la première fois depuis sept mois. Quand Gregg
répondit, il demanda brièvement : « Tu as regardé ? »

La voix de Gregg Aldrich était rauque. « Oui.
Merci, Mike.

— Tu as dîné ?

— Je n'avais pas faim.

— Où est Katie ?

— Au cinéma avec une de ses amies.

— Jimmy Nearie reste ouvert très tard. Personne ne
viendra t'y importuner. Qu'en dis-tu ?

— Pourquoi pas, Mike. »

En raccrochant, Michael Gordon se rendit compte qu'il avait les yeux humides.

J'aurais dû le soutenir depuis le début, se reprocha-t-il. Il a l'air si seul et désemparé.

27

Un verre de vin à la main, Emily regardait *Court-side*. Il a raison, pensa-t-elle en écoutant les commentaires du juge à la retraite. Le succès de ce procès dépend des dépositions d'un témoin qui est aussi peu fiable qu'un être humain peut l'être.

Elle était épuisée et abattue. Elle chercha à se raisonner. Je sais pourquoi, se dit-elle. J'étais gonflée à bloc, prête à m'attaquer à Aldrich. Puis Richard Moore s'est débrouillé pour faire témoigner la voisine de Jersey City, la secrétaire, la nounou, qui ont toutes déclaré que Gregg Aldrich était un saint. J'ai eu raison de les ignorer. Si j'avais tenté de les contrecarrer, j'aurais commis une énorme erreur.

Leo Kearns, l'autre agent ? Aurais-je dû en savoir plus sur lui ? Peut-être. Personne ne se montre aussi altruiste en perdant un client. Agent de théâtre est sûrement un métier éprouvant. Kearns lui-même a dit que ça ressemblait à un match de tennis – zéro partout.

Gregg Aldrich. La douleur inscrite sur son visage quand il parlait de sa première femme... Je deviens sentimentale, pensa Emily. J'ai deviné chez lui le genre de chagrin que j'ai éprouvé à la mort de Mark.

Une chanson de son enfance lui revint en mémoire : « Là-haut sur la montagne l'est un nouveau chalet. / Car Jean d'un cœur vaillant. / l'a rebâti plus beau qu'avant. » Gregg Aldrich avait tenté de reconstruire sa vie. Il s'était remarié. Il avait été visiblement très amoureux de Natalie. Puis, quand elle a été assassinée, à son chagrin se sont ajoutées les accusations de la police qui l'a soupçonné de l'avoir tuée.

Elle avala d'un trait le reste de son verre de vin. Bon Dieu, qu'est-ce qu'il me prend ? se demanda-t-elle, consternée. Ma tâche est de poursuivre ce type.

Et, à la fin de *Courtside*, voilà que Michael Gordon déclarait son soutien à Aldrich. Sachant qu'il était considéré comme un analyste impartial, Emily fut atterrée.

Puis elle prit une résolution : s'il est représentatif des gens qui regardent cette émission et s'il symbolise la manière dont un jury peut réagir, alors je sais ce qu'il me reste à faire.

28

« Ça alors ! » s'exclama Isabella Garcia à l'adresse de son mari, Sal, alors qu'ils étaient tous deux assis dans leur petit living-room de la 12ᵉ Rue Est à Manhattan. Elle regardait *Courtside* avec un intérêt passionné et avait peine à en croire ses oreilles. Michael Gordon venait de déclarer à ses invités que dorénavant il croyait à l'innocence de Gregg Aldrich. Néanmoins, surmontant son premier mouvement de stupéfaction, elle dit à Sal qu'à la réflexion la position de Gordon lui paraissait pleine de bon sens.

Sal était en train de boire une bière et de lire la page des sports. Excepté pour les nouvelles et les matchs de baseball et de football, il se désintéressait de la télévision, et avait l'habitude de couper le son quand il lisait.

La veille, il n'avait pas prêté attention à Isabella lorsqu'elle lui avait dit de venir voir les vidéos montrant cet escroc, Jimmy Easton, en train de témoigner à la barre. Un bref coup d'œil lui avait suffi pour que ce visage lui paraisse vaguement familier. Mais il était incapable de se souvenir où il avait pu rencontrer cet homme et, de toute façon, il s'en fichait.

Maintenant que l'émission était terminée, Isabella avait envie de parler et Sal reposa docilement son journal. Après avoir regardé *Courtside*, elle aimait exprimer son opinion sur le déroulement de la journée au tribunal. Malheureusement, sa mère, âgée, faisait une croisière aux Antilles avec plusieurs de ses amies, veuves comme elle, et n'était donc pas disponible pour leurs habituelles palabres au téléphone.

« Je dois dire que Gregg s'en est tiré à merveille, commença-t-elle. Tu sais, il a l'air très gentil. Pourquoi Natalie l'a quitté, c'est franchement incompréhensible. Si elle avait été *notre* fille, je lui aurais dit de s'asseoir calmement et de méditer cette parole d'un sage : "À la fin de sa vie, personne n'a jamais déclaré : J'aurais aimé passer plus de temps au bureau."

— Elle était sur scène, pas dans un bureau », fit remarquer Sal.

On dirait que l'issue du procès dépend de l'opinion d'Isabella, pensa-t-il, partagé entre l'amusement et l'agacement, regardant à la dérobée la femme avec laquelle il était marié depuis trente-cinq ans. Elle se teignait depuis des décennies, si bien qu'elle pouvait se vanter à l'âge de soixante ans d'avoir les mêmes cheveux noir de jais que le jour de leur rencontre. Sa silhouette s'était un peu alourdie. Elle avait un perpétuel sourire aux lèvres et il remerciait Dieu qu'elle ait si bon caractère. Son frère était quant à lui marié à une harpie.

« Scène, bureau, c'est du pareil au même », répliqua Isabella, balayant d'un geste la remarque de Sal. « Et

Katie est une si jolie gamine. J'adore la voir dans les extraits que Michael nous montre à l'écran. »

Isabella avait une manière très personnelle de citer les gens comme s'ils étaient, ou avaient été, des amis proches, pensa Sal. Quand elle lui racontait quelque chose, il lui fallait parfois plusieurs minutes avant de se rendre compte qu'elle ne parlait pas d'un intime. Michael Gordon, l'animateur de *Courtside*, était simplement « Michael ». Natalie Raines « Natalie ». Et, naturellement, le présumé assassin était affectueusement nommé « Gregg ».

À dix heures moins vingt, Isabella était toujours aussi en forme. Elle disait que c'était une chance que Suzie, la femme de ménage des voisins de Natalie, ait cherché à savoir ce qui était arrivé à la malheureuse actrice et l'ait trouvée mourante sur le sol de sa cuisine. « Je ne sais pas si j'aurais eu le courage d'entrer dans cette cuisine », conclut Isabella.

Penses-tu ! faillit répondre Sal. Pour Isabella, une porte fermée était une invitation à voir ce qu'il y avait de l'autre côté. Il se leva. « Bon, je suis sûr que tu lui aurais porté secours si l'occasion s'était présentée, dit-il d'un ton las. Maintenant, je vais me coucher. Nous avons un déménagement demain dans la matinée à Staten Island. Des gens qui partent s'installer à Pearl River. »

En se mettant au lit, un quart d'heure plus tard, le nom de Jimmy Easton lui revint brusquement à l'esprit. Pas étonnant que ce type me paraisse familier, se dit-il. Il a travaillé pour nous occasionnellement il y a deux ans.

Pas très fiable.

Il n'est pas resté longtemps.

29

Le samedi matin, comme chaque jour, Zach observa Emily en train de prendre son petit déjeuner. Il était déjà huit heures trente. Elle s'était accordé deux heures de sommeil supplémentaires. La veille, elle était partie de chez elle à six heures trente. Aujourd'hui, elle avait pris le temps de boire une seconde tasse de café en lisant le journal. Sa chienne, Bess, était sur ses genoux. Il détestait cet animal. Il l'enviait d'être si proche d'Emily.

Quand elle monta s'habiller dans sa chambre, il se sentit comme toujours horriblement frustré de ne pouvoir ni la voir ni l'entendre. Il s'attarda à la fenêtre une vingtaine de minutes, jusqu'au moment où il la vit ouvrir la portière de sa voiture. Il faisait chaud en ce début d'octobre et elle portait un jean et un pull. Elle s'habillait décontracté pour aller au bureau le week-end. Il était sûr qu'elle allait travailler à son procès.

Il avait organisé sa journée jusqu'à son retour – les premières feuilles commençaient à tomber et il passa la matinée à les ratisser et à les entasser dans de grands sacs en plastique que la benne municipale ramasserait plus tard.

Zach était certain qu'Emily ne rentrerait pas chez elle avant la fin de l'après-midi au plus tôt. Après le déjeuner, il alla en voiture à la pépinière locale et choisit diverses plantes de saison. Il avait une prédilection pour les chrysanthèmes jaunes et décida d'en border l'allée qui menait au perron, tout en sachant qu'il ne resterait pas assez longtemps pour en profiter.

Tandis qu'il chargeait les fleurs dans un chariot, il eut envie d'en acheter quelques-unes pour Emily. Elles feraient bel effet le long de son allée. Son travail ne lui laissait pas le temps de s'occuper d'elle-même, encore moins de son jardin, pensa-t-il. Mais il savait qu'elle prendrait mal le moindre geste d'amabilité de sa part. Et alors...

Qu'importe, au fond, conclut-il en payant à la caisse. Elle n'aurait pas le temps d'en profiter, elle non plus ! Il se reprochait encore d'avoir été assez stupide pour s'être attardé chez elle l'autre soir. L'avoir trouvé installé dans sa galerie en rentrant avait mis fin à leur amitié naissante. Depuis, elle l'évitait complètement.

Il se consolait à la pensée d'avoir subtilisé une ravissante chemise de nuit dans le dernier tiroir de sa commode. Elle ne s'en apercevrait même pas. Il y en avait au moins huit, rangées au même endroit, et, d'après ce qu'il avait vu dans sa corbeille à linge, elle dormait en général vêtue d'un long T-shirt.

Il refit le court trajet jusqu'à sa maison plongé dans ses réflexions. Pendant ces deux dernières semaines, depuis qu'il avait compris qu'Emily l'avait définitivement rejeté, il s'était préparé à quitter le New Jersey.

Dès qu'il l'aurait tuée.

Sa maison était louée au mois. Il avait annoncé au propriétaire qu'il partirait le 1er novembre. Il avait aussi donné son préavis à l'entreprise qui l'employait. Il avait raconté à tout le monde que sa vieille mère, qui vivait en Floride, avait de gros problèmes de santé, et qu'il voulait se rendre auprès d'elle.

Zach savait qu'il lui faudrait disparaître immédiatement après la mort d'Emily, avant qu'on ne découvre son corps. Il savait que les flics iraient enquêter chez tous ses voisins et qu'il avait été vu en train de promener son chien. Il était aussi possible qu'Emily ait raconté à sa famille ou à ses amis que le type qui habitait la maison d'à côté lui paraissait bizarre et qu'elle n'était pas rassurée. Vous pouviez leur faire confiance pour tout rapporter à la police.

Il se rappela comment Charlotte, sa troisième femme, l'avait mis à la porte de chez lui. Après quoi, elle avait déclaré à son nouveau petit ami que Zach était cinglé et qu'elle avait peur de lui. Tu avais drôlement raison d'avoir peur de moi, ma jolie, gloussa-t-il. Je regrette seulement de ne pas m'être occupé en même temps de mon ex-meilleur copain qui était devenu ton boy friend.

Au total, il avait acheté vingt-six cageots de chrysanthèmes. Il prit plaisir à les planter pendant le reste

163

de l'après-midi. Comme il l'avait prévu, Emily fut de retour vers dix-sept heures. Elle lui fit un signe de la main en descendant de sa voiture, mais se hâta de rentrer dans sa maison.

Elle avait l'air fatiguée et stressée. Il était pratiquement sûr qu'elle passerait la soirée chez elle et se préparerait à dîner. Il l'espérait. Mais, à dix-huit heures vingt, il entendit sa voiture démarrer et s'approcha de la fenêtre qui donnait sur le côté de sa maison, à temps pour la voir faire marche arrière dans l'allée. Il eut aussi le temps de remarquer qu'elle portait un chemisier de soie, un collier de perles et de grandes boucles d'oreilles.

Elle s'était faite belle, pensa-t-il avec amertume. Elle allait sans doute dîner avec des amis. Au moins était-elle partie toute seule, preuve qu'elle n'avait pas de chevalier servant. « Je ne veux personne d'autre dans sa vie, grommela-t-il. Personne ! »

Il sentit la nervosité le gagner. Il savait qu'il lui faudrait moins d'une minute pour découper un carreau afin d'aller l'attendre chez elle. Le système d'alarme ne lui poserait aucun problème. C'était un modèle de base bon marché. Il le débrancherait facilement de l'extérieur.

Pas tout de suite, se dit-il. Il n'était pas tout à fait prêt. Il devait trouver une autre voiture et louer un petit logement en Caroline du Nord. Beaucoup de gens venaient s'y établir et avec une nouvelle identité, il pourrait sans peine se fondre dans la masse.

Déterminé à écarter Emily de son esprit pendant un moment, il alla à la cuisine, sortit les hamburgers qu'il avait achetés pour son dîner et alluma la télévision. Il y avait un choix attrayant de programmes le samedi soir, notamment *Fugitive Hunt*, qui commençait à neuf heures du soir.

À deux reprises, durant les deux années passées, ils avaient projeté une séquence le concernant. Il s'était moqué des portraits-robots travaillés numériquement qui étaient censés ressembler à ce qu'il était aujourd'hui.

« Ils ont encore des progrès à faire », avait-il ricané.

30

Ted Wesley avait invité Emily à dîner à son domicile le samedi soir. « Nous serons peu nombreux, avait-il expliqué. Nous voulons profiter de la présence de certains de nos meilleurs amis avant de déménager. »

Ses nouvelles fonctions à Washington débutaient le 5 novembre. Emily savait que la maison de Saddle River avait déjà été mise en vente.

C'était la première fois qu'elle était invitée à dîner chez Ted et Nancy Wesley. Elle n'imaginait pas qu'elle le devait à l'attention favorable que lui avaient accordée les médias durant le procès. Ted aimait être associé à des gens qui étaient sous les projecteurs de l'actualité. Des gens *brillants* !

Que je gagne ou que je perde, les journaux avec ma photo serviront à tapisser les poubelles la semaine prochaine, pensa-t-elle en traversant Saddle River. Elle s'engagea dans Foxwood Road. Si je perds, je pourrai attendre une éternité avant d'être réinvitée, songea-t-elle avec un petit sourire ironique.

La maison de Ted était l'une des plus vastes demeures qui bordaient cette rue sinueuse. Il ne l'avait certainement pas achetée avec son traitement de procureur, pensa Emily. Bien sûr, avant d'être procureur, il avait été associé dans le prestigieux cabinet juridique de son beau-père, mais Emily savait que c'était sa femme, Nancy, qui avait de la fortune. Son grand-père maternel avait créé une chaîne de grands magasins de luxe.

Emily se gara près de la rotonde à l'extrémité de l'allée. La température avait fraîchi et elle respira profondément en descendant de la voiture. L'air pur lui fit du bien. Je n'ai même pas pu sortir assez souvent pour m'aérer les poumons, pensa-t-elle. Puis elle hâta le pas. Elle n'avait pas pris la peine d'emporter une veste et s'en mordait les doigts.

Mais elle se félicitait d'avoir choisi son chemisier de soie imprimé de couleurs vives. La fatigue accumulée marquait son visage et le haut coloré ainsi qu'un maquillage habile en masquaient un peu les effets. Lorsque ce procès sera terminé, quand bien même une pile de papiers m'attendrait sur mon bureau, je prendrai quelques jours de congé, se promit-elle en sonnant à la porte.

Ted vint lui ouvrir en personne, la fit entrer, puis déclara d'un ton admiratif : « Vous êtes particulièrement en beauté ce soir, madame le substitut.

— C'est aussi mon avis », renchérit Nancy Wesley.

Elle avait accompagné son mari jusqu'à la porte. Blonde et mince, proche de la cinquantaine, elle était l'image même de qui est né riche et privilégié. Mais son sourire était sincère, et elle prit les deux mains d'Emily entre les siennes en posant un rapide baiser sur sa joue. « Nous n'avons invité que trois autres personnes à se joindre à nous. Je suis sûre qu'elles vous plairont. Venez faire leur connaissance. »

Emily jeta un rapide coup d'œil dans le hall d'entrée en suivant les Wesley. Impressionnant. Un escalier de marbre à double révolution. Une galerie. Un lustre ancien. Et j'ai choisi la tenue adéquate, se dit-elle. Comme elle, Nancy Wesley portait un pantalon de soie noire et un corsage de soie. La seule différence était que ce dernier était bleu pastel.

Trois autres personnes, pensa Emily. Elle craignait que les Wesley lui aient réservé un célibataire comme voisin de table. C'était arrivé plusieurs fois au cours de l'année passée dans d'autres circonstances. Mais l'absence de Mark était encore si vive que ces initiatives lui étaient pénibles, douloureuses. J'espère être un jour à nouveau disponible, songea-t-elle, mais pas encore. Elle réprima un sourire. Même si j'avais été prête, se dit-elle, jusqu'ici les prétendants n'ont pas été terribles !

Elle vit avec soulagement que les trois autres invités dans le salon étaient un couple d'une cinquantaine d'années, assis sur le canapé près de la cheminée, ainsi qu'une femme plus âgée, installée dans un fauteuil à oreilles. Elle reconnut l'homme, Timothy Moynihan, un acteur qui interprétait un chirurgien important dans un célèbre feuilleton télévisé.

Ted le présenta à Emily, ainsi que sa femme Barbara.

Après les avoir salués, Emily s'adressa en souriant à Moynihan : « Dois-je vous appeler docteur ?

— Je ne suis pas de service, Tim fera l'affaire.

— Pareil pour moi. Je vous en prie, ne m'appelez pas "procureur". »

Ted se tourna alors vers l'autre invitée : « Emily, je vous présente une de nos très chères amies, Marion Rhodes – médecin psychologue. »

Un moment plus tard, assise au milieu du petit groupe, un verre de vin à la main, Emily commença à se détendre. Tout est si raffiné, pensa-t-elle. Il existe vraiment une vie hors de l'affaire Aldrich, même si ce n'est que pour un soir.

Quand ils pénétrèrent dans la salle à manger et qu'Emily vit la table superbement dressée, elle pensa au potage et au sandwich qui avaient si souvent constitué son déjeuner au bureau et aux plats à emporter qui lui avaient tenu lieu de repas gastronomique durant ces derniers mois.

Le dîner était délicieux et la conversation à la fois agréable et distrayante. Tim Moynihan était un conteur accompli et il leur narra quelques anecdotes de coulisses. Ravie, Emily lui fit remarquer que ses histoires valaient mille fois la lecture des chroniques mondaines dans la presse. Elle demanda comment Ted et lui s'étaient rencontrés.

« Nous partagions une chambre à l'université Carnegie-Mellon, expliqua Wesley. Tim est diplômé d'art dramatique, mais, croyez-le ou non, j'ai moi-même joué dans quelques pièces. Mes parents ne voulaient pas entendre parler d'une carrière d'acteur, par crainte de me voir mourir de faim. J'ai donc décidé de faire des études de droit, mais je pense que mes rares petits rôles au théâtre m'ont aidé dans mes plaidoiries d'avocat, ainsi que dans mon rôle de procureur.

— Emily, Nancy et Ted nous ont demandé de vous épargner tout commentaire sur votre procès ce soir, dit Moynihan. Mais laissez-moi seulement vous dire que Barbara et moi l'avons suivi avec assiduité dans *Courtside*. Les vidéos où vous apparaissez prouvent que vous auriez été une grande actrice. Vous avez une présence et une aisance remarquables, et il y a autre chose – la façon dont vous posez les questions et réagissez aux réponses est tout à fait éclairante pour les spectateurs. Je vais vous donner un exemple : le regard méprisant que vous avez jeté à Gregg Aldrich à plusieurs reprises durant la déposition d'Easton était particulièrement éloquent.

— Ted va peut-être me fusiller si j'aborde ce sujet », dit Barbara Moynihan avec une légère hésitation. « Mais vous n'avez sans doute pas apprécié d'entendre Michael Gordon déclarer qu'il croyait Gregg Aldrich innocent. »

Emily sentit que Marion Rhodes, la psychologue, attendait sa réponse avec intérêt. Mais, bien qu'il s'agisse d'une réunion amicale, elle ne pouvait oublier que son hôte était le procureur du comté, son patron.

Elle choisit ses mots avec soin : « Je n'aurais ni pu ni voulu requérir contre Gregg Aldrich sans la conviction qu'il avait tué sa femme. Le plus tragique, pour lui, pour sa fille et pour la mère de Natalie Raines, est qu'il *aimait* Natalie. Mais je suis certaine que le Dr Rhodes a vu quantité de personnes, par ailleurs parfaitement respectables, accomplir des actes terribles sous l'emprise de la jalousie ou de la dépression. »

Marion Rhodes acquiesça. « En effet, Emily. D'après ce que j'ai entendu dire ou lu, Natalie Raines était sans doute encore très attachée à son mari. S'ils avaient consulté un conseiller psychologique, et cherché à résoudre les problèmes provoqués par les fréquentes séparations qu'exigeaient les tournées de Natalie, les choses auraient sans doute pris un autre tour. »

Ted Wesley regarda sa femme et dit soudain avec une franchise surprenante : « Grâce à Marion, c'est ainsi que les choses se sont passées pour nous. Quand Nancy et moi avons eu des problèmes, voilà des années, elle nous a apporté l'aide nécessaire. Si nous nous étions séparés alors, imaginez le gâchis. Nos fils ne seraient pas nés. Nous ne serions pas sur le point de nous installer à Washington. Et Marion ne serait pas devenue notre plus chère amie.

— Parfois, dans le cas d'un traumatisme émotionnel ou lorsque naît un conflit qui menace une relation importante, il peut être utile de travailler avec un bon thérapeute, dit Marion Rhodes. Bien entendu, on ne peut résoudre tous les problèmes et toutes les relations ne peuvent, ni ne doivent, être sauvées. Mais il existe des dénouements heureux. »

Emily eut le sentiment dérangeant que Marion Rhodes faisait cette remarque à son intention. Ted l'aurait-il invitée non pour qu'elle rencontre un homme, mais une psychothérapeute ? Aussi étonnant que cela paraisse, elle n'en éprouva aucun ressentiment. Elle était certaine que Ted et Nancy avaient mis les autres au courant de la mort de Mark et de son opération. Elle se souvint que Ted lui avait un jour demandé si elle avait parlé à un médecin des épreuves qu'elle avait traversées. Elle avait répondu qu'elle était très proche de sa famille et avait de très bons amis. Elle avait ajouté que pour elle, comme pour beaucoup de ceux qui avaient subi un deuil, la meilleure thérapie était le travail. Un travail acharné.

Ted a peut-être également dit à Marion que mon père et mon frère ont déménagé, songea-t-elle. Et Ted sait aussi qu'avec la charge de travail qui m'incombe, j'ai peu de temps à consacrer à mes amis. Sans doute a-t-il été touché par tout ce qui m'est arrivé. Mais si je perds ce procès, ils seront nombreux à lui reprocher de me l'avoir confié. On verra alors à quel point il tient à moi.

La soirée se termina à dix heures. Emily avait hâte de rentrer chez elle. La brève escapade dont elle avait profité pendant ces quelques heures était finie. Elle avait besoin d'une bonne nuit de sommeil pour se rendre tôt le lendemain matin à son bureau. À la barre, Gregg Aldrich avait fait bonne impression et elle appréhendait son contre-interrogatoire.

172

Son contre-interrogatoire seulement ? Ou bien crai-gnait-elle aussi le verdict ?

Ou redoutait-elle d'avoir fait une erreur effroyable et que quelqu'un d'autre ait tué Natalie Raines ?

31

Le samedi à vingt et une heures, Zach s'installa dans son petit living-room, à un endroit d'où il pouvait surveiller l'allée d'Emily, et alluma la télévision pour regarder *Fugitive Hunt*. Deux bières l'aidèrent à calmer ses nerfs, mais les heures passées à jardiner et planter des chrysanthèmes l'avaient épuisé. À son retour du tribunal et quand elle était ressortie peu après, avait-elle remarqué les fleurs jaunes qui embellissaient son allée ?

La musique de fond de son émission favorite retentit. « Ce soir nous diffuserons trois séquences consacrées à des affaires anciennes, annonça le présentateur Bob Warner. La première fera le point sur les recherches engagées depuis deux ans pour retrouver un homme connu lors de sa disparition sous le nom de Charley Muir. Vous vous rappelez peut-être nos deux séquences précédentes – l'une immédiatement après les meurtres de Des Moines, dans l'Iowa, il y a deux ans, et une autre l'année dernière.

« La police prétend que Muir avait mal supporté son divorce et était devenu fou de rage en apprenant que le juge attribuait leur maison à sa femme. On dit que c'est ce qui l'a poussé à assassiner non seulement sa femme et les enfants qu'elle avait eus d'un précédent mariage mais aussi sa belle-mère. Quand on a découvert les corps, il avait déjà disparu sans laisser de traces.

« La suite de l'enquête a révélé qu'il est probablement l'auteur de l'assassinat de deux autres femmes, sa première et sa deuxième épouse. La première, Lou Gunther, est morte dans le Minnesota il y a dix ans. L'autre, Wilma Kraft, dans le Massachusetts, il y a sept ans. Durant chacun de ces trois mariages, il a utilisé une identité différente et modifié à chaque fois son apparence. Dans le Minnesota, il était connu sous le nom de Gus Olsen, et dans le Massachusetts se faisait appeler Chad Rudd. On ignore son véritable nom. »

Warner s'interrompit un instant puis le ton de sa voix changea : « Restez avec nous pour la suite de cette histoire invraisemblable. Nous vous retrouvons juste après la publicité. »

Ils ne lâchent pas prise, pensa Zach avec mépris. Mais il faut reconnaître qu'ils sont parvenus à me mettre les deux autres affaires sur le dos. Ils n'en étaient pas là la dernière fois. On va voir quelle tête je suis censé avoir à présent.

Pendant la pause publicitaire, il alla chercher une autre bière. Il avait hâte de voir les photos qui allaient apparaître à l'écran, mais se sentait malgré tout nerveux. Qu'ils aient fait le lien avec les deux autres meurtres l'inquiétait.

Sa bière à la main, il se rassit devant son poste. L'émission reprenait. Warner commença par montrer des photos de la troisième femme, Charlotte, avec ses enfants et sa mère, suivies de celles de Lou et de Wilma. Il décrivit leurs morts violentes. Charlotte et sa famille tuées par balles. Lou et Wilma étranglées toutes les deux.

À la consternation de Zach, Warner exhiba des photos fournies par les familles des victimes. Prises sur une période de dix ans, pendant ses différents séjours dans le Minnesota, le Massachusetts et l'Iowa, elles le montraient tantôt barbu, tantôt glabre, avec les cheveux longs ou courts. Portant soit d'épaisses lunettes, soit des lunettes à fine monture métallique ou bien sans lunettes. Les photos indiquaient aussi que son poids pouvait fluctuer. Il était à un moment efflanqué, à un autre plutôt joufflu, puis à nouveau maigre.

Warner continua en montrant des images de Zach vieillies à l'ordinateur, avec plusieurs variantes possibles de son visage, de ses cheveux, de son poids et de ses lunettes. Zach fut horrifié à la vue de l'une d'elles, qui était étonnamment proche de son apparence actuelle. Il tenta de se rassurer : les spectateurs de l'émission les voient toutes à la fois, personne ne pourrait me reconnaître.

« En raison de ses emplois antérieurs, les profileurs criminels du FBI supposent qu'il pourrait actuellement travailler dans un entrepôt ou une usine, poursuivit

Warner. Il a aussi été employé peu de temps chez un électricien. Son seul hobby connu est son goût pour le jardinage. Nous avons des photos des maisons qu'il a habitées et nous allons vous les montrer. Toutes trois ont été prises en automne et, comme vous le voyez, il a une prédilection pour les chrysanthèmes jaunes. Il en plantait toujours dans les bordures des allées ou les chemins d'accès à ses maisons. »

Zach jaillit comme un boulet hors de son fauteuil. Se précipitant au-dehors, il s'empara d'une bêche et se mit à arracher les fleurs. Conscient que la lampe de la galerie éclairait les abords de la maison, il alla l'éteindre. Plongé dans la pénombre, haletant, il déterra frénétiquement toutes les plantes et les jeta dans des gros sacs de plastique. Emily risquait de rentrer chez elle et il ne voulait pas qu'elle le voie attelé à cette tâche.

Mais sans doute avait-elle remarqué ses nouvelles plantations et elle s'étonnerait donc qu'elles aient disparu. À la première heure le lendemain, il irait acheter des fleurs d'une couleur différente pour les remplacer.

Commencerait-elle à se poser des questions ? Entendrait-elle quelqu'un dans son bureau parler de cette émission ? Évoquerait-on les chrysanthèmes ? Et si un des types avec lesquels il travaillait ou quelqu'un du voisinage voyait cette photo minable, calculerait-il qu'il vivait et travaillait ici depuis justement deux ans – depuis son départ de Des Moines exactement ?

Zach avait à peine fini d'arracher les fleurs qu'Emily s'engageait dans l'allée. Il s'accroupit dans l'ombre et la regarda descendre de la voiture, gagner rapidement l'entrée de sa maison et s'engouffrer à l'intérieur. Y avait-il une chance qu'elle ait vu cette émission là où elle avait passé la soirée ? Même si elle n'y a jeté qu'un bref coup d'œil, son instinct professionnel aura été éveillé, songea-t-il. Ou bien elle ne tardera pas à faire le rapprochement.

Il devait hâter ses préparatifs et se tenir prêt à partir plus tôt que prévu.

32

Michael Gordon finit par passer la plus grande partie du week-end avec Gregg et Katie. Le vendredi soir, chez Neary, Gregg s'était montré inhabituellement disert. Écartant d'un geste les excuses de Michael qui se reprochait d'avoir douté de son innocence, il avait dit : « Mike, j'ai beaucoup pensé à quelque chose qui m'est arrivé à l'âge de seize ans. J'ai eu un horrible accident de voiture et suis resté en réanimation pendant six semaines. Je n'ai aucun souvenir de cette période. Ma mère m'a ensuite raconté que, pendant les trois dernières semaines, je n'avais cessé de les supplier de débrancher tous mes tuyaux. Elle m'a dit que je prenais l'infirmière pour ma grand-mère qui était morte quand j'avais six ans.

— Tu n'en as jamais parlé, dit Michael.

— Qui aurait envie d'évoquer une expérience aussi proche de la mort ? » Gregg avait eu un sourire un peu amer et ajouté : « Il y a assez de malheur dans le monde pour ne pas accabler les autres avec une histoire vieille de plus de vingt-six ans. Changeons plutôt de sujet.

— À condition que tu manges ce que tu as dans ton assiette, répondit Mike. Tu as perdu combien de kilos ?

— Juste ce qu'il faut pour être à l'aise dans mes vêtements. »

Tôt dans la matinée du samedi Michael était venu chercher Gregg et Katie en voiture et les avait emmenés dans son chalet du Vermont. Il était encore beaucoup trop tôt pour pouvoir skier mais Gregg et Katie étaient allés faire une longue promenade dans l'après-midi tandis que Michael travaillait à son livre consacré aux crimes les plus importants du vingtième siècle.

Ils avaient dîné à Manchester. Comme toujours, le Vermont était nettement plus froid que New York et la flambée dans la cheminée de la salle à manger de la confortable auberge les avait tous réchauffés et réconfortés.

Plus tard, après que Katie, un livre sous le bras, fut allée se coucher, Gregg alla rejoindre Michael dans son bureau où il s'était remis à travailler. « Je crois me rappeler que tu écris un chapitre sur Harry Thaw, le millionnaire qui a tué l'architecte Stanford White au Madison Square Garden ?

— En effet.

— Il l'a tué devant une foule de gens et a ensuite plaidé la folie, n'est-ce pas ? »

Michael se demanda où Gregg voulait en venir. « Oui, mais Thaw a dû passer un certain temps dans un asile, dit-il.

— Lorsqu'il en est sorti, il s'est installé dans une grande maison sur le lac George, si je me souviens bien ?

— Allons, Gregg, pourquoi ces questions ? »

Gregg enfonça ses mains dans ses poches. Il donnait soudain une étrange impression de vulnérabilité. « Mike, après mon accident, j'ai eu de longues périodes de totale amnésie. Elles ont disparu, mais depuis je ne perçois plus le temps comme avant. Je peux être tellement absorbé que je ne me rends pas compte si une, deux ou trois heures se sont écoulées.

— C'est ce qu'on appelle la capacité de concentration.

— Merci. Mais cela m'est arrivé le matin où Natalie est morte. C'était un jour de mars. Il faisait horriblement mauvais. C'est une chose d'être assis à son bureau et de ne pas sentir la journée filer. C'en est une autre d'être dehors par un temps de chien. Tout ce que je sais, c'est que je n'ai pas pu tuer Natalie. C'est impossible. Mon Dieu, je l'aimais tellement ! Mais je voudrais tant avoir gardé le souvenir de ces deux heures. Je me rappelle seulement avoir rendu la voiture de location. Si j'ai vraiment couru pendant deux heures, est-ce que j'étais dans un tel état d'angoisse que je n'aie senti ni le froid ni la fatigue ? »

Attristé par le trouble et le doute qu'il lisait sur le visage de Gregg, Michael se leva et saisit son ami par les épaules. « Gregg, écoute-moi. Tu as fait une impression très favorable hier à la barre. Je t'ai cru quand tu as parlé de ce salaud de Jimmy Easton et des raisons pour lesquelles tu appelais Natalie si souvent. Je me souviens de t'avoir vu au milieu d'une conversation pianoter sur ton téléphone et lui dire deux ou trois mots.

— "Natalie, je t'aime", dit Gregg d'un ton morne. Fin du message. »

33

Emily s'accorda de dormir jusqu'à sept heures et demie le dimanche matin. Elle avait l'intention d'être à son bureau à huit heures et demie et d'y passer la journée. « Tu as été très patiente avec moi. Je sais que je t'ai négligée, mon pauvre chou ! » s'excusa-t-elle en soulevant Bess de l'oreiller à côté d'elle. Elle avait hâte de boire son café mais, en voyant le regard implorant de la petite chienne, elle enfila un jean et un blouson et annonça : « Viens, Bess, tu ne vas pas te contenter du jardin aujourd'hui, on va faire une vraie promenade, toi et moi. »

Bess agita joyeusement la queue tandis qu'elles descendaient l'escalier et qu'Emily s'emparait de sa laisse et lui mettait son collier. Elle glissa une clé dans la poche de son blouson et se dirigea vers l'entrée principale. Depuis qu'elle avait fait poser un verrou sur la porte de la galerie, il était plus facile de sortir de ce côté-là.

S'efforçant de retenir le chien qui gambadait allègrement, elle parcourut les quelques mètres qui menaient à l'allée. Soudain elle s'immobilisa, regarda autour d'elle avec stupéfaction. « Que s'est-il passé ? » se demanda-t-elle tout haut, en voyant la terre fraîchement retournée à l'endroit où, la veille encore, elle avait admiré la nouvelle bordure de chrysanthèmes.

Peut-être étaient-ils bourrés de parasites. Qui sait ? C'est étrange, il a planté toutes ces fleurs dans la journée d'hier. Quand les a-t-il arrachées ? Elles y étaient quand je suis partie chez les Wesley. Je ne me souviens plus si elles s'y trouvaient encore à mon retour. Il était dix heures passées.

Elle sentit la chienne tirer sur sa laisse et baissa les yeux. « Désolée, Bess. D'accord, on y va. »

Bess choisit de tourner à droite sur le trottoir, ce qui obligeait sa maîtresse à passer devant la maison de Zach. Il est sans doute chez lui, pensa-t-elle, sa voiture est dans l'allée. Si ce type n'était pas aussi bizarre, j'irais sonner à sa porte pour lui demander des explications. Mais je ne veux pas lui donner l'occasion de me coller à nouveau.

L'image de Zach en train de se balancer dans le rocking-chair de sa galerie lui revint à l'esprit. J'ai éprouvé davantage qu'un sentiment de malaise, se dit-elle.

En réalité, il m'a fait *peur*.

Et il me fait toujours peur, s'avoua-t-elle en repassant devant la maison de son voisin à son retour, un quart d'heure plus tard. J'étais tellement absorbée par ce procès que j'ai mis un certain temps à m'en apercevoir.

34

« Voici le jour que fit le Seigneur », pensa amère-ment Gregg Aldrich en regardant par la fenêtre de sa chambre le lundi matin. Il pleuvait à verse mais, de toute façon, il ne serait pas allé courir. J'espère ne pas être assez stupide pour perdre la notion du temps un jour comme aujourd'hui, se dit-il, mais autant ne pas prendre de risques.

Il avait la gorge sèche. La veille au soir, il avait pris un somnifère léger et dormi sept heures d'affilée. Mal-gré tout, il ne se sentait pas reposé, plutôt groggy même. Un café serré va y remédier, se promit-il.

Il décrocha sa robe de chambre dans la penderie, enfila ses pantoufles et parcourut le couloir recouvert de moquette jusqu'à la cuisine. L'odeur du café lui remonta le moral.

Le week-end avec Michael dans le Vermont l'avait remis sur pied, reconnut-il en prenant sa tasse habi-tuelle dans le placard au-dessus de la cafetière élec-trique. Parler du matin où Natalie était morte, de ce laps de temps où il avait couru pendant deux heures sans même ressentir le froid, l'avait rasséréné. Ensuite,

Michael lui avait recommandé d'adopter aujourd'hui à la barre la même attitude que vendredi.

En revenant du Vermont la veille, il avait insisté : « Montre la même détermination, Gregg. Tes réponses étaient tout à fait crédibles. Tu as entendu le juge Reilly dire dans mon émission que s'il engageait la conversation dans un bar avec un parfait inconnu qui racontait ensuite qu'il avait conclu un marché avec lui pour tuer sa femme, ce serait la parole de ce type contre la sienne. Tout le pays a entendu Reilly faire cette déclaration, et je suis convaincu qu'un bon nombre de gens ont pensé la même chose. »

Michael s'était tu un instant avant de continuer : « C'est le genre de situation dans laquelle n'importe qui peut accuser autrui de n'importe quoi. Et n'oublions pas que Jimmy Easton a obtenu une compensation considérable pour témoigner contre toi. Il n'a plus à redouter de vieillir en prison. »

J'ai fait remarquer à Michael qu'il omettait un petit détail important, pensa Gregg. La femme du juge n'avait pas été assassinée.

Avoir *confiance en soi*, songea-t-il avec amertume. Je n'en ai plus aucune. Il se versa une tasse de café et la porta dans la salle de séjour. Kathleen et lui avaient acheté cet appartement quand elle était enceinte de Katie. C'était culotté de ma part de m'engager à payer de telles charges, se rappela-t-il, mais, à cette époque, j'étais sûr de mon avenir, de devenir un grand agent. Bon, j'ai réussi, très bien, et où cela m'a-t-il mené ?

Kathleen était tout excitée quand il avait fallu choisir les peintures, les meubles et les tapis. Elle avait un goût inné et un vrai talent pour dénicher les bonnes affaires. Elle disait en riant que, comme lui, elle n'était pas née coiffée. Il s'attarda dans la salle de séjour, perdu dans ses souvenirs.

Si elle avait vécu, je ne serais jamais tombé amoureux de Natalie, pensa-t-il. Et je n'irais pas au tribunal pour tenter de persuader les jurés que je ne suis pas un meurtrier. Une vague de nostalgie le submergea. Kathleen. Il ressentait soudain un immense besoin, physique et émotionnel, de sa présence. « Kathleen, murmura-t-il, veille sur moi aujourd'hui. J'ai peur. Si je suis condamné, qui prendra soin de notre Katie ? »

Il resta un long moment la gorge serrée, luttant contre les larmes, puis se mordit la lèvre. Reprends-toi, mon vieux ! Va préparer le petit déjeuner de Katie. Si elle te voit dans cet état, elle va s'effondrer.

En se dirigeant vers la cuisine, il passa devant la table dans laquelle, selon Jimmy Easton, il avait gardé les cinq mille dollars de l'acompte versé avant le meurtre de Natalie. Il s'immobilisa, ouvrit d'un coup sec le tiroir, et le grincement que Jimmy Easton avait si bien décrit lui déchira les oreilles. D'un geste rageur, Gregg referma brutalement le tiroir.

35

« Parée pour la bagarre, j'espère. »

Emily leva les yeux. Il était sept heures et demie, et elle était à son bureau. L'inspecteur Billy Tryon se tenait dans l'embrasure de la porte. Je n'aime décidément pas cet homme, pensa-t-elle, agacée par la condescendance qu'elle décelait dans son ton.

« Puis-je faire quelque chose pour vous ce matin, Emily ? Je sais que c'est un jour crucial.

— Je pense que tout se présente bien, Billy. Merci.

— Comme l'aurait dit Elvis, "c'est maintenant où jamais". Bonne chance avec Aldrich. J'espère que vous allez l'anéantir. »

Emily se demanda si Tryon lui voulait vraiment du bien ou s'il espérait qu'elle allait se ramasser. Pour l'instant, elle s'en fichait. J'y penserai plus tard, se dit-elle.

Tryon ne semblait pas prêt à partir. « N'oubliez pas que vous vous battez aussi pour Jake et moi, dit-il. On a mis toute la gomme dans cette enquête. Et ce type, Aldrich, est un tueur. On le sait tous. »

Voyant qu'il s'attendait à des compliments, Emily

répondit à regret : « Je sais que Jake et vous avez travaillé dur et j'espère que les jurés seront de votre avis. »

Il a fini par se faire couper les cheveux, se dit-elle. Il devrait aller chez le coiffeur plus souvent. Il fallait reconnaître que lorsqu'il était moins débraillé, Tyron avait une allure de dur à cuire qui pouvait séduire certaines femmes. La rumeur courait qu'il avait une nouvelle petite amie, une chanteuse de cabaret. Pourquoi n'en était-elle pas surprise ?

Elle se rendit compte qu'il la regardait avec attention lui aussi.

« Vous vous êtes faite belle pour les caméras aujourd'hui, Emily. Vous êtes superbe. »

Ce matin, cédant à la superstition, Emily n'avait pas mis la jupe et la veste qu'elle avait prévu de porter. Elle avait décroché dans sa penderie le tailleur-pantalon gris anthracite et le pull à col roulé rouge vif qu'elle portait le jour où Ted Wesley lui avait confié l'affaire. « Je ne me suis pas faite belle, répliqua-t-elle d'un ton sec. Ce tailleur a deux ans et je l'ai souvent porté au tribunal.

— Bon, j'essayais de vous faire un compliment. Vous êtes quand même superbe.

— Je suppose que je devrais vous remercier, Billy, mais vous voyez bien que je suis en train de relire mes notes. Dans un peu plus d'une heure, je vais tenter de faire condamner un assassin. Si vous n'y voyez pas d'inconvénient...

— D'accord, d'accord. »

Avec un sourire et un grand geste de la main, il tourna les talons et sortit, refermant la porte derrière lui.

Emily se sentit soudain décontenancée. Je ne me suis pas habillée pour les caméras, tout de même ! Non, certainement pas ! Le pull rouge est trop voyant ? Non. Ça suffit. Je vais devenir fada comme Zach si je continue. Elle repensa à la disparition des chrysanthèmes. Il a dû passer la plus grande partie du samedi à les planter. Ils étaient magnifiques. Et hier, quand je suis sortie promener Bess, ils n'étaient plus là. Il ne restait que la terre retournée. Pourtant à mon retour du tribunal, à dix-sept heures, l'allée était bordée de pensées et d'asters. Je préférais les chrysanthèmes, se dit-elle encore. Ce type est vraiment loufoque. À la réflexion, j'ai eu de la chance de le trouver en train de se prélasser dans ma galerie à dix heures du soir. C'était un avertissement !

Sans plus penser à sa tenue ni à son voisin, Emily se replongea dans l'étude des notes qui lui serviraient quand elle procéderait au contre-interrogatoire de Gregg Aldrich.

L'audience commença à neuf heures précises. Le juge Stevens pria Gregg Aldrich de gagner la barre des témoins.

Il portait un costume gris foncé, une chemise blanche et une cravate noir et gris. On jurerait qu'il va à un enterrement, pensa Emily. Je parie que c'est

Richard Moore qui lui a conseillé de s'habiller ainsi. Il veut donner au jury l'image du mari accablé de chagrin. Mais si j'ai mon mot à dire, cela ne va pas lui servir à grand-chose.

Elle jeta un regard rapide par-dessus son épaule. Un des policiers du tribunal lui avait dit que la foule se pressait dès l'ouverture des portes dans l'espoir d'assister à l'audience. Katie Aldrich était assise au premier rang, derrière son père. De l'autre côté de l'allée centrale, Alice Mills, accompagnée de ses deux sœurs, se tenait derrière Emily.

Emily l'avait saluée avant de prendre place à la table de l'accusation.

Le juge Stevens nota pour la forme que le témoin avait déjà prêté serment, puis annonça : « Madame le procureur, vous pouvez procéder au contre-interrogatoire. »

Emily se leva : « Merci, Votre Honneur. » Elle s'avança jusqu'à l'extrémité du banc des jurés. « Monsieur Aldrich, commença-t-elle, vous avez déclaré que vous aimiez profondément votre femme, Natalie Raines. Est-ce exact ?

— C'est exact, répondit Gregg Aldrich calmement.

— Et vous avez déclaré avoir été son agent. Est-ce exact ?

— C'est exact.

— Et en tant qu'agent, vous aviez droit à quinze pour cent de ses revenus. Est-ce exact ?

— C'est exact.

— Et est-il juste de dire que Natalie Raines était une actrice reconnue, jouissant d'une vraie célébrité, avant et durant votre mariage ?

— C'est juste.

— Et est-il exact que, si Natalie avait vécu, tout semblait indiquer qu'elle aurait continué à connaître le succès ?

— J'en suis certain.

— Et n'est-il pas vrai qu'à partir du moment où vous n'étiez plus son agent, vous n'auriez plus eu droit à une partie de ses revenus ?

— C'est vrai, mais j'étais un agent réputé avant d'épouser Natalie, et je le suis toujours.

— Monsieur Aldrich, je ne vous poserai plus qu'une seule question sur ce sujet. Vos revenus ont-ils substantiellement augmenté lorsque vous avez épousé Natalie et êtes devenu son agent ? Oui ou non ?

— Augmenté, oui, mais pas substantiellement.

— Bien, avez-vous actuellement un client aussi renommé que l'était Natalie Raines ?

— J'ai certains clients, notamment des musiciens, qui enregistrent des disques et qui gagnent beaucoup plus d'argent que n'en gagnait Natalie. » Gregg Aldrich hésita : « Nous parlons d'un autre genre de succès. Natalie était destinée à reprendre le titre jadis décerné à Helen Hayes, celui de "First Lady de la scène américaine".

— Souhaitiez-vous vraiment qu'elle soit considérée de la sorte ?

— Natalie était une actrice magnifique. Elle méritait cette consécration.

— Par ailleurs, le fait que sa carrière l'obligeait à partir en tournée pour de longues périodes vous attristait, n'est-ce pas monsieur Aldrich ? N'est-il pas vrai que vous vouliez à la fois qu'elle ait du succès et qu'elle soit présente à la maison ? »

Au fur et à mesure qu'elle haussait le ton, Emily se rapprochait de la barre des témoins.

« Comme je l'ai déclaré ici et le redis aujourd'hui, mon seul souci était que Natalie accepte des rôles qui, à mon avis, risquaient de nuire à sa carrière. Bien sûr, elle me manquait quand elle était absente. Nous étions très amoureux l'un de l'autre.

— Naturellement. Mais n'est-il pas vrai que ces fréquentes séparations vous mettaient dans un tel état que Natalie en fut bouleversée, au point de décider de rompre ?

— Ce n'est pas du tout la raison pour laquelle elle a voulu que nous nous séparions.

— Alors, si vous étiez tellement accommodant sur son emploi du temps, quelle autre raison, à part votre avis professionnel concernant les rôles qu'elle acceptait, l'a poussée à changer d'agent ? Pourquoi vous a-t-elle supplié de ne plus l'appeler ? Pourquoi a-t-elle fini par *l'exiger* ? »

Tout en assénant ses questions, Emily avait conscience que l'assistance voyait Gregg Aldrich perdre contenance. Ses réponses devenaient hésitantes. Il évitait de la regarder.

« Natalie vous a téléphoné pour la dernière fois le samedi 14 mars dans la matinée. Laissez-moi vous rappeler les mots exacts que vous avez employés en relatant cet appel lors de votre déposition sous serment. (Elle consulta le papier posé devant elle et lut :) "Elle m'a laissé un message sur mon portable, elle disait qu'elle partait à Cape Cod, qu'elle serait comme convenu à notre rendez-vous du lundi matin, et me priait de ne pas la rappeler pendant le week-end." »

Emily regarda fixement Gregg. « Elle voulait que vous la laissiez tranquille, n'est-ce pas, monsieur Aldrich ?

— Oui. »

Des gouttes de sueur perlèrent sur le front de Gregg.

« Mais au lieu de respecter son souhait, vous avez sur-le-champ loué une voiture et vous l'avez suivie à Cape Cod, n'est-ce pas ?

— J'ai respecté son souhait. Je ne lui ai pas téléphoné.

— Monsieur Aldrich, ce n'est pas ce que je vous ai demandé. Vous l'avez suivie à Cape Cod, n'est-ce pas ?

— Je n'avais pas l'intention de lui parler. Il était nécessaire que je sache si elle était seule.

— Et il était nécessaire d'utiliser une voiture de location que personne ne reconnaîtrait ?

— Comme je l'ai expliqué la semaine dernière, répondit Gregg, je voulais me rendre sur place discrètement et je ne désirais ni la troubler ni me retrouver

194

en sa présence. Je voulais seulement m'assurer qu'elle était seule.

— Dans ce cas, pourquoi ne pas avoir engagé un détective privé ?

— Cela ne m'est jamais venu à l'esprit. J'ai spontanément décidé d'aller à Cape Cod. Jamais je n'aurais engagé quelqu'un pour espionner ma femme. Cette seule pensée me révolte, dit Gregg d'une voix tremblante.

— Vous avez déclaré que le dimanche soir vous aviez la conviction qu'elle était seule, n'ayant vu aucune autre voiture dans l'allée. Comment pouviez-vous savoir qu'elle n'avait pas pris quelqu'un en route, avant que vous n'arriviez ? Comment pouviez-vous être certain qu'elle était seule dans la maison ? »

Gregg haussa la voix : « J'en étais sûr.

— Comment pouviez-vous en être aussi sûr ? C'était la question qui importait le plus pour vous. Pourquoi cette certitude ?

— J'ai regardé par la fenêtre. Je l'ai vue assise, seule. C'est ainsi que je l'ai su. »

Stupéfaite devant cette révélation, Emily comprit aussitôt qu'Aldrich venait de commettre une lourde erreur. Richard Moore le sait comme moi, pensa-t-elle.

« Vous êtes donc descendu de voiture, vous avez traversé la pelouse et regardé par la fenêtre, c'est ça ?

— Oui, répondit Aldrich d'un ton de défi.

— Par quelle fenêtre avez-vous regardé ?

— Par la fenêtre du bureau, sur le côté de la maison.

— Et quelle heure du jour ou de la nuit était-il alors ?

— C'était juste avant minuit, le samedi soir.

— Vous vous cachiez donc dans les buissons près de la maison de votre femme, au milieu de la nuit ?

— Je ne considérais pas les choses de cette manière », répondit Gregg, ne cherchant plus à lutter. Il se pencha en avant dans sa chaise. « Ne comprenez-vous pas que je m'inquiétais pour elle ? Ne pouvez-vous comprendre que, si j'avais constaté qu'elle avait trouvé quelqu'un d'autre, j'aurais admis que je devais m'éloigner ?

— Alors, qu'avez-vous pensé en la voyant seule ?

— Elle paraissait si vulnérable. Elle était pelotonnée comme une enfant sur le canapé.

— Et comment pensez-vous qu'elle aurait réagi si elle avait aperçu une silhouette à la fenêtre à cette heure tardive ?

— J'ai pris garde de ne pas me montrer. Je ne voulais pas l'effrayer.

— Avez-vous eu la certitude alors qu'elle était seule ?

— Oui, tout à fait.

— Alors pourquoi êtes-vous repassé devant sa maison à plusieurs reprises le dimanche ? Vous l'avez admis lorsque la défense vous a interrogé.

— Je me faisais du souci pour elle.

— Tâchons d'y voir clair, dit Emily. En premier lieu, vous nous dites que vous vous êtes rendu sur place avec une voiture de location uniquement pour savoir si elle était seule. Puis vous nous dites que vous avez été rassuré sur ce point en regardant par sa fenêtre à minuit, après vous être caché dans les buissons. Maintenant, vous nous dites que le dimanche, bien qu'étant *sûr* qu'elle était seule, vous passez et repassez en voiture aux alentours de sa maison plusieurs fois dans la journée et la soirée. C'est bien ce que vous nous avez déclaré, n'est-ce pas ?

— Je vous ai dit que je m'inquiétais à son sujet et que c'était pour cette raison que j'étais resté le dimanche.

— Et qu'est-ce qui vous inquiétait tant ?

— Je m'inquiétais de l'état émotionnel de Natalie. La voir recroquevillée sur son canapé était le signe qu'elle était perturbée.

— Avez-vous songé que c'était peut-être à cause de vous qu'elle était perturbée, monsieur Aldrich ?

— Oui, j'y ai pensé. C'est pourquoi, comme je l'ai déclaré vendredi, je me suis résigné au fait que tout était fini entre nous. C'est difficile à expliquer, mais c'est ainsi. Si j'étais la cause de son trouble, je devais renoncer à elle.

— Monsieur Aldrich, vous n'avez pas trouvé votre femme en compagnie d'un autre homme. Puis, sur le chemin du retour, pour vous citer, vous décidez que Natalie était un de ces êtres qui ne sont "jamais moins seuls que lorsqu'ils sont seuls". Êtes-vous en train de dire à la cour que, de toute façon, seule ou pas, vous l'aviez bel et bien perdue ?

— Non, ce n'est pas ce que je veux dire.

— Monsieur Aldrich, ne serait-il pas plus honnête de dire qu'elle ne voulait plus de vous ? Et que, si quelque chose d'autre la troublait, elle ne s'était pas tournée vers vous pour que vous l'aidiez ? N'est-il pas vrai qu'elle ne désirait plus vivre avec vous ?

— Je me souviens d'avoir pensé, sur le chemin du retour du Cap, qu'il était inutile d'espérer que nous puissions nous retrouver.

— En avez-vous été attristé ? »

Gregg Aldrich regarda franchement Emily. « Bien sûr que j'en ai été attristé. Mais j'ai ressenti autre chose, une impression de soulagement à l'idée que c'était bel et bien fini. Je ne me consumerais plus pour elle désormais.

— Vous ne vous consumeriez plus d'amour pour elle. Était-ce là votre résolution ?

— On peut le dire comme ça, oui.

— Et vous n'êtes pas allé chez elle le lendemain pour la tuer ?

— Non et non. Absolument pas.

— Monsieur Aldrich, dès la découverte du corps de votre femme, vous avez été interrogé par la police. Ne vous a-t-on pas demandé de donner le nom d'au moins une personne qui aurait pu vous avoir vu courir dans Central Park, je vous cite, entre "sept heures quinze environ et dix heures cinq quand j'ai rendu la voiture de location" ?

— Je ne regardais pas autour de moi ce jour-là. Il faisait froid et il y avait du vent. Par un temps pareil, les marcheurs et les joggeurs sont emmitouflés. Cer-

198

tains ont un casque sur la tête. Il ne s'agit pas d'une réunion entre amis. Les gens sont concentrés sur eux-mêmes.

— Diriez-vous que vous êtes resté concentré sur vous-même pendant deux heures et demie par une journée froide et venteuse de mars ?

— J'ai couru plusieurs fois le marathon de novembre. Et j'ai des clients qui sont des joueurs de football professionnels. Ils disent tous que, quelle que soit la température ambiante, l'adrénaline qui afflue au moment où ils commencent à jouer supprime toute sensation de froid. Je ne l'ai pas éprouvée non plus ce matin-là.

— Monsieur Aldrich, laissez-moi vous présenter un autre scénario. Je pense plutôt que ce lundi matin vous avez eu une poussée d'adrénaline quand, comme vous l'avez vous-même reconnu, vous avez admis que votre femme, Natalie Raines, était perdue pour vous. Je présume que, sachant qu'elle serait de retour chez elle durant la matinée, vous êtes monté dans votre voiture de location, avez fait le trajet d'une demi-heure jusqu'à Closter, pris la clé dans la cachette que vous connaissiez et l'avez attendue dans la cuisine. N'est-ce pas ainsi que les choses se sont passées ?

— Non. Non. Jamais de la vie. »

Le regard étincelant, Emily pointa son doigt vers la barre des témoins. D'une voix forte et sarcastique, elle dit : « Vous avez tué votre femme ce matin-là, n'est-ce pas ? Vous avez tiré sur elle puis, supposant qu'elle était morte, vous l'avez abandonnée. Vous avez regagné New York et peut-être couru dans Central Park, dans l'espoir que quelqu'un vous verrait. N'est-ce pas la vérité ?

— Non, c'est faux !

— Puis, un peu plus tard, vous êtes allé rendre la voiture que vous aviez louée pour espionner votre femme. C'est vrai, n'est-ce pas, monsieur Aldrich ? »

Gregg Aldrich s'était levé. « Je n'ai jamais fait de mal à Natalie ! Je n'aurais jamais pu lui faire de mal ! s'écria-t-il.

— Mais c'est ce que vous avez fait. Vous l'avez tuée ! » cria à son tour Emily.

Moore s'était levé. « Objection, Votre Honneur, objection. La défense harcèle le témoin.

— Objection accordée.

— Madame le procureur, ne vous laissez pas emporter, et répétez la question sous une autre forme. »

Le ton du juge Stephens trahissait son irritation.

« Avez-vous tué votre femme, monsieur Aldrich ? demanda Emily plus doucement.

— Non... non..., protesta Gregg Aldrich, d'une voix brisée. J'aimais Natalie, mais...

— *Mais* vous vous étiez avoué..., commença Emily.

— Objection, Votre Honneur ! tonna Moore. L'accusation ne le laisse pas l'accusé terminer ses réponses.

— Objection accordée, dit le juge Stephens. Madame Wallace, vous êtes sommée de laisser le témoin terminer ses réponses. Je ne veux pas avoir à vous le répéter. »

Emily acquiesça d'un signe de tête. Elle se tourna à nouveau vers Gregg Aldrich. D'une voix plus basse, elle dit : « Monsieur Aldrich, n'êtes-vous pas allé à Cape Cod parce que Jimmy Easton avait renoncé à son engagement d'exécuter votre femme à votre place ? »

Gregg secoua la tête, désespéré. « J'ai rencontré Jimmy Easton dans un bar, je lui ai parlé quelques minutes et je ne l'ai plus jamais revu.

— Mais vous l'avez payé pour la suivre et la tuer. N'est-ce pas ainsi que les choses se sont passées ?

— Je n'ai pas engagé Jimmy Easton pour la tuer, jamais je n'aurais pu faire de mal à Natalie ! » protesta Gregg, les épaules secouées de sanglots, les yeux remplis de larmes. « Vous ne pouvez donc pas comprendre ça ? *Quelqu'un* pourrait-il le comprendre ? »

Il s'effondra, la voix brisée.

« Votre Honneur, puis-je demander une suspension de séance ? demanda Moore.

— Nous allons interrompre l'audience pendant un quart d'heure, ordonna le juge, pour permettre au témoin de retrouver son calme. »

Quand la cour se réunit à nouveau, Gregg Aldrich avait repris ses esprits. Il regagna sa place à la barre des témoins, pâle mais apparemment résigné à endurer la suite du contre-interrogatoire accablant d'Emily.

« J'ai seulement quelques questions supplémentaires, Votre Honneur », dit Emily en se dirigeant vers le témoin. Elle s'arrêta devant lui et, pendant un long moment, le regarda avec intensité.

« Monsieur Aldrich, interrogé par la défense, vous avez reconnu qu'il existe dans la salle de séjour de votre appartement de New York une table d'appoint dont l'un des tiroirs produit un grincement particulier quand on l'ouvre.

— Oui, c'est exact, répondit Gregg Aldrich faiblement.

— Est-il juste de dire que Jimmy Easton a décrit avec précision cette table et ce bruit ?

— Oui, mais il n'est jamais venu chez moi.

— Monsieur Aldrich, vous nous avez dit que ce tiroir était devenu un sujet de plaisanterie dans votre famille et que vous disiez qu'il s'agissait d'''un message de l'au-delà''.

— C'est exact.

— À votre connaissance, M. Easton a-t-il jamais rencontré aucun membre de votre famille ?

— Autant que je sache, non.

— Avez-vous des amis en commun avec M. Easton qui auraient pu plaisanter à propos de ce tiroir en sa présence ?

— Autant que je sache, nous n'avons aucun ami commun.

— Monsieur Aldrich, pouvez-vous expliquer d'une façon ou d'une autre comment Jimmy Easton s'est trouvé en mesure de décrire ce meuble et le bruit du tiroir s'il n'est jamais entré chez vous ?

— Je me suis creusé la cervelle pour découvrir comment il avait pu le savoir. Je n'en ai pas la moindre idée. »

La voix de Gregg se brisa à nouveau.

« Une chose encore. Dans les articles qui ont paru dans divers magazines à propos de Natalie, ce tiroir a-t-il jamais été mentionné ?

— Non, personne n'en a jamais parlé », répondit Gregg d'un ton désespéré. S'agrippant aux bras de son siège, il se tourna vers le jury. « Je n'ai pas tué ma femme, s'écria-t-il. Je ne l'ai pas tuée. Je vous en supplie, croyez-moi. Je... je... »

Incapable de poursuivre, il enfouit sa tête entre ses mains et se mit à pleurer.

Ignorant la silhouette effondrée derrière la barre des témoins, Emily dit d'un ton froid : « Votre Honneur, je n'ai pas d'autres questions », puis regagna sa place au banc de l'accusation.

Richard Moore et son fils échangèrent quelques propos à voix basse et choisirent de ne pas poser de questions supplémentaires. Richard Moore se leva : « Votre Honneur, la défense en reste là. »

Le juge se tourna vers Gregg. « Monsieur Aldrich, vous pouvez quitter la barre des témoins. »

D'un air las, Gregg se leva et murmura : « Merci, Votre Honneur », et lentement, comme si chaque pas lui coûtait, regagna sa place.

Le juge Stevens s'adressa à Emily : « Madame le procureur, désirez-vous faire une réfutation ?

— Non, Votre Honneur », répondit Emily.

Le juge se tourna alors vers le jury. « Mesdames et messieurs, les auditions sont terminées. J'ordonne une suspension de quarante-cinq minutes pour permettre aux avocats de finaliser leurs conclusions. Selon les règles de cette cour, la défense parlera en premier, puis le ministère public. Suivant le temps que prendra le résumé des arguments, je vous communiquerai mes instructions finales soit tard dans l'après-midi, soit demain matin. Lorsque j'aurai terminé, nous choisirons au hasard les suppléants et les douze jurés définitifs commenceront leur délibération. »

36

Quand la cour se réunit à nouveau dans l'après-midi, Emily avait terminé la révision de ses arguments. Moore a été très bon, pensa-t-elle, mais il s'est heurté à la question du tiroir. Elle était plutôt optimiste en quittant la salle d'audience, pratiquement certaine que Gregg Aldrich se retrouverait bientôt en cellule. La décision serait entre les mains des jurés le lendemain. Combien de temps prendront-ils pour délibérer ? se demanda-t-elle. En espérant qu'ils se décident. Elle frissonna à la pensée de se retrouver avec un jury dans l'impasse et d'être obligée de tout recommencer de zéro.

Sur le chemin du retour, elle s'arrêta au supermarché, avec l'intention d'acheter quelques produits de base comme du lait, de la soupe et du pain. Mais, en passant devant le rayon de la boucherie, elle s'arrêta. Après tous les plats préparés qu'elle avait ingurgités ces mois-ci, l'envie d'un steak accompagné de pommes de terre au four lui parut soudain irrésistible.

Elle emporta ses achats à la caisse, se sentant peu à peu gagnée par la fatigue. Quand elle s'engagea dans son allée, un quart d'heure plus tard, elle n'était plus certaine d'avoir l'énergie nécessaire pour faire griller son steak.

La voiture de Zach n'était pas là. Elle se souvint de l'avoir entendu dire que ses horaires de travail avaient changé. Les nouveaux parterres de fleurs avaient été détrempés par la pluie battante. Leur vue la troubla.

Pendant qu'elle déballait ses courses, elle laissa Bess s'ébattre quelques minutes dans le jardin, puis monta dans sa chambre, enfila un vieux training de coton et un T-shirt à manches longues et s'allongea sur son lit. Bess vint la rejoindre et se blottit sous la courtepointe avec elle. « J'ai bien mené la bataille, Bess. Il ne reste plus qu'à attendre la suite », murmura-t-elle en fermant les yeux.

Elle dormit pendant deux heures et fut réveillée par sa propre voix qui gémissait : « Non, pitié... je vous en prie, non... »

Elle se redressa d'un bond. Est-ce que je deviens folle ? De quoi étais-je en train de rêver ?

Le souvenir lui revint. Elle était terrorisée, et tentait de repousser quelqu'un qui l'agressait.

Elle s'aperçut qu'elle tremblait, sentit que Bess à côté d'elle était sensible à son agitation.

L'attirant contre elle, elle dit doucement : « Je suis contente que tu sois là, mon chien. Ce rêve était si réel. Et vraiment effrayant. Je ne connais qu'une seule personne qui pourrait avoir envie de me tuer, c'est

prêt à parier qu'il n'avait pas mis son avocat au courant. »

Georgette Cassotta, une criminologue, intervint : « Croyez-moi, cette image a fait courir un frisson parmi les femmes du jury. Et je suis prête à parier que les hommes ont, eux aussi, fortement réagi. Gregg Aldrich est passé de l'état de mari inquiet pour sa femme à celui de voyeur. Et le fait d'être revenu devant la maison alors qu'il avait admis que, dès le samedi soir, il avait compris qu'elle était seule, risque de sceller son destin.

— Il y a eu un autre point favorable à l'accusation aujourd'hui, ajouta le juge Reilly. Emily Wallace s'est montrée très efficace dans la façon dont elle a abordé la question du grincement du tiroir. Elle a offert à Aldrich toutes les occasions de fournir une raison expliquant comment Easton pouvait avoir eu connaissance de l'existence de cette table et de son tiroir. Il n'a pu en donner aucune. Moore et lui devaient se douter qu'elle allait s'engouffrer dans la faille. Le problème est qu'il n'est pas apparu seulement incapable de fournir une explication plausible. Il est apparu comme un homme pris au piège.

— Mais s'il est réellement innocent, dit Gordon, et s'il n'a effectivement aucune explication, n'est-ce pas la réaction d'un homme acculé et désespéré ?

— Je pense que la meilleure chance de Gregg Aldrich serait qu'un ou deux jurés aient la même interprétation que vous et que le jury soit bloqué, répondit le juge Reilly. Je ne vois pas les douze jurés voter non coupable, franchement, non. »

Avant la fin de l'émission, Michael Gordon rappela aux téléspectateurs que, dès que le juge Stevens aurait communiqué ses instructions, les jurés commenceraient à délibérer. « Probablement vers onze heures, dit-il. C'est alors que vous pourrez voter sur notre site Internet et dire si, à votre avis, Gregg Aldrich sera déclaré coupable ou non du meurtre de sa femme. Dans le cas où il n'y aurait pas d'unanimité dans un sens ou dans l'autre, le jury sera dans l'impasse, ce qui entraînera l'ouverture d'un second procès.

« Je doute que nous ayons un verdict à temps demain pour le journal télévisé du soir, continua Michael. Vous pouvez voter jusqu'à la minute où le jury fera savoir au juge Stevens qu'il a rendu son verdict. S'il n'y a pas de verdict demain soir, nous donnerons les résultats du vote en l'état actuel des choses. Et maintenant, bonne nuit à tous. »

38

« Ça s'est mal passé aujourd'hui », dit Isabella Garcia à Sal, son mari, d'une voix morne, tandis que Michael Gordon souhaitait bonne nuit aux téléspectateurs. « C'est vrai, vendredi soir encore, Michael déclarait qu'il croyait en l'innocence de Gregg. Et ce soir, le voilà qui admet que Gregg a mal joué. »

Sal regarda par-dessus ses lunettes. « Joué ? Je croyais que c'étaient les acteurs qui jouaient.

— Tu sais très bien ce que je veux dire. Je veux dire qu'il n'a pas donné l'impression d'être innocent. Il s'est troublé, s'est emmêlé dans ses explications. Il s'est mis à pleurer quand Emily Wallace l'a harcelé à propos de Jimmy Easton et du tiroir qui grinçait. Il doit se mordre les doigts de ne pas l'avoir fait réparer, ce tiroir. Et, pour aggraver son cas, il s'est mis à bafouiller et on a dû demander une suspension de séance. J'ai pitié de lui mais, honnêtement, je dois dire qu'aujourd'hui il a donné l'impression d'être au désespoir d'avoir tué sa femme. »

Conscient qu'Isabella était déterminée à avoir avec lui une discussion sérieuse à propos du procès, Sal se résigna à replier son journal. Il posa à sa femme une question dont il savait qu'elle appellerait une réponse très détaillée, et un minimum de commentaires de sa part à lui : « Si tu faisais partie du jury, Bella, à l'heure qu'il est, comment voterais-tu ? »

Pensive, elle secoua la tête. « Voyons... C'est difficile... Cette histoire est si triste. Que va devenir Katie ? Mais si j'étais membre de ce jury, en mon âme et conscience, Sal, même si j'ai le cœur brisé, je voterais coupable. Vendredi, il a donné des explications crédibles de ce qui pouvait sembler suspect, même à quelqu'un d'inexpérimenté. Cette histoire de tiroir m'ennuyait, mais il est évident pour tout le monde que Jimmy Easton est un menteur professionnel. Aujourd'hui, quand ils ont passé les vidéos dans *Courtside*, j'ai cru voir un homme en train de se confesser. Enfin, pas comme quelqu'un qui avoue un acte dont il se repent, mais plutôt qui explique comment les choses se sont passées, tu comprends ce que je veux dire. »

Sal pensait à Jimmy Easton.

Isabella ne le quittait pas du regard, et il espérait que son visage ne trahissait pas l'inquiétude que le nom de Jimmy soulevait en lui. Il n'avait pas dit à sa femme que Rudy Sling lui avait téléphoné dans l'après-midi. Près de trois ans plus tôt, son équipe avait fait le déménagement de ses vieux amis Rudy et Reeney, qui quittaient leur appartement de la 10e Rue Est pour Yonkers.

« Dis donc, Sal, est-ce que tu as regardé cette émission, *Courtside*, sur ce gros bonnet d'une agence de théâtre qui a assassiné sa femme dans le New Jersey ? avait demandé Rudy.

— Je ne la regarde pas vraiment, mais Bella n'en manque pas une miette. Et alors, c'est mon tour de tout entendre.

— Ce Jimmy Easton faisait partie de ton équipe quand tu as fait notre déménagement à Yonkers, il y a trois ans.

— Je ne m'en souviens pas. On engageait parfois un type en plus quand on était surchargés, avait répliqué Sal, prudent.

— Si je t'en parle, c'est à cause de ce que Reeney m'a dit ce matin. Elle m'a rappelé que, lors de notre déménagement, tu nous avais dit de fermer les tiroirs avec un adhésif si nous n'avions pas besoin de les vider.

— C'est vrai. Je me souviens.

— Voilà où je veux en venir : quand ce type, Jimmy Easton, était en train d'ôter les adhésifs des meubles de la chambre, Reeney l'a surpris en train de fouiller. Elle a vérifié qu'il ne manquait rien, mais a toujours pensé qu'il cherchait quelque objet de valeur à voler. C'est pour ça qu'elle et moi nous avons retenu son nom. Tu ne t'occupais pas de notre transport, ce jour-là. Tu te souviens que je t'ai téléphoné pour te dire de te méfier de lui ?

— Je ne l'ai jamais repris par la suite, Rudy. Tout ce que je peux dire aujourd'hui, c'est : et alors ?

— Alors rien, je suis d'accord, mais c'est quand même intéressant qu'un type qui a travaillé pour toi fasse les gros titres des journaux et prétende avoir été engagé par Gregg Aldrich pour tuer sa femme. Reeney se dit qu'il a peut-être eu l'occasion de livrer quelque chose dans son appartement, qu'il a ouvert ce tiroir et s'est aperçu qu'il grinçait. »

Easton est un des nombreux types que j'ai payés au noir, réfléchit Sal. « Rudy, dit-il, je t'ai fait un bon prix pour ce déménagement, n'est-ce pas ?

— Tu as été un prince, Sal. Tu n'as pas demandé un centime d'acompte et as attendu deux mois avant d'être payé.

— Et je n'ai jamais rien livré à Park Avenue dans l'appartement de M. Gregg Aldrich, conclut Sal d'un ton sec. Rudy, tu me rendrais un grand service en ne parlant à personne de cet Easton. Je vais être franc. Je l'ai payé au noir. Je pourrais avoir des ennuis.

— Bien sûr, bien sûr, répondit Rudy. Tu es un ami. De toute manière, c'est sans doute sans importance. J'ai pensé que tu aurais peut-être une chance de jouer les héros et, qui sait, d'obtenir une récompense si tu pouvais leur dire qu'Easton avait fait un déménagement pour toi dans l'appartement d'Aldrich. Et tu sais à quel point Isabella aimerait voir ta photo dans le journal. »

Ma photo dans le journal ! Il ne manquerait plus que ça ! s'indigna Sal, effrayé.

Sa conversation avec Rudy lui revint brusquement en mémoire tandis qu'Isabella finissait d'expliquer comment Emily, la substitut du procureur, avait mis

Gregg en pièces à la barre. « On aurait dit un ange exterminateur », dit-elle.

À ce point de son récit, elle poussa un soupir, allongea les jambes sur le pouf placé devant son fauteuil et continua : « La caméra se tournait parfois vers Alice Mills, la mère de Natalie. Oh, il faut que je te dise, Sal. Le véritable nom de Natalie était Mills, mais elle trouvait que ce n'était pas un bon nom de scène et avait choisi de s'appeler Raines, en hommage à Luise Rainer, une actrice qui avait remporté deux Academy Awards d'affilée, ce qui n'était jamais arrivé. C'était dans le magazine *People* aujourd'hui. Elle ne voulait pas prendre le même nom, mais désirait quelque chose d'approchant. »

39

Le lundi après-midi, après le désastre auquel ils venaient d'assister au tribunal, Cole Moore et son père marchèrent ensemble jusqu'à leurs voitures respectives dans le parking du palais de justice. « Robin et toi pourriez venir vers dix-huit heures trente à la maison ? suggéra Richard. Nous prendrons un verre avant de dîner. Nous en avons besoin tous les deux.

— Excellente idée », dit Cole. En ouvrant la portière de la voiture de son père, il ajouta : « Tu as fait tout ce que tu pouvais, papa, mais ne baisse pas les bras. Je pense que nous avons encore une chance raisonnable d'arriver à un blocage du jury.

— Nous avions une chance raisonnable jusqu'à ce qu'il avoue s'être conduit comme un voyeur, dit Richard en colère. Je n'arrive pas à comprendre qu'il ne me l'ait jamais dit. Il aurait pu au moins en parler pour que nous trouvions une explication. Nous l'aurions briefé et il n'aurait pas été aussi déstabilisé. Je me demande ce qu'il m'a caché d'autre.

— Moi aussi, dit Cole. À tout à l'heure, papa. »

À dix-neuf heures, Richard, Cole et leurs épouses, Ellen et Robin, étaient à table et commentaient le procès d'un air sombre.

Durant leurs quarante années de mariage, Ellen avait toujours été une aide précieuse pour Richard dans les affaires dont il assurait la défense. À soixante et un ans, avec ses cheveux gris argenté, un corps mince de sportive et des yeux noisette, elle était encore très séduisante. Aujourd'hui, son regard trahissait l'inquiétude. Elle savait le poids que représentait ce procès pour son mari.

C'est une bénédiction que Cole l'ait assisté, se dit-elle.

Robin Moore, vingt-huit ans, avocate spécialisée dans l'immobilier, était mariée avec Cole depuis deux ans. Elle secoua sa crinière auburn avec irritation. « Je suis certaine qu'à un moment ou un autre dans le passé Easton a eu accès à cet appartement. Pour moi, c'est de cet élément que dépendra la condamnation ou l'acquittement. Ce malheureux tiroir sera le point de friction durant les délibérations.

— C'est aussi mon avis, approuva Richard. Comme vous le savez tous, notre détective, Ben Smith, a passé au peigne fin les antécédents d'Easton. Pendant les périodes où il n'était pas en prison, il n'a jamais eu d'emploi régulier. Mais, quand ses cambriolages ne lui rapportaient pas assez, il travaillait au noir.

— Robin, nous avons la liste de tous les magasins qui faisaient régulièrement des livraisons dans l'appartement de Gregg, ajouta Cole d'un air abattu. La blanchisserie, le teinturier, le supermarché, le drugstore, que sais-je encore. À les entendre, personne n'a jamais employé Jimmy Easton, déclaré ou non. »

Il souleva son verre de pinot noir et but une gorgée. « Je ne crois pas qu'il ait travaillé pour l'un des commerçants du voisinage. S'il a jamais pénétré dans cet appartement, ç'a été à l'occasion d'une livraison isolée pour une entreprise qui l'a payé au noir. Et souvenez-vous que nous n'avons pas pu montrer la photo d'Easton à la femme de ménage d'Aldrich quand il a été arrêté, il y a sept mois, et a débité toute son histoire. Elle avait déjà pris sa retraite et elle est morte un an après l'assassinat de Natalie.

— Y a-t-il une possibilité pour qu'il ait effectué un cambriolage dans l'appartement ? »

Richard Moore secoua la tête. « La sécurité y est trop stricte. Et si Jimmy Easton était malgré tout parvenu à entrer, il aurait certainement piqué quelque chose, et le vol ne serait pas passé inaperçu. Croyez-moi, il ne serait pas reparti les mains vides.

— On ne parle que de ça au club de golf, naturellement, dit Ellen. Tu sais que je ne divulgue jamais rien de confidentiel, Richard, mais il est parfois utile d'entendre les réactions des autres.

— Et quelles sont ces réactions ? » demanda Richard.

L'expression de son visage indiquait qu'il savait déjà ce qu'elle allait dire.

« Tara Wolfson et sa sœur, Abby, faisaient une partie avec nous hier. Tara a déclaré que l'image de Gregg Aldrich plongeant sa main dans le tiroir et comptant les cinq mille dollars d'acompte pour supprimer Natalie l'écœurait. Elle espère qu'il sera condamné à perpétuité.

— Et que pensait Abby ? demanda Susan.

— Abby était, au contraire, fortement convaincue de l'innocence d'Aldrich. Elles étaient tellement prises par leur discussion qu'elles n'arrivaient pas à se concentrer sur le jeu. Mais Abby m'a téléphoné tout à l'heure, juste avant que tu ne rentres à la maison. Après avoir entendu la retransmission de la journée d'aujourd'hui, elle a changé d'avis. Désormais, elle aussi le croit coupable. »

Le silence régna un moment autour de la table, puis Robin demanda : « Si Gregg Aldrich est déclaré coupable, le juge le laissera-t-il revenir chez lui pour régler ses affaires avant que la condamnation soit prononcée ?

— Je suis persuadé que le juge révoquera immédiatement sa mise en liberté sous caution, répondit Cole. Papa a tenté, à plusieurs reprises, d'amener Gregg à envisager cette éventualité et à prendre un minimum de dispositions en faveur de Katie.

— Chaque fois que j'ai abordé ce sujet, il m'a interrompu, expliqua Richard avec résignation. Il fait l'autruche et refuse d'envisager les conséquences d'une condamnation. Si le jury rend son verdict demain – mais je doute que cela se produise aussi rapidement –, je ne sais même pas s'il a pris des mesures pour que l'on reconduise Katie chez elle depuis le tribunal. Pire, je doute qu'il ait demandé à quelqu'un de prendre soin de cette pauvre gosse. Gregg est enfant unique, comme l'est Katie et comme l'était la mère de Katie. Et, à l'exception de quelques cousins en Californie, ils n'ont pas d'autre famille.

— Que Dieu vienne en aide à cette petite, dit tristement Ellen Moore. Que Dieu leur vienne en aide à tous les deux. »

40

En sortant du studio du Rockefeller Center, Michael Gordon se rendit à pied chez Gregg à l'angle de Park Avenue et de la 66ᵉ Rue. Une distance de presque deux kilomètres, mais il marchait vite et, après la pluie, la sensation de l'air frais et humide sur son visage lui était agréable.

En quittant le tribunal, Gregg lui avait dit : « Je vais dîner à l'appartement avec Katie ce soir, nous serons seuls tous les deux. C'est peut-être la dernière fois. Veux-tu venir lorsque ton émission sera finie ? J'ai besoin de te parler.

— Bien sûr, Gregg. »

Mike avait failli prononcer quelques mots de réconfort mais, en voyant la fatigue et la tristesse de son ami, il s'était abstenu. C'eût été malvenu. L'expression de Gregg était assez éloquente. Il savait qu'il avait sérieusement compromis ses chances.

Natalie.

Le visage de la jeune femme était présent à l'esprit de Michael Gordon tandis qu'il traversait Park Avenue et se dirigeait vers le nord. Quand elle était heureuse, elle était drôle, chaleureuse et de charmante compagnie. Mais si elle était déprimée parce qu'une répétition se passait mal, ou qu'elle se disputait avec son metteur en scène sur la façon d'interpréter un rôle, alors elle devenait impossible. Gregg avait eu une patience d'ange avec elle. Il était son confident et son protecteur.

Et n'était-ce pas le message qu'il avait tenté de faire passer en racontant avoir regardé par la fenêtre du bureau ? N'était-ce pas l'explication qu'il avait voulu donner quand Emily Wallace lui avait demandé avec insistance pourquoi il avait continué à tourner autour de la maison le dimanche ? Quels mots avait-il employés pour lui répondre ? Il avait dit : « Je m'inquiétais de l'état émotionnel de Natalie. »

La connaissant, c'était tout à fait justifié.

Emily Wallace avait fortement impressionné Gregg. Il l'avait reconnu pendant le week-end qu'ils avaient passé dans le Vermont. Et ce n'était pas uniquement parce qu'elle ressemblait à Natalie, même si, effectivement, il y avait une certaine similitude. Michael l'avait remarquée aussi.

Elles étaient toutes deux ravissantes. Avec de très beaux yeux et des traits parfaitement dessinés. Mais Natalie avait les yeux verts et ceux d'Emily étaient bleu foncé. Toutes deux étaient élancées, mais Emily Wallace avait plusieurs centimètres de plus que Natalie.

De son côté, Natalie avait un port si gracieux et se tenait si droite qu'elle paraissait toujours plus grande qu'elle ne l'était en réalité.

Le maintien d'Emily lui conférait une autorité certaine. Et elle savait à la perfection user de son regard pour convaincre son auditoire. Ses coups d'œil en coulisse en direction des jurés, comme si elle était consciente qu'ils partageaient son dédain pour les réponses hésitantes de Gregg, étaient du pur théâtre.

Mais personne mieux que Natalie n'avait jamais su vous décocher une œillade.

Une pluie fine s'était remise à tomber et Michael pressa le pas. Au temps pour le spécialiste météo de la chaîne, pensa-t-il. Celui que nous avions avant était plus fiable. Ou avait davantage de flair.

Il se dit aussi qu'Emily et Natalie avaient un autre trait commun : leur démarche. Emily se déplaçait entre le banc des jurés et la barre des témoins comme une actrice sur scène.

À mi-chemin de chez Gregg, le crachin se transforma en averse. Michael se mit à courir.

Le portier l'aperçut et lui ouvrit la porte. « Bonsoir, monsieur Gordon.

— Bonsoir, Alberto.

— Monsieur Gordon, je n'ai pas vu M. Aldrich ce soir. Et je ne serai pas de service demain matin quand il partira au tribunal. Voulez-vous lui transmettre mes meilleurs souhaits ? C'est un vrai gentleman. Je travaille ici depuis vingt ans. Bien avant qu'il ne s'installe. Dans mon travail, on apprend à connaître les gens. C'est une honte si ce menteur de Jimmy Easton arrive à faire croire aux jurés que M. Aldrich l'a fait entrer dans cet immeuble.

— C'est aussi mon avis, Alberto. Il ne nous reste qu'à croiser les doigts. »

En traversant le hall au décor raffiné et en pénétrant dans l'ascenseur, Michael se surprit effectivement à croiser les doigts pour qu'un des jurés au moins ait le même sentiment qu'Alberto.

Gregg l'attendait à la porte quand l'ascenseur s'arrêta au seizième étage. Il regarda l'imperméable ruisselant de son ami. « Ils n'ont donc pas de quoi te payer un taxi dans ta station ? demanda-t-il avec un semblant de sourire.

— J'ai fait confiance à la météo et j'ai décidé de venir à pied. Erreur fatale ! » Michael déboutonna son imperméable et s'en débarrassa. « Je vais le suspendre dans la douche, proposa-t-il. Je ne veux pas mouiller le plancher.

— OK. Je suis avec Katie dans le bureau. J'étais sur le point de me servir mon deuxième scotch.

— Tant que tu y es, verse-moi mon premier.

— C'est comme si c'était fait. »

Quand Michael entra dans le bureau quelques instants plus tard, il trouva Gregg installé dans son fauteuil club et Katie, les yeux gonflés de larmes, assise à côté sur le pouf. Elle se leva et courut vers lui. « Mike, papa croit qu'il va être condamné.

— Allons, calme-toi, dit doucement Gregg en se levant. Mike, voilà ton verre. » Il désignait une table près du canapé. « Reviens t'asseoir, Katie. »

Elle obéit et se glissa cette fois contre lui dans son fauteuil.

« Mike, je suis quasiment sûr que tu t'es creusé la cervelle pour trouver quelque chose de réconfortant à me dire. Je vais t'éviter de le faire, dit Gregg calmement. Je sais que les choses se présentent plutôt mal. Et je sais que j'ai eu tort de refuser la possibilité d'une condamnation. »

Mike hocha la tête. « Je n'avais pas l'intention d'aborder le sujet avec toi, Gregg, mais c'est vrai, je suis inquiet.

— Ne te fais pas de reproches. Richard Moore a essayé de me faire entendre raison pendant des mois et je l'ai envoyé sur les roses. Alors abordons le sujet maintenant. Accepterais-tu d'être le tuteur légal de Katie ?

— Bien sûr. Ce serait un honneur.

— Naturellement, cela ne signifie pas que Katie devra habiter avec toi. Non, ce ne serait pas opportun, même si elle doit passer la plus grande partie des trois prochaines années à Choate. Des amis m'ont proposé de l'accueillir chez eux, mais il n'est pas facile de trouver la solution la meilleure pour Katie. »

Katie pleurait sans bruit, et les yeux de Gregg étaient humides, pourtant sa voix restait ferme : « Sur le plan financier, j'ai passé quelques coups de fil ce soir en rentrant du tribunal. J'ai parlé à deux de mes principaux collaborateurs à l'agence. Ils seraient prêts à me racheter l'affaire un bon prix. Cela signifie que j'aurais assez d'argent pour financer un pourvoi. Richard et Cole ont fait tout ce qu'ils pouvaient, mais j'ai eu l'impression en quittant le tribunal aujourd'hui qu'ils me regardaient d'un œil différent. Il faudra peut-être que j'engage d'autres avocats la prochaine fois. »

Il entoura plus étroitement sa fille de son bras. « Katie possède un fonds qui lui permettra de vivre confortablement jusqu'à ce qu'elle sorte diplômée d'une grande université, si c'est ce qu'elle souhaite. »

Michael eut l'impression de voir un homme en phase terminale en train de faire son testament. Il savait aussi que Gregg n'avait pas fini de lui exposer ses plans.

« J'ai assez d'argent pour conserver cet appartement pendant au moins deux ans. D'ici là, j'espère être de retour. Peut-être... »

Michael l'interrompit :

« Gregg, je comprends qu'il serait inopportun que Katie vienne habiter chez moi, mais elle pourrait très bien vivre ici seule quand elle ne sera pas au collège. » Puis il ajouta précipitamment : « Et je n'approuve pas le scénario catastrophe que tu décris.

— Elle ne sera pas seule, répondit Gregg. Je connais une femme merveilleuse qui l'aime beaucoup et désire s'occuper d'elle. »

Michael lui lança un regard étonné. Gregg lui paraissait soudain reprendre du poil de la bête. « Mike, je sais qu'aux yeux de la majorité des gens qui assistaient à l'audience et de la majorité des spectateurs de ton émission, j'ai fait une impression épouvantable. Mais une personne, une personne qui compte beaucoup, m'a cru. »

Gregg joua avec les cheveux de sa fille. « Allons, Katie, courage. Nous avons le vote de quelqu'un qui malheureusement ne fait pas partie du jury, mais dont l'opinion signifie énormément pour nous. Elle a assisté à tous les débats depuis le premier jour. De tous ceux qui étaient présents, c'est celle qui était le plus concernée sur le plan émotionnel par la recherche de la justice pour Natalie. »

Un instant stupéfait, Michael attendit.

« Alice Mills a téléphoné pendant que nous étions en train de dîner. Elle m'a dit qu'elle avait compris ce que je tentais désespérément d'expliquer pendant que j'étais à la barre aujourd'hui. Elle est convaincue que je cherchais réellement à m'assurer que Natalie allait bien et non à l'espionner. Elle pleurait et m'a dit que nous lui avions manqué, Katie et moi, et qu'elle regrettait amèrement d'avoir cru, même un instant, que je pouvais avoir fait du mal à Natalie. »

Mike constata un changement visible chez Gregg ; une sorte de calme l'avait envahi.

« Alice m'a dit qu'elle avait toujours considéré Katie comme sa petite-fille. Si je suis condamné, elle veut rester avec elle. Elle veut s'occuper d'elle. Je lui ai dit qu'elle était un ange. Nous avons parlé quelques minutes. Alice est d'accord pour s'installer ici, si les choses tournent mal.

— Gregg, je ne suis pas tellement étonné, dit Michael, la voix enrouée par l'émotion. J'ai regardé Alice quand elle a témoigné, et je l'ai observée tous les jours au tribunal. J'ai vu combien elle était déchirée intérieurement. Son désir de t'aider était presque palpable quand Emily Wallace s'acharnait sur toi.

— Tu vas peut-être me croire fou, Mike, poursuivit calmement Gregg, mais ce qui m'a tellement bouleversé aujourd'hui, c'est que j'avais l'impression d'être en train d'expliquer à Natalie pourquoi je l'avais suivie à Cape Cod. »

41

Zach avait concocté une histoire pour expliquer à Emily et à certains voisins indiscrets et curieux pourquoi il avait remplacé les fleurs le long de l'allée. Il dirait que c'était la première fois qu'il plantait des chrysanthèmes, que cela lui avait provoqué une crise d'asthme et qu'un de ses amis les avait arrachés. Il était pratiquement sûr que personne ne l'avait vu le faire lui-même.

C'était une excuse tout à fait crédible, se dit-il, un peu nerveux. En tout cas, c'était la meilleure idée qu'il avait pu trouver.

Le mardi matin, il épiait Emily en train de prendre son petit déjeuner, un peu avant sept heures. Comme à son habitude, elle parlait à son chien. Le micro qu'il avait installé au-dessus du réfrigérateur fonctionnait mal, mais il entendait néanmoins la plus grande partie de ce qu'elle disait.

« Ce matin, après avoir écouté les instructions du juge, les jurés devront délibérer, ma petite Bess. Je suis à peu près certaine qu'ils vont condamner Gregg, et j'aimerais pouvoir m'en réjouir. Or, je ne peux m'empêcher d'envisager l'autre aspect des choses. Savoir que tout repose sur la déposition de Jimmy Easton ne me plaît guère. J'aurais préféré avoir une trace d'ADN pour prouver que Gregg Aldrich est coupable. »

Si jamais je comparais un jour devant un tribunal, le procureur n'aura pas ce problème, pensa Zach, se souvenant de l'épisode de *Fugitive Hunt*. Le présentateur avait parlé de l'ADN qui établissait le lien entre lui et les meurtres de ses trois femmes.

La voix d'Emily se mit à grésiller puis devint presque inaudible. Il essaya en vain d'augmenter le volume du récepteur. Je suis en train de la perdre, grommela-t-il. Il faut que je me débrouille pour retourner chez elle et arranger le micro.

Il attendit de voir Emily partir au tribunal à huit heures moins vingt, puis il prit sa voiture pour se rendre à son travail. Madeline Kirk, la vieille dame qui habitait de l'autre côté de la rue en face de chez lui, était en train de balayer son trottoir. Il lui adressa un petit geste de la main en sortant à reculons de son allée.

Elle ne lui répondit pas, mais détourna la tête et regarda ailleurs.

Encore une qui le repoussait. Toutes les mêmes, pensa Zach amèrement. Cette vieille carne refuserait même de me donner l'heure. Il lui semblait qu'une ou deux fois, pourtant, elle avait fait un petit signe de tête dans sa direction.

Il appuya sur l'accélérateur et la voiture passa à toute allure devant Madeline Kirk. Soudain, un frisson d'angoisse le parcourut. Peut-être avait-elle vu cette émission ? Elle n'a rien d'autre à faire. Elle vit seule et semble ne jamais avoir de visiteurs. Peut-être a-t-elle remarqué les chrysanthèmes quand je les ai plantés ? Peut-être s'est-elle demandé où ils sont passés ?

Était-elle capable d'appeler la télévision et de leur faire part de ses soupçons ? Ou réfléchirait-elle avant ? Elle ne devait pas être du genre à parler à n'importe qui au téléphone.

Il roulait trop vite. Il ne manquerait plus que je me fasse arrêter, se dit-il nerveusement. Ralentissant pour respecter la limite des quarante kilomètres à l'heure, il se remémora l'attitude dédaigneuse de Madeline Kirk.

Sa décision était prise.

42

Le mardi matin, à neuf heures, le juge Stevens communiqua au jury ses instructions légales. Il précisa, comme il l'avait fait lors de la sélection des jurés, que Gregg Aldrich était accusé d'intrusion avec effraction dans la maison de Natalie Raines, du meurtre de Natalie Raines, et de détention illégale d'arme à feu. Il leur rappela que, pour condamner Gregg Aldrich, ils devaient être convaincus à l'unanimité de sa culpabilité au-delà du doute raisonnable.

« Je vais vous expliquer ce que signifie l'expression "au-delà du doute raisonnable", continua-t-il. Cela signifie que, pour condamner le prévenu, vous devez être intimement convaincus de sa culpabilité. Si vous ne l'êtes pas, alors vous devez le déclarer non coupable. »

Emily écouta le juge expliquer à qui incombait la charge de la preuve.

Vous devez être intimement convaincus que Gregg Aldrich est coupable, se dit Emily. En suis-je *moi-même* intimement convaincue ? Ai-je un doute raisonnable ? Je n'ai jamais éprouvé pareil sentiment au cours d'un procès. Je n'ai jamais poussé un jury à condamner quelqu'un sans être absolument sûre de moi. Mais la vérité est que tantôt, j'ai un doute raisonnable à propos d'Aldrich, et tantôt aucun.

Elle le regarda. Pour un homme qui avait manifesté un tel désarroi la veille, et qui risquait de se retrouver enfermé dans une cellule le soir même si un verdict était rapidement prononcé, il paraissait remarquablement maître de lui. Il était vêtu d'une veste de sport, avec une chemise bleue et une cravate à rayures bleues et rouges, une tenue plus décontractée que celles qu'il avait portées jusqu'alors pendant le procès. Elle lui seyait, reconnut-elle malgré elle.

Le juge Stevens continua à s'adresser aux jurés : « Vous devez peser et évaluer avec attention la crédibilité de chaque témoin. Vous devez considérer la manière dont ils ont déposé et vous demander s'ils ont un intérêt personnel dans l'issue de ce procès. »

Il s'interrompit un instant, avant de reprendre d'un ton plus grave : « Vous avez entendu la déposition de Jimmy Easton. Vous êtes au courant de son passé criminel. Vous avez appris qu'il a collaboré avec le procureur et qu'il en tirera un bénéfice, sous la forme d'une importante réduction de peine. »

Emily observait les sept hommes et les sept femmes assis sur le banc du jury. Deux d'entre eux seraient choisis au hasard comme suppléants lorsque le juge aurait terminé. Lesquels ? Elle espéra que le sort désignerait le juré numéro quatre et le numéro huit. Les deux femmes avaient eu un mouvement de recul au moment où le juge avait évoqué la réduction de peine de Jimmy Easton. Elles l'imaginaient probablement en train de cambrioler leur propre maison. Emily doutait fort qu'elles aient cru un seul mot de ce qu'il avait dit.

Son attention revint au juge Stevens. Elle lui était reconnaissante d'avoir parlé de Jimmy Easton d'un ton neutre. Si les jurés décelaient la plus petite nuance de désapprobation au sujet de son témoignage, cela pouvait être préjudiciable.

« Vous devrez considérer cette réduction de peine, disait le juge, ainsi que toutes les circonstances annexes, au moment d'évaluer le témoignage de Jimmy Easton. Sa déposition doit être examinée avec soin. Comme celles des autres témoins, vous pouvez la croire intégralement, ou la rejeter intégralement. Ou la croire partiellement. Encore une fois, mesdames et messieurs, le jury est seul à pouvoir en déterminer la crédibilité. »

La salle d'audience n'était qu'à moitié pleine ce matin. Il n'y a rien d'excitant pour les spectateurs à écouter les instructions légales délivrées aux jurés, pensa Emily. La vraie scène se joue lors des témoignages au cours de l'audience – et à l'instant décisif, quand le verdict est rendu.

Le juge Stevens sourit au jury. « Mesdames et messieurs, j'ai terminé l'exposé de mes instructions légales. Vient maintenant le moment où je sais que deux d'entre vous vont être très déçus. Nous allons choisir les suppléants. Vos cartes de jurés ont été déposées dans cette boîte et la greffière va en sélectionner deux au hasard. Si votre nom est appelé, veuillez venir vous asseoir au premier rang et je vous fournirai des instructions complémentaires. »

Emily pria pour que sortent les numéros quatre et huit. La greffière, un petite femme d'une cinquantaine d'années, l'air impassible et professionnel, fit tourner la boîte, puis souleva le couvercle, détourna le regard, afin que les jurés aient l'assurance que la sélection se faisait bien au hasard, et tira la première carte. « Juré numéro quatorze, lut-elle. Donald Stern. »

« Monsieur Stern, veuillez vous asseoir au premier rang de la salle, lui indiqua le juge. La greffière va à présent désigner le deuxième suppléant. »

Détournant à nouveau la tête, la greffière tira la seconde carte. « Juré numéro douze, Dorothy Winters, lut-elle.

— Madame Winters, veuillez vous asseoir au premier rang », dit le juge.

Dorothy Winters, visiblement frustrée, se leva à contrecœur du banc des jurés en secouant la tête et vint s'asseoir à côté de Donald Stern.

J'ai échappé au pire en étant débarrassée de cette femme, pensa Emily. À voir la sympathie avec laquelle elle regardait à présent Gregg et Katie, elle aurait sans doute pris la tête des partisans de l'acquittement.

Emily écouta distraitement le juge s'adresser aux suppléants, leur signifiant qu'ils restaient impliqués dans le procès. Il expliqua que si l'un des jurés tombait malade ou, par suite d'une obligation familiale, était dans l'incapacité de continuer à siéger, il était important que les suppléants soient à même de délibérer.

« Il vous est interdit de discuter du procès entre vous ou avec quiconque jusqu'à la conclusion des débats. Vous pouvez rester dans la salle centrale du jury au quatrième étage pendant que les délibérations se poursuivent. »

Pourvu qu'aucun juré n'ait de problème et que Dorothy Winters ne soit pas appelée à délibérer, se dit Emily. À moins que je me trompe complètement à son sujet, elle aurait fini par mettre le jury dans l'impasse. Et Richard Moore comme son fils l'ont compris. Ils font une vraie tête d'enterrement.

Le juge Stevens s'adressa alors au juré numéro un, un homme d'une quarantaine d'années, à la silhouette massive, avec un début de calvitie. « Monsieur Harvey, le règlement de la cour stipule que le juré numéro un préside le jury. Vous serez responsable de la bonne marche des délibérations et de la proclamation du verdict quand le jury sera arrivé à une décision. Lorsque celle-ci sera prise, vous me ferez parvenir une note par l'intermédiaire de l'officier de police du tribunal qui sera en faction à la porte de la salle des délibérations. N'indiquez pas dans cette note la teneur du verdict, mais seulement que vous êtes arrivés à une décision. Le verdict sera proclamé par vous dans la salle d'audience en présence du public. »

Le juge consulta sa montre. « Il est à présent onze heures quinze. Un déjeuner vous sera servi à midi trente. Aujourd'hui, vous pourrez délibérer jusqu'à seize heures trente. Si vous n'avez pas abouti à un verdict à ce moment-là, et j'insiste pour que vous preniez tout le temps raisonnablement nécessaire pour juger avec impartialité les deux parties, je vous libérerai pour la nuit et vous reprendrez vos délibérations demain matin, à neuf heures. »

Il se tourna vers Emily : « Madame Wallace, toutes les dépositions sont-elles prêtes à être mises à la disposition des jurés ?

— Oui, Votre Honneur, tout est prêt.

— Mesdames et messieurs, vous pouvez désormais vous rendre dans la chambre des délibérations. L'officier de police va vous apporter les dépositions. Dès qu'il aura quitté la pièce, vous pourrez commencer à délibérer. »

Presque d'un seul mouvement, les jurés se levèrent et se rendirent en file dans la pièce contiguë à la salle d'audience. Emily les regarda attentivement, cherchant à déceler si certains jetaient un regard derrière eux, sympathique ou hostile, en direction de Gregg Aldrich. Mais ils regardaient tous droit devant eux sans laisser deviner leurs pensées.

Le juge rappela rapidement aux avocats et à Gregg Aldrich qu'ils devaient être à la disposition du jury dans les dix minutes à leur demande ou pour la lecture du verdict. « La séance est suspendue », conclut-il en frappant légèrement de son marteau sur le pupitre.

Les spectateurs qui étaient encore dans la salle se retirèrent lentement. Emily attendit que Richard et Cole Moore, Gregg Aldrich et Katie soient sortis, puis s'apprêta à son tour à partir. Dans le couloir, elle sentit qu'on la tirait doucement par la manche et se retourna. C'était la mère de Natalie, Alice Mills. Elle était seule.

« Madame Wallace, puis-je vous parler ?

— Bien sûr. »

Emily se sentit pleine de compassion devant la vieille dame aux yeux rougis. Elle a beaucoup pleuré, pensa-t-elle. Quel calvaire pour elle de rester jour après jour assise dans la salle à écouter tout ça. « Allons dans mon bureau, proposa-t-elle. Nous prendrons une tasse de thé. »

L'ascenseur était bondé. Emily surprit les regards étonnés des gens en la voyant avec la mère de Natalie Raines.

En se dirigeant vers son bureau, elle dit : « Madame Mills, je sais que ce procès a été une véritable épreuve pour vous. Je suis sincèrement heureuse d'en voir la fin.

— Madame Wallace..., commença Alice Mills.

— Je vous en prie, appelez-moi Emily. Je croyais que c'était entendu entre nous.

— C'est vrai, répondit Alice Mills. De votre côté, appelez-moi Alice. »

Ses lèvres tremblaient.

« Je vais préparer le thé, dit Emily. Comment le préférez-vous ? »

Lorsqu'elle revint deux minutes plus tard, Alice Mills avait retrouvé son calme. Avec un murmure de remerciement, elle saisit sa tasse et but une gorgée.

Emily attendit. Visiblement, la mère de Natalie cherchait comment en venir à ce qu'elle voulait dire.

« Emily, je ne sais comment m'exprimer. Je n'ignore pas que vous avez accompli un travail difficile et que vous voulez que justice soit rendue à Natalie. Et Dieu sait que moi aussi. Mais hier, lorsque vous avez interrogé Gregg Aldrich, je me suis rendu compte qu'il faisait une très mauvaise impression sur beaucoup de gens. Pourtant je voyais les choses différemment. »

Emily sentit sa gorge se nouer. Elle avait cru qu'Alice Mills venait la féliciter de ses efforts pour obtenir la condamnation de Gregg. Manifestement, ce n'était pas le cas.

« Je me suis souvenue de toutes ces répétitions où Natalie était tellement angoissée ou perturbée. Gregg se glissait en silence dans la salle et la regardait. Souvent, elle ne s'en apercevait même pas parce qu'il ne voulait pas la distraire ou l'interrompre. À d'autres occasions, quand elle était en tournée, il abandonnait tout et prenait l'avion parce qu'il savait qu'elle avait besoin d'être rassurée. Hier, à la barre des témoins, quand il a voulu expliquer ce qui l'avait poussé à aller à Cape Cod, j'ai compris qu'il avait agi comme il l'avait toujours fait. Il protégeait Natalie.

— Mais les circonstances étaient totalement différentes alors ! C'était avant que Natalie se soit séparée de lui et ait demandé le divorce.

— Gregg n'a jamais cessé d'aimer Natalie et n'a jamais cessé de vouloir la protéger. Le Gregg qui était hier à la barre des témoins était le Gregg que j'ai toujours connu, Emily. J'ai réfléchi, passé tous les faits en revue, jusqu'à avoir la tête vide. Il est absolument impensable que Gregg ait pu faire du mal à Natalie, qu'il l'ait laissée mourir. J'en resterai convaincue jusqu'au jour de ma mort.

— Alice, répondit doucement Emily, je vous le dis avec tout le respect que j'ai pour vous : lorsque survient une tragédie de cette nature, et qu'un membre de la famille est accusé, sa culpabilité est souvent presque impossible à accepter. C'est à la fois terrible et d'une grande tristesse, mais dans le cas d'un crime comme celui-ci, il aurait mieux valu qu'il soit commis par un étranger. Dans ce cas, la famille tout entière de la victime peut faire face.

— Les autres cas ne me concernent pas, Emily. Si Gregg est déclaré coupable, je vous supplie de reprendre l'enquête. Ne voyez-vous pas ce qui crève les yeux ? Jimmy Easton ment. »

Alice Mills se leva et lui jeta un regard de défi.

« Et je suis sûre que vous le savez aussi, Emily ! » lança-t-elle.

43

Le mardi soir, Michael Gordon ouvrit les débats en rappelant que le jury s'était séparé après la première journée de délibérations sans aboutir à un verdict. « Nous allons à présent vous communiquer les résultats des votes effectués sur notre site Internet, et nous saurons si nos téléspectateurs estiment Gregg Aldrich coupable ou non coupable. »

Son regard fit le tour des autres membres du groupe. « Très franchement, je crois que nous aurons des surprises. Hier soir, après avoir entendu Aldrich répondre aux questions du procureur, il nous a paru particulièrement maladroit et nous avons estimé que les résultats du vote pencheraient fortement en faveur de la culpabilité. »

Visiblement réjoui, Gordon annonça que quarante-sept pour cent des quatre cent mille participants avaient déclaré Aldrich non coupable. « Seulement cinquante-trois pour cent sont prêts à le condamner, dit-il avec emphase.

— Après tant d'années passées à faire ce métier, vous croyez avoir une bonne idée de la manière dont les gens réagissent et, en réalité, vous obtenez ce genre de résultat, dit le juge Reilly en secouant la tête. Mais il y a autre chose. À force, le métier vous apprend aussi cette vérité : on n'est jamais sûr de rien.

— Si Emily Wallace est en train de nous regarder, elle ne doit pas être ravie. Une faible majorité ne suffit pas devant une cour d'assises, ajouta Michael Gordon. Un verdict doit être unanime, douze voix pour ou douze voix contre.

— Et si les jurés pensent comme nos spectateurs, nous nous dirigeons tout droit vers un nouveau procès. »

44

Les jurés reprirent leurs délibérations le mercredi matin à neuf heures. Emily tenta en vain de se concentrer sur quelques-unes des autres affaires qu'elle avait à traiter. Sa conversation de la veille avec Alice Mills lui avait valu une nuit agitée.

À midi, elle se rendit à la cafétéria du palais pour acheter un sandwich et le manger ensuite dans son bureau. Elle regretta immédiatement de ne pas avoir demandé à un ou une collègue de le faire à sa place. Gregg Aldrich, sa fille, Alice Mills, Richard et Cole Moore étaient installés à une table devant laquelle elle devait passer pour atteindre le comptoir.

« Bonjour », murmura-t-elle, s'efforçant de ne croiser aucun regard, mais elle ne put s'empêcher de voir le visage éploré de la jeune Katie.

Elle ne mérite pas cela, pensa Emily. Aucune enfant de quatorze ans ne le mérite. Elle est assez intelligente pour comprendre que nous pouvons être invités d'une minute à l'autre à regagner la salle d'audience et à entendre un verdict qui risque d'envoyer son père en prison pour le restant de sa vie.

Elle commanda un sandwich à la dinde et un soda light. De retour dans son bureau, elle entama son sandwich puis le reposa. La vue de Katie Aldrich lui avait ôté tout appétit.

Alice Mills. Les pensées d'Emily revinrent à la vieille dame. Si elle s'était montrée aussi convaincue de l'innocence de Gregg lorsque je l'ai rencontrée la première fois, aurais-je agi différemment ? se demanda-t-elle.

Cette possibilité l'inquiéta. Billy et Jake avaient mené l'enquête presque seuls, y compris l'interrogatoire de Jimmy Easton et la vérification des détails de son récit. Il était certain que Gregg Aldrich l'avait appelé au téléphone et tout aussi certain qu'Easton avait décrit avec précision la salle de séjour d'Aldrich.

Mais il y avait d'autres points de son récit qui n'étaient pas vérifiables. Gregg Aldrich, par exemple, avait nié avec force avoir jamais reçu une lettre d'Easton le prévenant qu'il revenait sur leur marché concernant le meurtre de Natalie.

Easton n'est pas du genre à écrire une lettre, songea Emily. Elle le voyait plutôt laissant un message laconique sur le téléphone portable d'Aldrich pour le prévenir qu'il quittait la ville et n'était plus à même d'offrir ses services.

Mais peut-être ne souhaitait-il pas se lancer dans des explications si jamais Gregg décrochait. Il ne pouvait savoir à l'avance qu'il tomberait sur son répondeur. C'est pourquoi il avait écrit une lettre.

J'ai fini mon réquisitoire, se rappela-t-elle. Que justice se fasse. Il existe une quantité de présomptions contre Gregg Aldrich. Quel que soit le verdict du jury, je l'accepterai.

À seize heures, le juge Stevens renvoya les jurés dans leurs foyers, leur rappelant qu'ils ne devaient discuter des débats ni entre eux ni avec personne d'autre.

Ils ont délibéré pendant presque douze heures à présent, se dit Emily en voyant les visages sévères des jurés qui sortaient l'un après l'autre de la salle. Leur mine sombre n'a rien d'étonnant. J'espère seulement que nous aurons un verdict vendredi après-midi. Elle eut un sourire désabusé. Après avoir regardé *Courtside* la veille et appris les résultats du vote, elle redoutait que les jurés se retrouvent pendant le week-end face à leur famille et à des amis avides de leur offrir leurs commentaires et conseils.

Richard Moore s'attarda dans la salle d'audience après que Cole eut accompagné Gregg et Katie vers la sortie, suivis d'Alice, quelques pas derrière eux. Il se dirigea vers Emily. « Les jurés nous font mariner, fit-il remarquer d'un ton amical.

— En effet. Mais j'ai toujours pensé qu'il leur faudrait plusieurs jours.

— Je crois qu'Alice Mills est venue vous trouver hier soir.

— C'est exact, répondit Emily. C'est une dame charmante et elle a vécu un cauchemar, mais je suis contente qu'elle ne fasse pas partie du jury. »

Richard Moore eut un petit rire. « Sans blague. » La pointe d'humour disparut. « Emily, croyez-moi. Vous avez choisi le mauvais cheval. Vous obtiendrez peut-être une condamnation, mais nous continuerons à chercher comment Easton a obtenu ses informations, en particulier sur ce satané tiroir. Il existe sûrement une autre explication.

— Richard, vous avez défendu Gregg d'une façon formidable. J'ai requis contre lui avec une totale bonne conscience. Si de nouvelles preuves recevables étaient produites, je serais la première à vouloir en être informée. »

Ils sortirent ensemble de la salle. « À demain matin, dit Moore.

— À demain. »

Arrivée dans son bureau, elle trouva une note posée en évidence. « Emily, rendez-vous à dix-huit heures trente chez Solari. C'est l'anniversaire de Billy Tryon et nous l'avons invité à dîner. Ted Wesley passera un moment avec nous. » La note était signée Trish, l'une des enquêtrices du bureau.

Trish avait ajouté un post-scriptum moqueur : « Vous serez rentrée chez vous à temps pour regarder votre émission préférée – *Courtside* ! »

La perspective de participer à l'anniversaire de Billy Tryon n'avait rien de réjouissant, mais elle ne pouvait pas refuser, surtout en sachant que Ted Wesley, dont Tryon était le cousin, y ferait une apparition.

Il est presque dix-sept heures, songea-t-elle. Puisque je suis coincée avec cette invitation, je ferais mieux de rentrer tout de suite pour nourrir Bess et la faire sortir. Et je pourrai par la même occasion troquer tailleur et escarpins contre une tenue plus confortable.

Une heure plus tard, après avoir promené Bess pendant vingt minutes, rempli son écuelle et changé l'eau de son bol, Emily monta dans sa chambre. Bess avait manifesté un besoin si pressant de sortir à son arrivée qu'elle n'avait pas eu le temps de se changer.

45

L'inspecteur Billy Tryon était visiblement ravi de fêter son cinquante-troisième anniversaire chez Solari, le restaurant à la mode situé à l'angle de la rue du palais de justice du comté de Bergen. Un bras passé autour de la chaise où était assise sa dernière conquête en date, la jeune Donna Woods, il se disait heureux de pouvoir échapper pendant un moment à la tension du procès de Gregg Aldrich et à l'attente du verdict.

« Jake et moi on a passé des heures sur cette affaire, se vanta-t-il. Dommage qu'il n'ait pas pu se joindre à nous ce soir. Son fils a un match de je ne sais quoi.

— Je croyais que tu ne t'entendais pas avec Jake, protesta Donna. Pourquoi aurais-tu voulu qu'il vienne ? »

Notant avec satisfaction le regard noir que Tryon jetait à sa petite amie, Emily éprouva aussitôt de la sympathie pour Jake. J'aurais bien aimé avoir un enfant qui ait un match ce soir, pensa-t-elle. Je voudrais être n'importe où sauf ici.

Les autres convives étaient deux substituts du procureur, deux inspecteurs seniors, et l'enquêtrice Trish

Foley, qui avait déposé dans son bureau l'invitation à ce dîner.

Trish est très gentille, pensa Emily, mais elle ignore mes sentiments envers Billy Tryon. Je suis sûre qu'elle m'a invitée parce qu'elle sait que je m'inquiète du verdict que rendra le jury. Elle a cru qu'une sortie me ferait du bien. J'aurais cent fois préféré rester chez moi avec Bess, soupira-t-elle.

Elle n'avait pas vu Ted Wesley de la journée mais savait qu'il était au bureau. Elle s'était étonnée qu'il ne soit pas passé lui dire bonjour. Cela ne lui ressemblait pas, il le faisait toujours quand un jury était en train de délibérer sur une affaire de cette importance.

Encore embarrassé par la remarque malvenue de Donna, Billy Tryon tenta de changer de sujet : « Allons, Emily, cessez de vous en faire. Quand vous avez un tel citoyen modèle comme témoin-vedette, obtenir un verdict de culpabilité est une simple formalité, fit-il, histoire de plaisanter. N'avez-vous pas apprécié l'histoire de la lettre qu'Easton a envoyée à Aldrich, le prévenant qu'il renonçait à leur accord mais conservait "l'acompte non remboursable ?" C'est moi qui lui ai soufflé l'idée de cette phrase. L'assistance a bien ri.

— Vous lui avez soufflé l'idée ! s'exclama Emily, stupéfaite.

— Bon, vous comprenez ce que je veux dire. Quand je l'ai interrogé la première fois, il m'a raconté qu'il avait écrit à Aldrich qu'il ne lui rendrait pas l'argent. Je lui ai dit en plaisantant que c'était une sorte d'acompte non remboursable. Et c'est comme ça qu'il a présenté la chose dans sa déposition. »

« Bonsoir, tout le monde. » Ted Wesley approcha une chaise et s'assit. Personne ne l'avait vu arriver, mais il était clair qu'il avait entendu la remarque de Billy. « Parlons d'autre chose, dit-il brusquement. Inutile de créer des problèmes. »

Joyeux anniversaire, Billy, pensa Emily, railleuse. Elle observa le visage du procureur. Quelque chose le tracassait. Je parie qu'il a regardé *Courtside* hier soir. Et il ne peut se réjouir de voir que presque la moitié des spectateurs pensent que ses services accusent un innocent. Ce n'est pas l'image rêvée pour un futur ministre de la Justice des États-Unis, le personnage de l'État chargé du respect de la loi dans tout le pays.

Il ne lui avait pas échappé que Ted s'était adressé à l'ensemble des convives, sans qu'elle ait droit à ses marques d'attention habituelles. J'aurais dû m'y attendre, se rappela-t-elle. Ted est amical quand tout va bien, pas seulement envers moi, mais envers la plupart des gens. Si Aldrich est condamné, je peux être certaine que son humeur se remettra au beau – sourires et mots doux.

Trish s'efforça de rétablir l'humeur joyeuse que l'intervention de Donna avait gâchée. « Alors, Billy, que désires-tu pour ton anniversaire ? demanda-t-elle d'un ton enjoué.

— Ce que je désire ? Voyons un peu. » Tryon tentait visiblement d'éviter toute allusion à Jimmy Easton. « Je voudrais continuer à faire ce qu'il faut pour pincer les salauds. Gagner au loto pour avoir un appart de luxe sur Park Avenue. Et aller voir mon cousin à Washington quand il sera ministre de la Justice. » Il regarda Ted avec un sourire. « Je voudrais savoir ce que je ressentirai en posant les pieds sur ton bureau. »

Ted Wesley n'était visiblement pas d'humeur à plaisanter. « Malheureusement, je ne peux m'attarder plus longtemps. Profitez bien de votre soirée. »

Sur ce, il se leva et s'éloigna rapidement.

Le repas était délicieux. Peu à peu, Billy sembla oublier sa colère. Il précisa que Donna, qui ne buvait que du soda, conduirait au retour et se versa quatre généreux verres de vin.

Puis arriva le gâteau d'anniversaire, servi avec le café. Au moment où ils s'apprêtaient à partir, Trish leur annonça que le procureur l'avait appelée durant l'après-midi et lui avait dit de mettre la note sur son compte.

Billy sourit : « C'est mon cousin, mon meilleur copain depuis l'enfance. »

Et vous êtes une source d'embarras pour lui, pensa Emily. J'espère seulement que vous ne finirez pas par être un boulet. Elle était profondément troublée par ce qu'elle avait appris au cours du dîner. D'abord, qu'il était à couteaux tirés avec son équipier, Jake Rosen, excellent enquêteur à l'éthique irréprochable. Ensuite, qu'il avait soufflé à Easton une phrase à citer au jury pour expliquer qu'il ne voulait pas rendre l'argent.

Et pour finir, il y avait ce souhait de pouvoir continuer à « faire ce qu'il faut pour pincer les salauds ».

« Faire ce qu'il faut », pensa-t-elle.

Qu'est-ce que cela signifiait ?

46

Le jeudi matin à onze heures quinze, Emily reçut un appel de la secrétaire du juge Stevens l'avertissant que le jury avait envoyé une note au juge. « Est-ce le verdict ? demanda Emily anxieusement.

— Non, ce n'est pas le verdict, répondit la secrétaire. Le juge Stevens voudrait vous voir, avec les Moore, dans son bureau d'ici cinq minutes.

— Très bien. J'arrive tout de suite. »

Emily passa rapidement un coup de téléphone au bureau de Ted Wesley pour l'avertir.

Ted décrocha en personne. « Le verdict ?

— Non. Mais peut-être une demande de vérification, ou l'annonce d'un jury bloqué. Dans ce dernier cas, je suis sûre que Moore demandera l'ajournement pour défaut d'unanimité... »

Il ne lui laissa pas le temps de poursuivre : « J'espère que vous vous y opposerez. Ils ne délibèrent que depuis deux jours, après des semaines de procès. »

Emily s'efforça de dissimuler son irritation : « C'est mon intention. J'argumenterai pour qu'il leur soit demandé de poursuivre les délibérations. De toute manière, je ne pense pas que le juge Stevens puisse accepter cette demande aussi vite.

— Il est beaucoup trop tôt pour qu'ils jettent l'éponge, en effet. Je vous retrouve sur place. »

Quelques minutes plus tard, Emily, Richard et Cole Moore étaient réunis dans le cabinet du juge Stevens.

Le juge leur lut la note qu'il avait à la main : « "Votre Honneur, nous souhaitons écouter à nouveau les dépositions de Jimmy Easton et de Gregg Aldrich. Merci." » La note était signée du juré numéro un.

« J'ai averti la greffière, qui sera prête dans quinze minutes, dit le juge Stevens. Les deux témoins ont fait des dépositions assez longues, et je pense que la relecture va occuper le reste de la journée. »

Emily et les deux avocats acquiescèrent d'un signe de tête. Tous trois remercièrent le juge et sortirent. Ted Wesley se tenait près de la table du procureur. « Il va y avoir une relecture des témoignages d'Easton et d'Aldrich, lui annonça Emily. Ça risque de durer. »

Il parut soulagé. « Bon, c'est mieux qu'un jury bloqué. Si cela doit prendre la journée, et que le juge les renvoie chez eux, vous n'aurez sûrement pas de verdict aujourd'hui. Très bien, je file », dit-il vivement.

Les jurés étaient assis à leur banc, profondément attentifs. La déposition de Jimmy Easton vint en premier. Emily se crispa en entendant la greffière lire ses réponses désinvoltes à propos de l'acompte non remboursable. C'est soi-disant la déposition d'Easton, mais je me demande quelle part Billy Tryon y a pris, se dit-elle.

La lecture de la déposition d'Easton s'acheva à treize heures quinze. Le juge annonça une suspension de quarante-cinq minutes pour le déjeuner et la reprise de la séance à quatorze heures pour la lecture de la déposition de Gregg Aldrich.

Plutôt que d'avoir à traverser la cafétéria et de tomber à nouveau sur Gregg, Katie et Alice Mills, Emily demanda à une jeune stagiaire du bureau d'aller lui chercher un bol de soupe. Dans son bureau, la porte fermée, elle se rasséréna à la pensée que la déposition avait été lue posément et d'un ton professionnel par la greffière.

Ce qui contrastait beaucoup avec l'impertinence de Jimmy Easton lors de son témoignage. On pouvait seulement espérer que certains jurés, qui avaient pu, avec raison, être rebutés par son comportement, reconnaîtraient qu'il y avait beaucoup d'éléments substantiels dans ce qu'il avait dit et de nombreux détails qui concordaient. Elle croisa les doigts.

À treize heures cinquante, elle prit l'ascenseur pour gagner la salle d'audience. Elle savait qu'il lui serait pénible d'entendre à nouveau le témoignage douloureux de Gregg Aldrich. Elle se dit aussi que si elle avait été favorablement impressionnée par la lecture claire et précise du témoignage d'Easton, Aldrich bénéficierait à son tour des mêmes avantages, la lecture de sa déposition ne reflétant plus le désarroi dont avaient été empreintes sa voix et son attitude.

Chacun ayant regagné sa place, la lecture reprit à quatorze heures précises. Avec une extrême concentration, les jurés semblaient absorber chaque mot que la greffière prononçait. L'un d'eux jetait parfois un regard vers Gregg Aldrich ou Alice Mills, qui se tenait désormais à côté de Katie et passait souvent son bras autour des épaules de la jeune fille.

Elle montre ainsi au jury qu'elle a changé d'avis, constata Emily. Et les jurés l'ont probablement vue ces derniers jours, quand ils rentraient chez eux, en compagnie de Gregg et de ses avocats dans le hall. Cela risque-t-il d'influencer les indécis ?

Demain, les délibérations aboutiront sans doute à un verdict ou à une impasse, pensa Emily. Elle savait d'expérience que des jurés qui ont été retenus hors de chez eux plusieurs jours et qui viennent d'écouter la fastidieuse relecture des dépositions les plus importantes seront enclins à s'accorder sur un verdict ou, à l'inverse, décideront qu'ils ne peuvent s'entendre aussi vite.

La greffière termina sa lecture à seize heures cinq. « Très bien, mesdames et messieurs, la séance est suspendue jusqu'à demain matin neuf heures », annonça le juge Stevens au jury. Emily s'apprêtait à partir quand elle surprit le regard d'Alice Mills.

Elle eut la nette impression qu'Alice l'observait depuis un long moment.

C'est alors qu'elle vit la mère de Natalie poser ses mains sur les épaules de Gregg en un geste qui lui parut étrangement familier.

Refoulant les larmes qui lui piquaient soudain les yeux, Emily se hâta de quitter la salle d'audience, s'efforçant de chasser l'inexplicable nostalgie qui l'avait envahie à la vue du visage désespéré de ces trois êtres : Alice, Gregg et Katie.

47

« Quand vont-ils se décider, à votre avis ? » demanda Gregg Aldrich à Richard Moore le vendredi matin alors qu'ils reprenaient leurs places désormais trop familières à la table de la défense.

« Aujourd'hui, d'un moment à l'autre », répondit son avocat.

Cole Moore opina du chef.

À neuf heures précises le juge Stevens ouvrit la séance. Il demanda que les jurés soient conduits à leur banc et que l'on fasse l'appel. Puis il ordonna la reprise des délibérations.

En les voyant regagner la chambre du jury, Gregg fit remarquer : « Richard, le vote des téléspectateurs de l'émission de Michael Gordon a révélé que quarante-sept pour cent d'entre eux étaient de mon côté. Est-ce que vous l'avez regardée ?

— Non, pas hier, Gregg.

— Je doute que vous vous trouviez un jour dans ma situation, mais si cela arrivait, et si Michael y consa-crait son programme, je vous conseille de le regarder. Vous découvrirez l'étrange impression d'être double.

Vous êtes celui qu'on jette aux lions et, en même temps, un spectateur sur les gradins qui parie sur vos chances de courir plus vite qu'eux. En fait, c'est un poste d'observation très intéressant. »

Ce que je dis n'a ni queue ni tête, pensa Gregg. Je suis au bout du rouleau. Curieusement, j'ai dormi comme un loir la nuit dernière, mais je me suis réveillé avec l'horrible pressentiment que j'allais être condamné. Depuis le début, j'ai hâte d'en terminer avec tout ça, mais aujourd'hui je supplie Dieu que le jury soit incapable de prendre une décision. Si je suis déclaré coupable, un renvoi pourrait prendre des années, et il est clair que Richard considère que mes chances de gagner en appel sont minimes.

Un criminel reconnu coupable.

On vous attribue un numéro, n'est-ce pas ?

Je veux retrouver ma vie d'avant, se dit-il. Je veux me lever le matin et aller travailler. Je veux conduire Katie à l'école et la regarder jouer au football. Je veux aller faire une partie de golf. J'ai à peine joué cet été et les rares fois où j'ai accompli un parcours, j'étais incapable de me concentrer.

Le juge quittait son banc. Gregg jeta un coup d'œil à la table du procureur. Emily Wallace était restée assise. Aujourd'hui, elle était vêtue d'une veste vert bouteille sur un pull noir à col roulé, avec une jupe noire. Elle croisait les jambes sous la table et elle portait des chaussures à hauts talons. Leur claquement lorsqu'elle était entrée la première fois dans la salle d'audience lui avait rappelé celui des talons de Natalie qu'il entendait dans le silence de l'appartement quand elle rentrait tard après le spectacle...

À moins d'aller la retrouver au théâtre, je veillais toujours en l'attendant, se souvint Gregg. Si je somnolais, le bruit de ses pas sur le plancher de l'entrée me réveillait.

Puis je nous préparais un verre et quelque chose à grignoter si elle avait faim. Je le faisais volontiers, bien qu'elle s'inquiétât de m'obliger à rester debout, disant que ce n'était pas juste.

Natalie, pourquoi te faisais-tu tant de souci pour des broutilles ? Pourquoi étais-tu si peu sûre de toi, incapable de reconnaître que je t'aimais, que j'aimais m'occuper de toi ?

Jetant à nouveau un regard en direction de la table du procureur, Gregg vit s'approcher d'Emily Wallace l'un des inspecteurs qui l'avaient interrogé une première fois après la mort de Natalie et à nouveau sept mois auparavant, après l'arrestation d'Easton.

Tryon. Et quel était son prénom ? Ah, oui, Billy. Quand il s'était présenté à la barre des témoins, il se prenait manifestement pour James Bond. Gregg le vit poser une main sur l'épaule d'Emily Wallace, un geste de familiarité qu'elle n'apprécia pas, à voir son froncement de sourcils.

Il lui souhaite sans doute bonne chance. Regardons les choses en face. Si je suis condamné, ce sera une victoire pour elle comme pour lui. Un succès de plus à leur actif. Je parie qu'ils iront célébrer leur victoire ensemble.

La décision va être prise aujourd'hui.

Je le sais.

Richard et Cole Moore prirent leurs serviettes. En route pour notre refuge habituel, la cafétéria ! pensa Gregg.

À onze heures trente, ils étaient assis à une table près du comptoir quand le téléphone de Richard Moore sonna. Gregg et Katie étaient occupés à jouer aux cartes. Alice Mills essayait en vain de lire un magazine, Cole et Richard examinaient des dossiers.

Richard répondit, écouta puis jeta un regard autour de la table. « Ils ont rendu leur verdict, dit-il, allons-y. »

Emily reçut l'appel tandis qu'elle tentait à nouveau de se concentrer sur une autre affaire en cours. Elle repoussa ses dossiers et appela Ted Wesley. Puis, ses talons résonnant sur le sol de marbre, elle s'élança dans le couloir, préférant prendre l'escalier plutôt que l'ascenseur.

En arrivant au quatrième étage, elle constata que la nouvelle s'était déjà répandue : le verdict allait être prononcé. Les gens se pressaient pour trouver un siège dans la salle d'audience. Elle atteignit la porte au moment où Gregg Aldrich arrivait de la direction opposée à la sienne. Ils faillirent se heurter. Leurs regards se croisèrent, puis Aldrich lui fit signe de passer devant lui.

Elle eut la surprise de voir Ted Wesley s'asseoir à côté d'elle, à la table du procureur. Il s'attend à une condamnation. Et il occupe la place. Elle nota que Ted avait pris le temps de changer de veste et de cravate. Prêt à affronter les caméras, se dit-elle, avec un zeste d'amertume.

Le juge Stevens apparut et annonça officiellement ce que tout le monde savait déjà. « Messieurs les avocats, j'ai reçu il y a quinze minutes une note annonçant que les jurés avaient rendu leur verdict. » Il se tourna vers l'officier de police : « Faites entrer le jury. »

Les jurés regagnèrent leur place sous le regard de l'assistance impatiente.

Le juge Stevens s'adressa au président du jury, Stuart Harvey : « Monsieur Harvey, voudriez-vous vous lever je vous prie ? Le jury a-t-il rendu son verdict ?

— Oui, Votre Honneur.

— L'a-t-il rendu à l'unanimité ?

— Oui, Votre Honneur. »

On aurait entendu une mouche voler dans la salle.

Le juge Stevens regarda Gregg. « Accusé, levez-vous. »

Le visage impassible, Gregg Aldrich se leva, ainsi que Richard et Cole Moore.

Le juge demanda : « À la première question, à savoir l'inculpation d'effraction, la réponse est-elle coupable ou non coupable ?

— Coupable, Votre Honneur. »

Un frisson parcourut l'assistance. S'il est jugé coupable d'avoir pénétré dans la maison de Natalie, alors il est bon pour le reste, pensa Emily. Ce sera tout ou rien.

« À la deuxième question, inculpation d'homicide, votre réponse est-elle coupable ou non coupable ?

— Coupable, Votre Honneur. »

« Non... non... » Katie Aldrich bondit de son siège à côté d'Alice Mills et avant que personne n'ait pu l'arrêter, fit le tour du banc de la défense et se précipita dans les bras de son père.

Le juge Stevens la regarda, lui fit gentiment signe de regagner sa place, attendit qu'elle eût obéi, puis se tourna vers le président du jury : « Concernant la troisième question, détention d'une arme à feu avec intention criminelle, votre réponse est-elle coupable ou non coupable ?

— Coupable, Votre Honneur. »

Emily vit Gregg Aldrich se retourner et essayer de réconforter sa fille en larmes. Au milieu du brouhaha qui s'était élevé dans la salle elle l'entendit dire : « Katie, ne t'inquiète pas. Ce n'est que le premier round. Je te le promets. »

Le juge, d'un ton ferme mais compatissant, s'adressa à Katie : « Mademoiselle Aldrich, je dois vous demander de reprendre votre calme pour que nous puissions clore la séance. »

Katie se couvrit la bouche de ses deux mains et posa sa tête sur l'épaule d'Alice Mills.

« Monsieur Moore, désirez-vous que les jurés soient interrogés ?

— Oui, Votre Honneur.

— Mesdames et messieurs, votre président a annoncé que vous aviez déclaré l'accusé coupable sur tous les chefs d'accusation, dit le juge. À l'appel de son nom, que chacun d'entre vous veuille indiquer s'il a voté coupable ou non coupable.

— Coupable.

— Coupable.

— Coupable...

— Coupable...

— Coupable... »

Deux femmes pleuraient en donnant leur réponse.

Gregg Aldrich, le visage mortellement pâle, secoua la tête d'un air incrédule en entendant le dernier juré prononcer le mot qui le condamnait.

D'un ton plus sec, le juge Stevens confirma que le verdict avait été rendu à l'unanimité. Il ordonna à l'officier de police d'accompagner le président du jury dans la salle des délibérations, d'en rapporter les éléments de preuve et de les remettre aux avocats.

Quand ils furent de retour, une minute plus tard, Emily vérifia rapidement les éléments fournis par le ministère public et Richard Moore en fit autant pour ceux présentés par la défense. Tous deux indiquèrent qu'ils avaient tout récupéré.

Pour la dernière fois, le juge s'adressa au jury : « Mesdames et messieurs, en rendant votre verdict, vous avez rempli vos obligations dans le cadre de ce procès. Je vous remercie, au nom de l'institution judiciaire et de tous ceux qui ont participé à ce procès. Vous avez montré une extrême attention. Je vous rappelle que, selon les règles de cette cour, il est interdit à toute personne impliquée dans cette affaire de vous questionner sur vos délibérations durant le procès ou votre rôle dans son issue. Je vous recommande également de ne pas divulguer le contenu de ces délibérations. Ne dites rien que vous ne souhaiteriez pas révéler en présence des autres jurés. Une fois encore, merci. Vous êtes libres. »

Alors que les jurés s'apprêtaient à partir, Alice Mills se leva brusquement et s'écria : « Je ne vous remercie pas. Vous vous êtes grossièrement trompés, tous sans exception. Ma fille a été assassinée et abandonnée alors qu'elle était mourante, mais son meurtrier n'est pas dans cette salle. Mon gendre, Gregg Aldrich, est innocent. Il n'y est pour rien. »

Hors d'elle, Alice désigna Emily : « Votre témoin est un menteur et vous le savez. Je l'ai vu sur votre visage hier. Et ne dites pas le contraire. Vous savez que tout ceci est une mascarade et, au plus profond de votre cœur, vous avez honte d'y avoir pris part. Emily, pour l'amour du ciel ! »

Le juge frappa de son marteau sur son pupitre. « Madame Mills, je comprends que vous soyez accablée et bouleversée, et j'en suis profondément navré. Mais je vous demande instamment de rester silencieuse pendant que les jurés quittent la salle d'audience. »

Visiblement ébranlés par l'incident, les jurés sortirent.

Il restait une formalité à accomplir. Emily se leva. « Votre Honneur, M. Aldrich a été reconnu coupable de trois chefs d'accusation : effraction, détention d'arme à feu et homicide. Il sait qu'il est passible d'une peine de prison à perpétuité, et le ministère public soutient qu'il existe un risque réel de fuite. L'accusé dispose de moyens financiers suffisants. Le ministère public propose de révoquer sa mise en liberté sous caution. »

Richard Moore, le teint blême, prit la parole. Sachant que ses arguments seraient inefficaces, il demanda que Gregg Aldrich soit autorisé à retourner chez lui jusqu'à sa condamnation afin de mettre ses affaires personnelles en ordre et de prendre les dispositions nécessaires en faveur de sa fille.

« Je dois admettre comme le ministère public que les risques d'évasion sont réels, répondit le juge Stevens. M. Aldrich devait s'attendre à ce verdict et aurait dû prendre les précautions nécessaires avant aujourd'hui. La sentence sera prononcée le 5 décembre à neuf heures. La mise en liberté sous caution est révoquée. M. Aldrich est en état d'arrestation. »

Mortellement pâle, Gregg Aldrich obéit à la demande de l'officier de police et plaça ses mains derrière son dos. Il resta impassible quand les menottes se refermèrent sur ses poignets.

Au moment où on l'emmenait dans la cellule du tribunal, deux images se gravèrent dans son esprit : l'expression troublée d'Emily Wallace et le sourire satisfait du procureur Ted Wesley.

48

Emily ne se joignit pas à la célébration de la victoire le vendredi soir chez Solari. Prétextant qu'elle était épuisée, elle dit à Ted Wesley qu'elle souhaitait l'inviter à dîner avec Nancy avant leur départ pour Washington. Bien que sa fatigue ne soit pas feinte, elle ne supportait pas la pensée de fêter un verdict qui avait anéanti non seulement Gregg Aldrich, mais sa fille et la mère de Natalie Raines.

« Vous savez que tout ceci est une mascarade et, au plus profond de votre cœur, vous avez honte d'y avoir pris part. » L'accusation bouleversante que lui avait lancée Alice Mills au tribunal lui revenait sans cesse à l'esprit comme un écho. Sa compassion pour elle se mêlait de colère. J'ai consacré sept mois à ce procès, pensa-t-elle en quittant le tribunal. Dieu soit loué, les médias avaient quitté les lieux et aucun journaliste ne l'approcha pendant qu'elle traversait le parking.

Je voulais que justice soit rendue à une femme qui a enchanté tant de gens par son talent et a été abattue par un intrus alors qu'elle rentrait chez elle, pensa-t-elle.

« Je sais au plus profond de mon cœur... »

Que sait Alice Mills de mon cœur ? Ce n'est même pas le mien. Mon propre cœur a été placé dans une cuvette sur une table d'opération, avant d'être jeté.

Les larmes qu'elle avait refoulées depuis la sortie d'Alice Mills se mirent à couler au moment où elle montait dans sa voiture. Elle se souvint de la réflexion d'un journaliste dans la bousculade médiatique qui avait succédé au verdict : « Vous allez être célèbre, Emily. Tout le monde va écrire à votre sujet. J'ignorais jusqu'à ce matin que vous aviez subi une transplantation cardiaque. J'ai entendu des gens en parler. Et je ne savais pas non plus que votre mari était mort en Irak. Je suis vraiment désolé. »

Ma vie va se retrouver étalée dans les médias. Seigneur, je me fiche de cette histoire de transplantation, mais je donnerais tout pour retrouver Mark à la maison. Je serais capable de supporter n'importe quoi s'il était avec moi en ce moment...

Quand elle arriva chez elle et ouvrit la porte d'entrée, les aboiements frénétiques qui l'accueillirent depuis la galerie lui remontèrent le moral. Courant vers Bess, elle pensa avec gratitude à l'amour inconditionnel que son petit chien lui avait toujours porté.

Le vendredi soir, neuf heures après l'annonce du verdict, lorsque *Courtside* débuta, Michael Gordon projeta en ouverture les vidéos poignantes de la lecture du verdict et des interventions véhémentes de Katie Aldrich et d'Alice Mills. « Le programme que nous allons vous offrir ce soir est exceptionnel, annonça-t-il. Vous entendrez non seulement les opinions de nos distingués experts, mais les réactions de deux membres du jury, les suppléants qui n'ont pu siéger, ainsi que le témoignage de la personne qui a secouru Natalie Raines peu avant sa mort. »

Les experts – le juge à la retraite Bernard Reilly, l'ancien procureur Peter Knowles et la criminologue Georgette Cassotta – s'étonnèrent que le jury ait pu rendre un verdict à l'unanimité. Georgette Cassotta laissa entendre qu'elle n'avait pas cru cette unanimité possible, étant donné les problèmes que soulevait la personnalité de Jimmy Easton.

Dorothy Winters, la jurée déçue d'avoir été écartée, n'attendit pas d'être invitée à s'exprimer. « Je suis furieuse, dit-elle. Cela ne serait pas arrivé si j'avais fait partie du jury. Rien ne m'aurait jamais fait changer d'avis. Je pense que le juge a laissé le procureur harceler M. Aldrich alors que le malheureux tentait désespérément d'expliquer pourquoi il était allé à Cape Cod. Si vous voulez mon avis, il était bien trop gentil avec Natalie. Je ne crois pas qu'elle l'ait bien traité. Tout tournait autour de sa carrière, mais il continuait à lui être attaché, toujours prêt à prendre soin d'elle. »

Le juré numéro trois, Norman Klinger, un ingénieur d'une quarantaine d'années, secoua la tête. « Nous avons étudié cette affaire sous tous les angles, dit-il catégoriquement. Que Gregg Aldrich ait été trop gentil ou non avec Natalie n'est pas le vrai problème. Jimmy Easton est peut-être détestable, mais tout ce qu'il a dit a été corroboré. »

Suzie Walsh s'était sentie transportée quand elle avait reçu un appel téléphonique lui demandant de participer à l'émission. Elle s'était précipitée chez le coiffeur, s'était offert des soins de beauté. Soins qu'elle regretta en arrivant au studio où elle apprit qu'une maquilleuse allait s'occuper d'elle. J'aurais pu faire l'économie du coiffeur, regretta-t-elle après qu'on eut atténué son maquillage et refait son brushing.

Michael Gordon lui posa la première question : « Madame Walsh, vous avez été la dernière personne à voir Natalie Raines en vie. Quelle est votre opinion sur le verdict ?

— Au début, j'ai vraiment cru qu'il était coupable, dit-elle avec détermination. Mais ensuite, je me suis rendu compte que quelque chose n'avait cessé de me tracasser tout au long du procès. Vous comprenez, elle était encore en vie quand je l'ai découverte. Elle n'a pas ouvert les yeux mais elle gémissait. Je pense qu'elle a compris que j'appelais les secours. Si elle avait connu celui qui avait tiré sur elle, je veux dire son mari, elle aurait murmuré son nom, vous ne croyez pas ? Pour moi, elle savait qu'elle était en train de mourir. Dans ce cas, elle aurait dû vouloir que l'auteur du crime soit puni, non ? Absolument ! »

Dorothy Winters l'approuva avec véhémence.

« Madame Walsh, vous n'êtes pas sans savoir que tous ces points ont été discutés en détail par le jury, lui dit Klinger. Vous affirmez vous-même que Natalie Raines était en train de mourir. Vous dites qu'elle n'a jamais ouvert les yeux. Le fait qu'elle gémissait ne signifie pas qu'elle était en état de communiquer avec vous.

— Elle était consciente de ma présence. J'en suis certaine, insista Suzie. Et, de toute façon, je ne crois pas que quelqu'un puisse gémir quand il est inconscient.

— Je ne dis pas qu'elle était totalement inconsciente. Mais elle était gravement atteinte et, encore une fois, je ne pense pas qu'elle ait été capable de communiquer.

— Ils étaient séparés depuis plus d'un an. Peut-être y avait-il un autre homme dont personne ne connaissait l'existence, s'obstina Dorothy Winters. N'oublions pas qu'elle avait laissé entendre à Gregg

272

Aldrich qu'elle sortait avec quelqu'un d'autre. C'est la raison pour laquelle il s'était rendu à Cape Cod. Pour en avoir le cœur net. Elle a peut-être été victime du geste d'un dément ? Son numéro de téléphone était sur la liste rouge, mais n'importe qui pouvait trouver son adresse et sa maison en cherchant sur Internet. Ce n'est pas sorcier.

— L'avocat de la défense n'a pas beaucoup évoqué l'existence éventuelle d'un autre homme dans sa vie, fit remarquer Donald Stern, l'autre suppléant. Si un tel homme existait, même s'il n'était pas présent à Cape Cod, il pouvait très bien connaître la disposition de la maison du New Jersey. Franchement, je penchais encore pour la culpabilité, mais si j'avais assisté aux délibérations avec Mme Winters, j'aurais pu changer d'avis. Et, après l'avoir entendue ici, je suis certain qu'elle, en revanche, n'aurait pas changé. »

Après cet échange, Michael Gordon souligna l'incroyable coup du destin qu'avait représenté le tirage au sort des deux jurés suppléants : « Gregg Aldrich est en prison ce soir, risquant la perpétuité. Si Dorothy Winters avait participé aux délibérations, le jury aurait été dans l'impasse et il serait en train de dîner chez lui avec sa fille.

— La vie est pleine de rebondissements et de détours qui peuvent avoir des conséquences énormes, reconnut le juge Reilly. Lorsqu'un greffier tire des noms au hasard, éliminant ainsi deux jurés des délibérations, l'issue de certains procès d'assises peut en être changée, comme nous le voyons aujourd'hui. »

Lorsqu'il regagna son bureau après l'émission, Michael Gordon trouva un billet à côté de son téléphone : « Michael, une femme a téléphoné. N'a pas voulu donner son nom. Il n'y avait pas d'identification de l'appelant. Veut savoir si une récompense serait versée en échange d'informations sur une personne pour laquelle travaillait Jimmy Easton quand il s'est rendu dans l'appartement d'Aldrich. Est-ce que ça vous intéresse pour votre émission de la semaine prochaine ? »

50

Avec un sentiment d'urgence, Zach passa presque tout son samedi à chercher une voiture. Il évita d'aller chez un concessionnaire où une masse de documents seraient communiqués au service des immatriculations. Il préféra répondre à plusieurs petites annonces et téléphoner à des propriétaires de véhicules d'occasion.

Il avait vu les informations à la télévision, la veille au soir, et lu le journal du matin. Ce n'étaient partout que photos et commentaires concernant le verdict du procès Aldrich. Qu'Emily soulève autant d'intérêt l'inquiétait. Il craignait qu'un journaliste décide d'écrire un article sur elle et la prenne en photo devant sa maison à un moment où lui-même se trouverait dehors, dans le champ de l'objectif. *Je risque alors de me retrouver en première page des journaux*, se dit-il. *Et quelqu'un pourrait me reconnaître.*

Il faut que je me tienne prêt à partir.

La dernière annonce à laquelle il avait répondu proposait exactement ce qu'il cherchait. Une camionnette marron foncé, vieille de huit ans mais dans un état correct. Le genre de véhicule qui n'attire pas l'attention. Que vous ne regardez pas deux fois. Juste comme moi, pensa-t-il amèrement.

Le propriétaire, Henry Link, vivait à Rochelle Park, une petite ville voisine. C'était un homme d'un certain âge qui aimait bavarder. « C'était la voiture de ma femme, Edith, expliqua-t-il. Elle est dans une maison de santé depuis six mois. J'ai toujours espéré qu'elle pourrait revenir chez nous, mais je sais que ce n'est pas possible. En tout cas, nous avons pris du bon temps avec cette voiture. »

Il fumait la pipe. L'air dans la petite cuisine sentait le vieux tabac. « Oh, nous ne sommes pas allés bien loin, fit-il remarquer. C'est pourquoi elle a si peu de kilomètres. Nous allions nous balader le long de l'Hudson quand il faisait beau, trouvions un endroit où pique-niquer. Elle cuisinait le meilleur poulet frit et préparait la meilleure salade de pommes de terre du monde. Et... »

Zach était assis à la table de la cuisine depuis un quart d'heure, à écouter Henry lui raconter interminablement sa vie avec Edith. Ne pouvant s'attarder plus longtemps, il se leva brusquement. « Monsieur Link, dans votre annonce vous demandez quatre mille dollars pour votre camionnette, en l'état. Je vous propose trois mille dollars en liquide, tout de suite. Je m'occuperai de rendre la plaque et de toutes les formalités d'immatriculation. Vous n'aurez pas à vous en soucier.

276

— D'accord », dit Henry, constatant que son auditeur le fuyait, comme les autres. « C'est correct, étant donné que vous payez cash. Merci de vous occuper des formalités. J'ai horreur de ces longues queues au bureau des immatriculations. Quand désirez-vous la prendre ? Je ne pense pas que vous conduisiez deux voitures à la fois. Comptez-vous revenir avec un ami ? »

Je n'en ai aucun, pensa Zach et, si j'en avais un seul, il ne serait pas au courant. « Laissez-la dans l'allée et donnez-moi les clés. Je me ferai conduire plus tard dans la soirée et viendrai la prendre. Je n'aurai même pas besoin de sonner à votre porte. »

Henry Link accepta, réconforté.

« Parfait. Comme ça, j'aurai le temps de sortir les affaires d'Edith de la voiture. Par exemple, sa médaille de saint Christophe accrochée au pare-soleil. À moins que vous ne vouliez la garder. Il l'a protégée des accidents. » Fronçant les sourcils, il se reprit : « Non, je regrette. Vous savez, je crois qu'elle me tuerait si je la donnais. »

51

Emily regarda *Courtside* au lit, appuyée contre les oreillers. Ses réactions, en écoutant les commentaires de chacun des participants, allaient de l'inquiétude à la consternation – inquiétude de constater qu'il planait un tel doute à propos du verdict, et consternation en s'avouant qu'elle-même aurait souhaité la présence de Dorothy Winters parmi les jurés.

Si elle avait participé aux délibérations, je serais en train de tout reprendre de zéro. Est-ce vraiment ce que je souhaitais ? se demanda-t-elle.

Elle éteignit la lumière à la fin de l'émission, mais le sommeil fut long à venir. Une profonde tristesse l'habitait. Elle songea aux innombrables rapports psychiatriques qu'elle avait lus depuis qu'elle travaillait dans ce bureau, dans lesquels un médecin analysait la dépression d'un prévenu. Beaucoup des symptômes décrits étaient ceux qu'elle avait ressentis aujourd'hui. Abattement, larmes et une tristesse omniprésente.

Et la colère. Je me suis mise à la place de la mère de Natalie, j'ai essayé de comprendre l'épreuve qu'elle avait traversée. Comment a-t-elle pu se dresser ainsi contre moi aujourd'hui ?

À minuit, elle ouvrit le tiroir de la table de nuit et y chercha le somnifère léger qu'elle prenait parfois en cas d'insomnie. Elle sombra dans le sommeil au bout de vingt minutes, mais non sans s'être représenté Gregg dans sa minuscule cellule, qu'il partageait sans doute avec un autre détenu condamné aussi pour un crime de sang.

À sept heures, elle se réveilla pour faire sortir Bess quelques minutes, puis remonta dans sa chambre avec elle et se rendormit. À dix heures, la sonnerie du téléphone la réveilla pour de bon. C'était l'inspecteur Jake Rosen.

« Emily, je vous ai regrettée hier soir, mais je comprends parfaitement que vous ayez eu envie de rentrer chez vous. Je suis désolé que la mère de la victime vous ait si violemment agressée. Ne vous laissez pas abattre. Vous avez fait un travail formidable.

— Merci, Jake. Comment s'est passée la soirée ?

— À la vérité, il valait mieux que vous ne soyez pas là. Je sais que vous n'avez pas une passion pour Billy. »

Complètement réveillée à présent, Emily l'interrompit : « C'est le moins qu'on puisse dire. »

Jake eut un petit rire. « Je sais. Quoi qu'il en soit, il a joué les matamores hier soir, jusqu'à ce que Ted Wesley finisse par lui dire d'arrêter de boire et de se taire. »

Aussitôt en alerte, Emily demanda : « De quoi parlait Billy ?

— Il se vantait du travail formidable de coaching qu'il avait fait avec Jimmy Easton. Il a raconté qu'il vous avait pratiquement refilé l'affaire sur un plateau d'argent. Ce n'est pas mon habitude de parler de cette manière, Emily, mais l'ego de ce type n'a plus de limites. »

Emily s'assit et passa ses jambes par-dessus le bord du lit. « Il a tenu le même genre de discours à son dîner d'anniversaire l'autre soir. Jake, l'avez-vous jamais entendu communiquer des informations à Easton, ou savez-vous s'il l'a fait ?

— Quand Jimmy Easton a été arrêté, je suis arrivé au commissariat deux minutes après Billy, répondit Jake. Billy parlait aux types de la police locale et je crois qu'il n'avait pas encore vu Easton. J'étais présent quand il s'est entretenu avec lui un moment plus tard. Je ne l'ai rien vu faire de répréhensible. Autant que je sache, par la suite je me suis toujours trouvé là chaque fois que Billy a parlé à Easton.

— Jake, nous savons tous les deux que Billy est connu pour mettre les mots qui lui conviennent dans la bouche des gens quand ça peut l'aider à démontrer son point de vue. Êtes-vous certain qu'il n'est jamais resté seul avec Easton ?

— Pratiquement sûr. N'oubliez pas, Emily, Billy est un vantard et un hâbleur, mais il a un long passé d'enquêteur criminel. Il a un instinct formidable et il sait où chercher.

— D'accord, Jake, n'en parlons plus. Peut-être suis-je en train de devenir paranoïaque. Ou alors j'ai trop regardé *Courtside*. »

Jake se mit à rire. « Regardez plutôt *Fugitive Hunt,* ce soir. Ils devraient appeler l'émission *Wacko Hunt*. C'est une vraie chasse aux cinglés. Je n'arrive pas à croire qu'une telle quantité de dingos courent les rues. Content d'avoir parlé avec vous, Emily.

— Moi aussi, Jake. »

Après avoir raccroché, Emily alla prendre une douche. En se séchant les cheveux, elle organisa sa journée. Je vais voir si je peux obtenir un rendez-vous chez le coiffeur et la manucure, songea-t-elle. J'ai été tellement occupée par mon travail que mes cheveux me tombent pratiquement dans les yeux. Ensuite, j'irai chez Nordstrom acheter des collants et du maquillage. Je jetterai un coup d'œil aux vêtements. J'ai besoin de deux tailleurs.

Avant de préparer son café, elle alla au bout de l'allée chercher le journal du matin. Elle le rapporta dans la cuisine et l'ouvrit, sachant à quoi s'attendre. Une photo de Gregg Aldrich, effondré après l'annonce du verdict, emplissait le haut de la première page. Emily eut un mouvement d'agacement à la vue de la photo du bas qui montrait Alice Mills, le visage torturé, pointant un doigt vers elle.

Elle parcourut l'article puis jeta rageusement le journal sur le sol. Comme elle l'avait prévu, ils avaient exploité au maximum l'allusion d'Alice Mills à son cœur, rappelant son passé médical.

Dégoûtée, elle s'obligea à chasser cette pensée de son esprit et, tout en buvant son café accompagné d'un toast, elle prit rendez-vous chez le coiffeur. Ils avaient eu une annulation à midi et pouvaient s'occuper d'elle. « Enfin une bonne nouvelle, Bess, dit-elle. Je vais me faire couper les cheveux. À la longue, je finissais par te ressembler. »

Quatre heures plus tard, Emily s'engageait dans le parking de Garden State Plaza et poussait la porte de chez Nordstrom. La chance est avec moi, pensa-t-elle, quarante-cinq minutes plus tard, en tendant sa carte de crédit à la caissière.

« Ils sont à vous », dit la femme avec un grand sourire tout en pliant soigneusement trois tailleurs avant de les disposer dans un grand sac.

« Merci beaucoup, répondit aimablement Emily. Je vais vraiment en profiter. »

Elle avait déjà choisi ses collants. En se dirigeant ensuite vers le rayon des produits de beauté au rez-de-chaussée, elle sentit qu'on lui tapait sur l'épaule et se retourna.

« Emily, je suis contente de vous voir. Nous nous sommes rencontrées chez les Wesley la semaine dernière. Je suis Marion Rhodes. »

C'était la psychologue invitée comme elle à ce dîner. Emily se souvint de ce que sa mère lui disait toujours : les gens que vous n'aviez vus qu'une seule fois étaient en général incapables de se rappeler votre nom ou l'endroit où ils vous avaient rencontrés. La mère de Marion avait dû lui faire la même réflexion.

Aujourd'hui Marion était en pantalon et cardigan, mais elle avait cette élégance indéfinissable qui avait frappé Emily. Son sourire était aussi chaleureux que sa voix. La jeune femme fut sincèrement contente d'être tombée sur elle.

« Vous avez eu une dure semaine, Emily. J'ai lu le déroulement du procès dans les journaux. Ted m'a dit combien il était fier du travail que vous aviez accompli. Mes félicitations, vous devez être satisfaite d'avoir obtenu un verdict de culpabilité. »

Emily sentit les larmes lui piquer les yeux. « Avez-vous vu le journal du matin avec la photo de la mère de Natalie Raines pointant son doigt vers moi et m'accusant de savoir dans le fond de mon cœur que Gregg Aldrich est innocent ? »

Marion était une amie proche des Wesley et avait dû entendre parler par eux de sa transplantation cardiaque.

« Je sais, Emily. J'ai lu le journal, en effet. Ce n'est pas facile quand il vous arrive ce genre de chose. »

Trop émue pour répondre, Emily se contenta de hocher la tête. Elle avait conscience que la psychologue l'observait avec attention.

Marion ouvrit son sac, fouilla à l'intérieur et en retira sa carte. « Emily, j'aimerais que vous m'appeliez. Si nous parlions de temps en temps, je pourrais peut-être vous aider. »

Emily accepta sa carte et parvint à sourire. « Je me souviens que Ted a dit à ce dîner, pour reprendre ses mots, que vous leur aviez permis, à Nancy et lui, de traverser une période difficile il y a plusieurs années. Je dois avouer que je me sens plutôt accablée en ce moment. Je vous téléphonerai la semaine prochaine. »

52

Des années passées à échapper à la police avaient appris la prudence à Zach. Il rentra chez lui après avoir quitté la cuisine enfumée de Henry Link, dîna tôt et réfléchit à la manière de retourner là-bas pour prendre la voiture. Il n'était pas question d'appeler un taxi. Il se ferait repérer.

Il décida donc de faire à pied un kilomètre et demi jusqu'à Fair Lawn puis de prendre un bus jusqu'à Garden State Plaza, à Paramus. De là, il parcourut les huit cents mètres qui le séparaient de la maison de Link, à Rochelle Park. Il espérait qu'Henry Link ne le verrait pas et ne sortirait pas pour lui faire la conversation.

Mais Henry ne se manifesta pas quand il ouvrit la portière de la camionnette et fit démarrer le moteur. En arrivant à la Route 17, il tourna en direction du sud et se dirigea vers le Turnpike, l'autoroute qui le conduirait à l'aéroport de Newark, où il laisserait la voiture dans le parking longue durée. Son plan était de prendre ensuite un taxi jusqu'à Fair Lawn et de regagner sa maison à pied.

Il était vingt heures quarante-cinq quand il arriva dans sa rue. Il observa attentivement la maison de cette vieille fouineuse de Madeline Kirk. Il supposait qu'elle avait la même disposition que la sienne, ce qui signifiait que la fenêtre qu'il voyait en ce moment éclairée était celle du bureau près de la cuisine. Elle est sans doute en train de regarder la télévision, se dit-il, peut-être d'attendre le début de *Fugitive Hunt* qui commence à vingt et une heures.

Je me demande s'ils ont actualisé la partie qui me concernait la dernière fois ? Est-ce qu'ils vont mentionner d'autres tuyaux qui leur auraient été communiqués ?

Zach s'apprêtait à tourner dans son allée. Mais il s'arrêta. Si Madeline Kirk avait effectivement regardé l'émission la semaine précédente, elle ne leur avait pas fourni la moindre information, sinon il aurait déjà eu les flics sur le dos. Mais si elle s'était tâtée et que des éléments nouveaux apparaissaient, elle aurait peut-être envie de les appeler. On n'était jamais sûr...

Et lui, il avait besoin d'être sûr. Mais d'abord, il lui fallait des gants pour ne pas laisser d'empreintes digitales. Il se précipita chez lui, trouva des gants de cuir dans la penderie de l'entrée et les enfila.

Il faisait sombre dans la rue, ce qui lui permit de se glisser le long des haies épaisses qui séparaient la maison de Madeline Kirk de sa voisine. Il s'accroupit au niveau de la fenêtre latérale, jeta un coup d'œil dans le bureau, puis leva la tête avec précaution au-dessus de l'appui de la fenêtre.

Sa frêle silhouette enveloppée d'un peignoir par-dessus sa chemise de nuit, Madeline Kirk était assise dans un fauteuil élimé, une couverture au crochet sur les genoux. Il repéra un téléphone, un crayon et un calepin posés sur la petite table de bois près d'elle.

Il voyait distinctement l'écran de la télévision et le volume était si fort qu'il entendait à peu près tout. Il était près de neuf heures et la musique du générique de *Fugitive Hunt* retentit.

Son instinct ne le trompait pas. Il savait qu'elle allait noter le numéro d'appel spécial. S'il restait à l'extérieur et qu'elle commençait à le composer, il ne pourrait pas l'arrêter à temps.

Il espéra trouver une fenêtre ou une porte mal fer-mée. Se faufilant le long de la façade, il ne vit aucun fil électrique raccordé aux fenêtres qui aurait indiqué la présence d'une alarme. De l'autre côté de la maison, il découvrit ce qu'il cherchait, une fenêtre à guillotine du rez-de-chaussée relevée de quelques centimètres. Un regard à l'intérieur lui montra qu'elle donnait dans une petite salle de bains. La chance était avec lui. Et la porte était fermée, si bien qu'elle ne pourrait pas le voir pénétrer à l'intérieur. Ni l'entendre. Si elle règle le volume à un tel niveau, elle doit être à moitié sourde.

Il se servit de son couteau de poche pour découper la moustiquaire de la fenêtre. Des écailles de peinture du vieil encadrement tombèrent sur le sol au moment où, plaçant ses mains gantées dans l'entrebâillement de la fenêtre, il la repoussa vers le haut. Quand elle fut remontée au maximum, il se pencha en avant, se mit sur la pointe des pieds, saisit l'appui et se hissa à travers l'ouverture.

À pas de loup, il parcourut le petit couloir qui menait au bureau. Le fauteuil de Madeline était placé de telle façon qu'il se trouvait derrière elle.

Fugitive Hunt avait commencé et l'animateur, Bob Warner, présentait les dernières informations concernant Zach : « Nous avons reçu des douzaines d'indications depuis la semaine dernière. Et jusqu'à présent aucune d'entre elles n'a permis d'aboutir à un résultat. Mais nous sommes toujours sur sa piste. »

Des portraits-robots, y compris celui qui lui ressemblait de façon effrayante, étaient projetés à l'écran. « Regardez-les attentivement, insistait Bob Warner. Et souvenez-vous que ce type aime planter des chrysanthèmes jaunes autour de sa maison. Voici à nouveau notre numéro spécial d'appel. »

Tandis que le numéro apparaissait en bas de l'écran, Zach entendit Madeline Kirk dire tout haut : « J'avais raison, j'avais raison. »

Au moment où elle tendait la main pour saisir le crayon et le calepin sur la table, Zach lui tapa sur l'épaule. « Vous savez quoi, ma vieille ? C'est vrai que vous aviez raison. Dommage pour vous. »

Tandis que Madeline laissait échapper un cri d'horreur, les mains gantées de Zach se refermèrent autour de sa gorge.

53

Michael Gordon avait projeté de passer le week-end dans le Vermont et de se consacrer à son livre, mais il décida de rester à Manhattan à cause de Katie. Il savait, en outre, qu'il n'arriverait pas à se concentrer sur les crimes célèbres du vingtième siècle quand un seul crime, l'assassinat de Natalie, absorbait toute son attention.

Il fallait qu'il appelle son bureau.

Qu'il résolve cette histoire de récompense.

Tout cela avait-il un sens ? Quelqu'un était-il vraiment capable de fournir la preuve que Jimmy Easton s'était trouvé dans l'appartement de Gregg pour une raison ou pour une autre ?

Il s'agissait peut-être de l'appel d'un déséquilibré. D'un autre côté, Gregg et Richard Moore avaient toujours imaginé que si Easton s'était introduit dans l'appartement, c'était pour y faire une livraison ou pour le compte d'une entreprise de services.

Et la récompense ? pensait Michael tout en s'entraînant au gymnase de l'Athletic Club de Central Park South. Dès l'instant où je prononcerai le mot de récompense à l'antenne, nous aurons des centaines d'appels bidon. Et s'il s'agit d'un déséquilibré, le seul fait d'en parler éveillera de faux espoirs chez Gregg et Katie.

Il continua de courir sur le tapis roulant sans cesser de réfléchir. C'est avec stupéfaction qu'il avait lu ce matin dans le journal qu'Emily Wallace avait subi une transplantation cardiaque. Son équipe avait soigneusement rédigé sa biographie, dans l'idée de l'inviter à *Courtside*, pourtant ce fait leur avait échappé. Naturellement, ils avaient appris que son mari, capitaine dans l'armée, avait été victime d'un attentat à la bombe sur une route, en Irak, trois ans auparavant.

Il savait qu'après le verdict Richard Moore s'était rendu à New York pour s'entretenir avec Gregg et Katie. Il aurait pu mettre par écrit ce qu'il leur avait dit. Il leur avait promis de faire appel. Rappelé que près de la moitié des gens qui avaient répondu au sondage de *Courtside* votaient *pour* Gregg, non contre lui. Le problème était qu'à ce stade Moore n'avait aucun argument assez fort pour former un pourvoi. La décision du juge n'avait pas été controversée.

Mais si cette histoire de récompense était crédible, si quelqu'un détenait la preuve que Jimmy Easton était entré dans l'appartement de Gregg avant la mort de Natalie, alors Richard Moore pourrait demander la réouverture du procès.

Quelle somme fallait-il offrir en récompense ? Cinq mille ? Dix mille ? Vingt-cinq mille ? Ces pensées tournaient dans sa tête tandis qu'il se dirigeait vers les vestiaires.

Après avoir quitté le gymnase, Michael Gordon déjeuna au gril du club. Il s'assit à une table près de la fenêtre et contempla Central Park. L'automne était à son apogée avec ses frondaisons écarlates, orangées et dorées. Les calèches étaient prises d'assaut. C'était le genre de journée, ensoleillée mais rafraîchie par une légère brise, qui attirait joggeurs, promeneurs et patineurs.

S'il n'y a ni appel favorable ni nouveau procès, Gregg ne longera plus jamais cette rue pour venir me retrouver à mon club, pensa Mike. Dans l'état actuel des choses, il sera certainement exclu à la prochaine réunion du conseil d'administration. Le moindre de ses soucis, naturellement.

Tout en commandant un hamburger et un verre de vin, il ne pensait qu'à l'énormité de ce qui était arrivé à son ami. Je savais qu'il risquait d'être déclaré coupable, songea-t-il, mais quand je l'ai vu menotté, j'ai reçu un vrai coup à l'estomac. Et aujourd'hui, en regardant la foule qui profite de Central Park, je peux imaginer ce que représente pour un être humain d'être privé de liberté.

J'offrirai la récompense en mon propre nom, décida-t-il. Je vais l'annoncer sur le site Internet. Elle sera suffisamment importante pour apaiser les scrupules d'un mouchard qui hésiterait à dénoncer la personne qui a employé Easton sans le déclarer.

Vingt-cinq mille dollars. Une telle somme attirera l'attention générale. Avec le sentiment profond d'avoir pris la bonne décision, Michael attaqua le hamburger que le serveur avait déposé devant lui.

Le samedi soir, avant d'aller dîner avec des amis, il téléphona chez Gregg. Alice Mills lui répondit. « Lorsque nous sommes rentrées hier soir, Katie était si bouleversée que Richard Moore a appelé un médecin de sa connaissance qui habite l'immeuble voisin. Il lui a fait parvenir un sédatif. Elle a dormi jusqu'à midi, s'est réveillée et s'est remise à pleurer. Mais quelques-unes de ses amies sont venues la réconforter et elle s'est sentie un peu mieux. Elles l'ont emmenée au cinéma.

— Je vous invite demain à déjeuner toutes les deux, dit Michael. Connaissez-vous les heures de visite à la prison ?

— Richard nous indiquera quand il nous sera possible de voir Gregg. Katie tient absolument à embrasser son père avant de retourner à l'école dans quelques jours. Retrouver une sorte de routine lui fera du bien.

— Et vous, comment allez-vous, Alice ?

— Physiquement, pas mal pour quelqu'un qui va avoir soixante et onze ans. Sur le plan émotionnel, je n'ai pas besoin de vous le dire. Je suppose que vous avez vu les journaux ce matin ?

— Oui. »

Michael se doutait de ce qui allait suivre :

« Mike, je ne suis pas fière de la sortie que j'ai faite contre Emily Wallace au tribunal. Je n'ai pas pu me contrôler. Et il n'était certainement pas dans mes intentions de faire allusion à son cœur.

— J'ignorais moi-même qu'elle avait subi une transplantation, répondit Mike. D'après ce qu'on m'a dit, peu de gens étaient au courant. On lui a d'abord remplacé une valve aortique ; la transplantation a suivi de si près que même ses amis n'ont pas réalisé qu'elle avait subi une seconde opération. Et, apparemment, elle est restée très discrète à ce sujet.

— Je regrette sincèrement d'avoir mentionné son cœur quand je m'en suis prise à elle. Mais je reste toujours convaincue qu'Emily croit Gregg innocent.

— On ne dirait guère, à la manière dont elle l'a harcelé à la barre.

— Elle essayait de se convaincre elle-même, et non le jury, Michael.

— Alice, franchement, c'est peut-être aller un peu loin.

— Je peux comprendre votre réaction. Richard a parlé de faire appel. Cela a réconforté Katie, mais y croit-il lui-même ? »

Michael Gordon préféra attendre le déjeuner du lendemain pour la mettre au courant du coup de téléphone d'un éventuel nouveau témoin. « Dans les circonstances actuelles, je ne pense pas qu'il y ait des raisons sérieuses permettant de se pourvoir en appel, Alice. Mais nous allons offrir une récompense pour toute information pouvant conduire à l'ouverture d'un nouveau procès. Je vous en dirai davantage demain. Restons-en là pour l'instant.

— D'accord. Bonsoir, Michael. »

Michael referma son portable. Il y avait quelque chose dans la voix d'Alice qu'il n'avait pas remarqué au début. Il savait quoi maintenant : la certitude inébranlable qu'Emily Wallace croyait en l'innocence de Gregg.

Secouant la tête, il fourra le téléphone dans sa poche et se dirigea vers la porte.

Au même moment, seule dans l'appartement de Park Avenue, Alice Mills pénétra dans la chambre d'amis qu'elle occupait désormais, et où elle avait parfois séjourné lorsque Gregg et Natalie étaient mariés. Elle ouvrit un tiroir et regarda la photo d'Emily Wallace qu'elle avait découpée le matin dans le journal.

Les yeux brillants de larmes, elle suivit d'un doigt tremblant le contour du cœur qui avait sauvé la vie d'Emily.

54

Sa rencontre fortuite avec Marion Rhodes, le samedi après-midi, avait remonté le moral d'Emily. D'une façon générale, elle était plutôt réservée, peu encline à partager ses problèmes. Mais elle s'était instantanément sentie en confiance avec Marion, la semaine précédente comme aujourd'hui, et elle était impatiente de parler avec elle.

Le téléphone sonnait au moment où elle rentrait et elle fut capable de répondre d'une voix presque enjouée.

C'était son père qui l'appelait de Floride. Il lui avait envoyé un mail de félicitations pour le verdict et lui demandait de lui téléphoner quand elle en aurait le temps. Elle avait eu l'intention de le faire la veille, mais elle savait qu'il percevrait son désarroi et n'avait pas voulu l'inquiéter.

Ensuite, après avoir lu les journaux du matin, elle avait à nouveau reporté son appel.

« Emily, je suis tellement heureux pour toi. C'est une belle réussite. Comment se fait-il que tu n'aies pas prévenu ton vieux père hier soir ? J'ai pensé que tu devais être en train de faire la fête.

— Papa, je regrette vraiment. J'avais l'intention de le faire mais, quand je suis arrivée à la maison, je n'ai pas eu la force de décrocher le téléphone. Je suis allée directement me coucher. Je pensais t'appeler aujourd'hui pendant que je faisais des courses, mais j'avais oublié mon portable. Je viens juste de rentrer. Comment va Joan ?

— Très bien. Mais les articles parus dans la presse nous inquiètent. Nous les avons lus sur le Net. Nous savons que tu n'as jamais voulu parler de la transplantation. Et la mère de cette actrice s'est montrée vraiment injuste à ton égard. »

Elle tenta de le rassurer. « C'est vrai, j'ai été un peu secouée. Mais tout va bien à présent, papa, et je suis vraiment désolée pour cette pauvre femme.

— J'espère que tu vas te reposer maintenant que ce procès est terminé, et peut-être te distraire un peu. Tu sais que tu peux sauter dans un avion et venir ici quand tu veux. Joan te préparera de la bonne cuisine, pas ces déplorables plats à emporter dont tu te nourris.

— Je viendrai vous voir pour Thanksgiving, papa, c'est promis, mais si tu voyais l'état de mon bureau en ce moment, c'est un désastre. J'ai tellement de dossiers en retard.

— Je comprends, Emily... »

Je sais ce qui va suivre, pensa-t-elle.

« Emily, j'hésite toujours à te poser la question parce que je sais que Mark te manque. Mais cela fait trois ans maintenant. Est-ce que tu t'intéresses à quelqu'un ?

— C'est gentil de t'en inquiéter, papa. La réponse est non, mais je ne dis pas que cela n'arrivera pas. Depuis que j'ai eu la charge de ce procès, il y a sept mois, j'ai à peine eu le temps d'aller promener Bess. »

Emily se surprit elle-même en ajoutant, presque malgré elle : « Je sais que trois ans se sont écoulés, papa, et je sais que ma vie doit continuer. Je commence à comprendre que si Mark me manque, j'ai également besoin de quelqu'un avec qui partager ma vie. Et c'est ce que je veux retrouver.

— C'est bon de t'entendre parler ainsi, Emily. Je te comprends. Après la mort de ta mère, je n'avais jamais pensé que je regarderais un jour une autre femme. Mais on se sent très seul au bout d'un moment, et lorsque Joan est arrivée dans ma vie, j'ai été sûr de ne pas me tromper.

— Tu ne t'es pas trompé, papa. Joan est un amour. Et c'est réconfortant pour moi de savoir qu'elle s'occupe si bien de toi.

— Tu as raison, ma chérie. Bon, on se reparle dans quelques jours. »

Après avoir raccroché, Emily écouta les sept messages laissés sur son répondeur. L'un provenait de son frère Jack. Les autres d'amis qui la félicitaient de l'issue du procès. Plusieurs étaient accompagnés d'invitations à dîner prochainement et l'une pour le soir même. Deux de ses amis exprimaient affectueusement leur surprise d'apprendre qu'elle avait subi une transplantation alors qu'ils croyaient qu'il s'agissait d'un problème de valve aortique.

Elle décida de rappeler Jack et l'amie qui l'avait invitée pour le soir. Les autres pourraient attendre le lendemain. Elle tomba sur la boîte vocale de Jack, laissa un message, puis appela Karen Logan, une ancienne élève de la faculté de droit, mariée et mère de deux enfants. « Karen, j'ai vraiment besoin de me reposer ce soir, mais prenons rendez-vous pour samedi prochain si tu es libre.

— Je n'avais rien prévu d'autre qu'un plat de pâtes, Emily. Mais je voulais t'inviter de toute façon samedi prochain. » Il y avait une nuance d'excitation dans sa voix : « Nous aimerions t'emmener dans un bon restaurant avec quelqu'un qui a très envie de te rencontrer. C'est un chirurgien orthopédiste, il a trente-sept ans et figure-toi qu'il n'a jamais été marié. Il est brillant mais très simple, et bel homme de surcroît. »

Emily devina que Karen serait agréablement surprise par sa réponse : « Pourquoi pas ? D'accord. »

Il était presque dix-huit heures. Emily alla promener Bess pendant dix minutes, lui donna à manger et décida d'aller choisir deux films chez le loueur de vidéos. *Fugitive Hunt* est bien la dernière chose que j'aie envie de regarder ce soir, décréta-t-elle. J'aurais l'impression d'être encore en train de travailler. Et je vais m'acheter un de ces « déplorables plats à emporter » qui horrifient papa, pensa-t-elle en souriant.

Elle ne vit pas le second film. À vingt-deux heures, incapable de garder les yeux ouverts, elle alla se coucher. Le film qu'elle avait regardé était correct, sans plus. Elle avait plus ou moins somnolé pendant la projection. Elle se réveilla à huit heures et demie, surprise, et reconnaissante à Bess de l'avoir laissée dormir.

On était le 12 octobre, un jour anniversaire. Sept ans plus tôt elle avait rencontré Mark à une fête donnée après un match de baseball au Giants Stadium. Elle s'y était rendue avec son petit ami du moment qui avait invité quelques camarades de l'université de Georgetown. L'un d'eux était Mark.

Il faisait inhabituellement froid pour la saison, se souvint Emily en sortant du lit et en enfilant sa robe de chambre. Je n'étais pas assez couverte. Mon copain était tellement pris par le jeu qu'il n'avait pas remarqué que je grelottais. Mark avait ôté sa veste et insisté pour que je la mette. Comme je faisais mine de refuser, il avait ajouté : « Sachez que je viens du Dakota du Nord. Pour moi, il fait presque chaud. »

C'est plus tard qu'elle avait appris que Mark avait passé la plus grande partie de son enfance en Californie. Son père sortait de West Point et avait fait une carrière militaire. Comme lui, Mark avait fait des études d'ingénieur et, quand il s'était installé à Manhattan en sortant de l'université, il s'était inscrit dans le corps de réserve de l'armée. Les parents de Mark vivaient à présent dans l'Arizona et n'avaient pas rompu le contact avec elle.

Nous avons été mariés pendant trois ans, et il n'est plus là depuis trois ans, pensa Emily en descendant l'escalier pour entamer sa routine matinale, sortir le chien et brancher la cafetière. Une partie du problème viendrait-elle de là, du besoin de retrouver l'impatience délicieuse avec laquelle on attend la fin de la journée pour retrouver quelqu'un qui vous aime et que vous aimez ? Sans doute.

Dimanche matin. Je n'ai plus beaucoup assisté à la messe depuis quelque temps, songea Emily. Ils s'étaient installés dans un appartement à Fort Lee après leur mariage. Mark avait pris la direction du chœur de leur église. Il avait une voix superbe. C'est une des raisons pour lesquelles j'y vais si rarement, reconnut-elle. Lorsque nous nous y rendions ensemble, il se tenait toujours près de l'autel.

« Je m'avancerai jusqu'à l'autel de Dieu, la joie de ma jeunesse... »

Elle sentit les larmes lui monter à nouveau aux yeux.

Non. Pas de pleurs.

Une heure plus tard, elle assistait à la messe de dix heures trente à St. Catharine. Elle vit avec soulagement que le chef de chœur était une jeune femme. Les prières et les répons qu'elle avait si souvent prononcés dans son enfance lui revinrent aisément aux lèvres :

« Il est digne et juste de Te louer et de Te remercier
« Car Tu es la puissance et la gloire... »

Pendant la messe, elle pria non seulement pour Mark mais s'adressa à lui : Je suis reconnaissante au ciel d'avoir vécu ces années de bonheur avec toi, nous avons été si heureux.

Au retour, elle s'arrêta pour faire des courses au supermarché. Gladys, sa femme de ménage, lui avait laissé une longue liste qui se terminait par une note désespérée : « Emily, je suis à court absolument de tout. »

Il y a une autre chose que j'ai sans cesse repoussée et que je vais faire dès aujourd'hui, décida Emily en payant à la caisse et en demandant à un employé quelques cartons vides. Je vais emballer les vêtements de Mark et les donner. Ils ne me servent à rien alors qu'ils seraient tellement utiles à d'autres.

Incapable de se séparer de ce qui avait appartenu à Mark quand elle avait quitté Fort Lee pour la maison de Glen Rock, elle avait mis sa commode dans la petite chambre d'amis et suspendu ses costumes et manteaux dans la penderie. Elle se remémora les moments, durant la première année, où elle enfouissait son visage dans une de ses vestes, cherchant à retrouver une trace de sa lotion après-rasage.

De retour chez elle, elle enfila un jean et un pull et monta les cartons dans la chambre d'amis. Elle plia les vestes et les costumes, s'efforçant de ne pas penser aux occasions où Mark les avait portés.

Lorsqu'il ne resta plus rien dans la commode et la penderie, elle se rappela qu'il y avait autre chose dont elle voulait se débarrasser. Elle alla dans sa chambre, ouvrit le tiroir du bas de sa commode et en sortit les chemises de nuit en dentelle qu'elle avait reçues en cadeaux de mariage. Elle les ajouta au dernier carton puis, impatiente de ne plus voir ces vêtements emballés, elle ferma la porte de la chambre d'amis et descendit au rez-de-chaussée.

Bess, toujours prête à faire un tour, fit des bonds en voyant Emily détacher la laisse de la patère de la galerie. Avant de sortir, la jeune femme jeta un rapide regard de côté pour s'assurer que Zach n'était pas en train de bricoler derrière sa maison. Bien qu'il n'y eût aucune trace de sa présence dans les parages, elle se dépêcha de traverser la rue. Quelques mètres plus loin, elle longea la maison de Madeline Kirk, la vieille dame solitaire qu'elle apercevait seulement quand elle relevait son courrier ou balayait son allée. Elle est si seule, pensa Emily. Je ne vois jamais aucune voiture dans son allée indiquant qu'elle a de la compagnie.

Depuis deux ans que j'habite ici, on pourrait dire la même chose à mon sujet, ajouta-t-elle, déconfite.

« Il est temps que ça change, Bess, poursuivit-elle à voix haute, tandis qu'elle s'éloignait avec sa chienne dans la rue. Je ne veux pas finir comme cette pauvre femme. »

Elles se promenèrent pendant près d'une heure. Emily avait l'impression d'avoir les idées plus claires. Qu'importe si les gens savent que j'ai subi une transplantation. Je n'en ai pas honte. Et comme l'opération a eu lieu il y a deux ans et demi, je ne pense pas qu'on puisse me regarder en imaginant que je vais passer l'arme à gauche.

Quant à la sortie d'Alice Mills, qui m'a reproché de savoir au fond de mon cœur que Gregg Aldrich est innocent, il est vrai qu'il a l'air de quelqu'un de bien et que je suis navrée pour sa fille. Je vais examiner une fois de plus son dossier avant de le classer. Mais il n'a aucun argument pour interjeter appel.

Dans la soirée, tout en regardant le second film qu'elle avait loué, pendant qu'elle mangeait des côtes d'agneau et une salade sur un plateau, elle chercha à se rappeler ce qui l'avait tracassée quand elle avait emballé ses chemises de nuit.

55

De sa fenêtre, Zach avait vu Emily traverser la rue avec Bess. Il ne s'était pas trompé en présumant qu'elle ne voulait pas prendre le risque de le rencontrer. Attends un peu, l'avertit-il in petto, attends un peu.

La satisfaction qu'il avait ressentie à étouffer le dernier souffle de Madeline Kirk avait fait place à la certitude qu'il n'avait plus beaucoup de temps devant lui. Elle l'avait reconnu. Peut-être parce qu'elle avait noté que l'homme recherché plantait des chrysanthèmes jaunes dans ses maisons. Mais, même sans connaître l'histoire des fleurs, quelqu'un à son boulot ou dans le voisinage pouvait l'identifier grâce au portrait-robot qui lui ressemblait.

Et le lendemain ou le surlendemain un voisin remarquerait que le journal de Madeline Kirk était resté devant sa porte ou que son courrier était toujours dans sa boîte. Il avait pensé gagner du temps en retirant le journal et le courrier à la faveur de l'obscurité, mais le danger de se faire repérer lui avait paru trop grand.

Et qui sait, des parents attendant son décès dans l'espoir d'hériter de la maison pourraient s'agiter en constatant qu'elle ne répondait pas. Même s'ils vivaient à l'autre bout du pays, ils risquaient d'appeler la police et demander qu'on aille jeter un coup d'œil chez elle. Dès l'instant où les flics mettraient leur nez dans cette affaire, ils remarqueraient l'ouverture découpée dans la moustiquaire et les écailles de peinture sur le sol. Personne ne croirait que la vieille dame était partie de son plein gré.

Après l'avoir tuée, il avait enveloppé son corps dans de grands sacs de jardinage qu'il avait attachés avec de la ficelle. Il l'avait porté dans la cuisine et avait pris les clefs de sa voiture dans une soucoupe sur le comptoir. Il l'avait alors transporté dans le garage et placé dans le coffre. Ensuite, il avait parcouru la maison, trouvé des bijoux de valeur et huit cents dollars en liquide cachés dans le réfrigérateur. Il avait eu un petit sourire narquois en l'imaginant en train d'envelopper ses diamants et son argent dans du papier d'aluminium.

Puis, s'assurant que le trottoir devant la maison était désert et qu'aucune voiture n'était en vue, il avait traversé la rue en vitesse et était rentré chez lui. Avant d'aller se coucher, il avait mis ses vêtements dans un sac, emballé sa radio et sa télévision et avait porté le tout dans sa voiture. Son instinct lui disait qu'il lui restait très peu de temps. Quelqu'un allait venir s'enquérir de la vieille dame dans les prochains jours, et on découvrirait son corps dans la voiture.

Partout où il s'était installé, il s'était débrouillé pour trouver du travail, et il avait toujours eu une réserve d'argent. À présent, après l'achat de la voiture, il lui restait encore près de dix-huit mille dollars, assez pour vivre jusqu'à ce qu'il se soit installé à nouveau. Sur Internet, en utilisant un nouveau nom d'emprunt, il avait réservé dans un motel près de Camelback Mountain en Pennsylvanie. À quelques heures de route, il lui serait facile de revenir ici dans une quinzaine de jours, quand la police aurait cessé de fouiller tous azimuts.

Satisfait de son plan, Zach avait dormi comme une souche. Le dimanche matin, il s'était plu à regarder Emily aller et venir dans sa cuisine, se délectant de la voir aussi inconsciente des plans qu'il avait concoctés à son intention. Quand elle avait quitté sa maison, vers dix heures quinze, il s'était demandé si elle retournait à son bureau, mais avait réfléchi qu'elle était trop bien habillée pour ça. Peut-être allait-elle à l'église ? Ce n'était pas une mauvaise idée. Elle ignorait à quel point ses prières lui seraient utiles. Juste avant qu'il en finisse avec elle, Madeline Kirk avait appelé Dieu au secours. « Oh... mon Dieu... aidez-moi. »

Il n'avait plus une minute à perdre. Il téléphonerait à son patron dès le lendemain matin et lui dirait que l'état de sa mère avait empiré et qu'il devait partir en Floride sur-le-champ. Il ajouterait qu'il avait été heureux de travailler pour lui et que tout le monde lui manquerait. Il raconterait la même histoire à l'agence de location en les prévenant qu'il laisserait les clés à un clou dans le garage. Peu leur importerait. Le loyer était payé d'avance jusqu'à la fin du mois, et ils seraient bien contents de le voir quitter les lieux plus tôt et de pouvoir préparer tranquillement la maison pour le prochain locataire.

Naturellement, après avoir disparu, il lui faudrait revenir au moins une fois pour s'occuper d'Emily. De toute façon, qu'un spectateur de *Fugitive Hunt* leur ait refilé ou non des informations, dès qu'ils auraient trouvé le corps de Madeline Kirk et constaté son départ précipité, ils ne tarderaient pas à faire le lien avec le reste. Charlotte et sa famille, Wilma et Lou...

Emily Wallace est dans tous les journaux aujourd'hui, songea-t-il. J'ignorais qu'elle avait eu une transplantation cardiaque. Je lui aurais manifesté de la sympathie si elle s'était confiée à moi. Mais elle n'en a rien fait. Dommage que son nouveau cœur soit destiné à s'arrêter de battre si tôt.

Passant en revue toutes les pièces pour s'assurer de n'avoir rien oublié sauf ce qu'il avait l'intention de laisser, Zach quitta sa maison de location et referma la porte derrière lui.

En montant dans sa voiture, il jeta un regard aux nouvelles fleurs qu'il avait plantées le long de l'allée. Elles s'étaient bien développées en une semaine. Si j'avais un peu plus de temps, se dit-il en riant, je les déplanterais et remettrais les chrysanthèmes à leur place !

Un bon tour joué aux détectives amateurs du coin.

56

Le lundi matin, Luke Byrne, l'avocat commis d'office pour la défense de Jimmy Easton, alla à la prison du comté de Bergen pour s'entretenir avec son client. Après le verdict rendu le vendredi dans l'affaire Aldrich, le juge Stevens avait prévu que le jugement de Jimmy Easton se déroulerait à treize heures trente ce jour-là. « Jimmy, je voudrais seulement réviser avec vous ce que nous allons dire au tribunal tout à l'heure », indiqua Byrne.

Easton lui avait lancé d'un air revêche : « Vous avez conclu un accord minable, et j'ai l'intention de m'en plaindre au juge. »

Byrne le regarda, stupéfait. « Un accord minable ? Vous plaisantez ? On vous a coincé alors que vous vous enfuyiez d'une maison avec des bijoux plein les poches. À quel genre de défense vous attendiez-vous de ma part ?

— Je ne parle pas de l'inculpation. Je parle de la condamnation qu'ils veulent me coller. Quatre ans, c'est beaucoup trop. Je veux que vous parliez à ce procureur et que vous lui disiez que j'accepte cinq ans de probation avec déduction de la peine déjà accomplie.

— Oh, je suis sûr que Mme Wallace va sauter sur cette proposition, répliqua Byrne. Jimmy, vous avez négocié quatre ans. Sinon vous auriez écopé de dix ans en tant que récidiviste. Le moment de négocier est passé. Quatre ans, ç'a été leur dernier mot.

— Ne me dites pas que vous ne pouviez pas obtenir mieux que quatre ans. Il leur fallait Aldrich. Si vous aviez été plus coriace, j'aurais pu obtenir la probation. Ils m'auraient remis en liberté aujourd'hui.

— Si vous voulez que je demande au juge la liberté sur parole, je le ferai. Mais je peux vous assurer qu'il ne l'accordera jamais, à moins que le procureur n'y consente. Et je peux vous garantir qu'elle dira non. Vous allez faire vos quatre ans, un point c'est tout.

— Je me fiche de ce que vous me garantissez, gronda Easton. Vous allez dire à Emily Wallace que si je n'obtiens pas ce que je veux, personne ne la félicitera plus pour ses qualités de procureur. Pas quand ils auront entendu ce que j'ai à raconter. »

Refusant de prolonger la discussion, Luke Byrne fit signe au garde qu'il désirait partir.

Il parcourut les deux blocs qui le séparaient du palais de justice et se rendit directement au bureau d'Emily. « Vous avez un instant ? » demanda-t-il.

Emily leva la tête et sourit. Luke était un des meilleurs avocats commis d'office du tribunal. Un mètre quatre-vingt-huit, des cheveux couleur carotte et une allure décontractée, il défendait au mieux ses clients, mais restait toujours cordial et professionnel avec les procureurs.

« Entrez, Luke. Comment allez-vous ? » Emily couvrit de la main le dossier qu'elle étudiait.

« En vérité, Emily, les choses pourraient aller mieux. Je viens de voir votre témoin-vedette à la prison et je l'ai trouvé d'une humeur détestable, c'est le moins qu'on puisse dire. Il me reproche de l'avoir trahi en négociant quatre ans. Je suis censé vous faire savoir qu'il veut cinq ans de liberté sur parole et qu'il veut sortir de prison dès aujourd'hui.

— Vous plaisantez ?

— Je le souhaiterais. Et ce n'est pas tout. Il insinue qu'au cas où il n'obtiendrait pas satisfaction, il a d'autres choses à dire qui pourraient se révéler fâcheuses pour vous. Il ne m'a donné aucun autre détail. »

Luke Byrne vit la stupéfaction et l'inquiétude se peindre sur le visage d'Emily.

« Je vous remercie de ces avertissements, Luke. Il peut dire tout ce qu'il veut. Il aura ses quatre ans. Et je suis contente d'être débarrassée de lui.

— Moi aussi, dit Luke en souriant. À plus tard. »

À treize heures trente, menotté et vêtu de la tenue orange des prisonniers, Jimmy Easton fut introduit dans la salle d'audience. Après que les avocats eurent comparu, le juge Stevens donna la parole à Luke Byrne.

« Votre Honneur, la déposition de Jimmy Easton a joué un rôle primordial dans la condamnation de Gregg Aldrich pour le meurtre odieux de sa femme. Les jurés ont visiblement ajouté foi à ce témoignage. L'État a accepté que la sentence soit limitée à quatre années. Votre Honneur, M. Easton a déjà passé huit mois en prison, qu'il a très mal vécus. Il a été victime de l'ostracisme de nombreux détenus qui lui reprochent d'avoir coopéré avec le procureur et il craint toujours qu'ils s'en prennent à lui. »

Byrne marqua une pause et poursuivit : « Votre Honneur, je demande que M. Easton soit mis en liberté conditionnelle avec déduction de la peine déjà servie. Il accepte d'être soumis à une surveillance étroite et de se consacrer à des travaux d'intérêt général. Je vous remercie.

— Monsieur Easton, vous avez le droit de parler en votre nom, dit le juge Stevens. Désirez-vous faire une déclaration ? »

Le visage empourpré, Jimmy Easton prit une profonde inspiration. « On m'a mené en bateau, Votre Honneur. Mon avocat n'a rien fait pour moi. S'il ne s'était pas laissé impressionner et avait continué à se battre, on m'aurait accordé la liberté conditionnelle. Ils avaient besoin de moi dans cette affaire. J'ai fait ce que j'étais censé faire et maintenant on me fait passer à la trappe. »

Le juge fit un signe de tête vers Emily : « Madame le procureur, vous avez la parole.

— Votre Honneur, il est absurde de la part de M. Easton de prétendre qu'il a été mené en bateau. Notre première offre était de six ans de détention et, après de longues négociations, nous avons offert quatre ans. Nous pensons que M. Easton, qui a un lourd casier judiciaire, doit être condamné à la prison. Son avocat n'aurait rien pu faire de plus pour nous persuader de lui accorder le régime de liberté conditionnelle. Ce n'était pas envisageable. »

Le juge Stevens se tourna vers Jimmy Easton : « Monsieur Easton, j'ai eu à m'occuper de votre affaire depuis le début. Les preuves accumulées contre vous dans ce cambriolage sont accablantes. Votre avocat a négocié avec opiniâtreté. On vous a proposé et vous avez accepté une négociation qui vous assure une condamnation beaucoup plus légère que dans n'importe quelles autres circonstances. L'État, il est vrai, a tiré un avantage substantiel de votre coopération. Mais je ne vous considère en aucun cas comme susceptible de bénéficier de la liberté conditionnelle. Vous serez incarcéré pendant une durée de quatre ans au département correctionnel. Vous pouvez interjeter appel si vous n'êtes pas satisfait de cette sentence. »

Au moment où l'officier de police le prenait par le bras pour l'emmener hors de la salle, Jimmy Easton se mit à hurler : « Pas satisfait ? *Pas satisfait ?* Je vais vous montrer à tous ce que ça signifie de ne pas être satisfait ! Vous allez voir ! Vous entendrez bientôt parler de moi. Et ça ne va pas vous plaire. »

57

Le lundi matin, Phil Bracken, le contremaître de l'entrepôt de Pine Electronic sur la Route 46, écouta d'un air consterné Zachary Lanning lui annoncer au téléphone qu'il devait quitter son poste plus tôt que prévu parce que sa mère était mourante.

« Je regrette vraiment, Zach, à la fois d'apprendre la mauvaise nouvelle, et parce que tu fais du bon boulot ici. Si tu veux revenir, tu trouveras toujours une place. »

C'était la vérité, pensa Phil en raccrochant. Zach faisait toujours bien son travail, ne sortait jamais fumer une cigarette, rangeait la marchandise à sa place, et non sur le mauvais rayon comme certains de ces crétins qui travaillaient ici dans l'attente d'un meilleur job.

D'un autre côté, il devait admettre qu'il y avait quelque chose chez Zach qui le mettait mal à l'aise. Peut-être le fait qu'il semblait trop intelligent pour cet emploi. J'ai toujours eu cette impression avec lui songea-t-il. Et on ne le voit jamais bavarder ni aller prendre une bière avec les autres au changement d'équipe. Et pourtant, Zach lui avait dit qu'il était divorcé et n'avait pas d'enfants ; il n'avait donc pas à se presser pour retrouver sa famille.

Betty Tepper était employée à la comptabilité. Quand elle avait appris que Zach était célibataire, elle l'avait invité à une ou deux réunions amicales, mais il avait toujours trouvé une excuse pour se défiler. Apparemment, se faire des amis ne l'intéressait pas.

Je n'ai plus qu'une chose à faire, se dit Phil. Dans les circonstances économiques actuelles, il y a toujours une douzaine de gars prêts à sauter sur ce genre de boulot régulier avec plein d'avantages.

Mais Zach Lanning était quand même un type bizarre, pensa-t-il. Il ne me regardait jamais en face quand je lui parlais. On aurait dit qu'il était tout le temps en train de vérifier que personne ne s'approchait de lui.

Ralph Cousins, un des nouveaux employés, s'arrêta au bureau après avoir pointé à seize heures. « Phil, tu as une minute ?

— Sûr. Que se passe-t-il ? »

Pas une autre démission, espéra Phil. Ralph, un Afro-Américain de vingt-trois ans, faisait partie de l'équipe de jour et suivait des cours le soir à l'université. Il était intelligent et on pouvait compter sur lui.

« Phil, il y a quelque chose qui me trotte dans la tête. C'est à propos de ce type, Lanning.

— Si c'est à propos de Lanning, laisse courir. Il a démissionné ce matin.

— Il a démissionné ! répéta Ralph, une note d'excitation dans la voix.

— Il avait l'intention de partir à la fin du mois, expliqua Phil, surpris de sa réaction. Tu ne le savais pas ? Il devait aller s'installer en Floride pour s'occuper de sa mère. Mais elle est mourante et il est parti ce matin.

— Je savais que j'aurais dû suivre mon instinct. J'espère qu'il n'est pas trop tard.

— Quel instinct ?

— Je regardais *Fugitive Hunt* l'autre soir et j'ai dit à ma femme que le portrait-robot du tueur en série me faisait vraiment penser à Lanning.

— Allons, Ralph, ce type n'est pas plus un tueur en série que toi ou moi.

— Phil, en mai dernier un peu avant la fête des Mères, on a parlé de nos mères. Il m'a dit qu'il n'avait jamais connu la sienne, qu'il avait été placé dans plusieurs familles d'accueil. Il t'a menti. Je parie qu'il a décampé parce qu'il a peur que quelqu'un l'identifie après avoir vu l'émission.

— J'ai regardé cette émission une ou deux fois. Je pense que tu débloques, mais si tu as raison, pourquoi ne les as-tu pas appelés aussitôt ? Ils offrent toujours une récompense pour des informations.

— Je ne l'ai pas fait parce que je n'en étais pas sûr, et que je ne voulais pas passer pour un imbécile. Et puis je voulais t'en parler d'abord. Parce que si la police venait ici l'interroger et qu'on découvrait que ce n'était pas lui, je craignais de t'attirer des ennuis. Mais je vais les appeler immédiatement. J'ai noté le numéro samedi soir. »

Tandis que Ralph Cousins sortait son téléphone portable, Betty Tepper entra en trombe dans le bureau de Phil. « Qu'est-ce que j'apprends ? Zach Lanning est parti ?

— Ce matin », répondit sèchement Phil.

Bien qu'effaré à la pensée d'avoir peut-être côtoyé un tueur en série pendant deux ans, il s'irritait malgré lui que Betty soit incapable de frapper avant d'entrer dans son bureau.

Elle n'essaya pas de cacher sa déception. « Je pensais que j'allais arriver à mes fins et qu'il me demanderait de sortir avec lui. C'était un type à l'air modeste, mais j'ai toujours eu la sensation qu'il y avait quelque chose de mystérieux et d'excitant chez lui.

— Tu as peut-être raison, Betty, oui, tu as peut-être raison », dit Phil pendant que Ralph Cousins composait le numéro de *Fugitive Hunt*.

Dès qu'il fut en ligne, Ralph commença à raconter : « Je sais que vous recevez une quantité d'informations, mais je crois que Charley Muir, un type qui travaillait avec moi, est le tueur en série que vous cherchez. »

58

Lundi matin à Yonkers. Reeney Sling se disputait avec son mari, Rudy, ce qui n'avait rien d'inhabituel. C'était elle qui avait téléphoné et posé la question de la récompense au bureau de *Courtside* le vendredi soir. Rudy s'était mis en rogne quand elle lui avait raconté ce qu'elle avait fait.

« Sal est mon ami, avait-il fulminé. Souviens-toi de la faveur qu'il nous a faite. Notre déménagement n'a presque rien coûté, et on a eu deux mois pour le payer. Combien de gens nous auraient traités ainsi, à ton avis ? Et c'est ta façon de dire "merci, Sal" ? »

Reeney avait fait remarquer que Sal avait une quantité de gars qui travaillaient pour lui au noir et qui seraient capables eux aussi de se rappeler Jimmy. « L'un d'entre eux pourrait livrer la même information, et s'il y a une récompense, c'est lui qui la touchera. S'il y en a une, pourquoi ne pas en profiter ? »

Rudy but une gorgée de bière. « Je vais te dire pourquoi. Je le répète : Sal est mon ami. Et je ne veux pas être celui qui lui attirera des ennuis. Et toi non plus. »

La tension entre eux avait duré tout le week-end. Puis, le dimanche soir, Reeney avait jeté un coup d'œil au site de *Courtside* et appris que Michael Gordon allait annoncer durant l'émission du lundi soir l'offre d'une récompense de vingt-cinq mille dollars. Versée pour toute information visant à prouver que Jimmy Easton avait eu accès à l'appartement de Gregg Aldrich en son absence avant la mort de Natalie Raines.

« Vingt-cinq mille dollars ! s'était écriée Reeney. Ouvre les yeux et regarde autour de toi. Tout tombe en ruine. Combien de temps encore vais-je devoir vivre ainsi ? Je suis gênée d'inviter nos amis. Imagine tous les aménagements que nous pourrions faire avec une somme pareille. Et peut-être en garder assez pour s'offrir un voyage comme celui que tu me promets depuis des lustres.

— Reeney, si nous leur disons que Jimmy Easton a travaillé pour Sal, ils vont demander à voir sa comptabilité. Je doute que Sal se souvienne même du nombre de fois où il l'a fait bosser. Il n'a qu'un employé à temps plein. Il paie les autres en liquide quand il en a besoin pour un travail particulier. Sal n'a jamais rien transporté dans l'appartement d'Aldrich. Il me l'a dit lui-même le week-end dernier.

— Qu'attendais-tu qu'il te dise ? Qu'il serait ravi de voir les services fiscaux débarquer chez lui ? »

En se couchant, le dimanche soir, ils étaient encore furieux l'un contre l'autre. Le lundi matin, la résistance de Rudy commençait à faiblir. « Je n'ai pas bien dormi cette nuit, Reeney, se plaignit-il.

— Je t'en fiche que tu n'as pas dormi, lui rétorqua sa femme. Tu as ronflé toute la nuit. Avec la quantité de la bière que tu as bue, tu étais complètement cuit. »

Ils prenaient leur petit déjeuner sur la table d'angle de la cuisine. Rudy sauçait le reste de ses œufs au plat avec un morceau de toast. « Ce que j'essaye de te dire, si tu me laissais parler, c'est qu'il y a quelque chose de vrai dans ton raisonnement. En entendant mentionner cette récompense, n'importe quel type ayant travaillé pour Sal et rencontré Easton va se grouiller d'appeler le numéro spécial de *Courtside*. Si Sal doit, de toute façon, avoir des ennuis, pourquoi se priver de cet argent ? Et si on découvre que Jimmy Easton n'a jamais rien livré chez Aldrich, alors *Courtside* ne versera pas un rond et nous n'achèterons pas de nouveaux meubles. »

Reeney se leva d'un bond et courut vers le téléphone. « J'ai noté le numéro. »

Elle saisit un bout de papier et composa le numéro.

59

Accusé de meurtre, considéré comme un détenu à haut risque, Gregg Aldrich fut incarcéré dans une minuscule cellule individuelle. L'horreur de la situation ne lui apparut pas immédiatement.

Dès son arrivée à la prison, après le verdict, il avait été photographié et on avait pris ses empreintes digitales. Il avait troqué sa veste et son pantalon de chez Paul Stewart pour la combinaison vert pâle fournie aux prisonniers. Sa montre et son portefeuille avaient été inscrits dans son dossier nouvellement ouvert et lui avaient été retirés.

Il avait eu le droit de garder ses lunettes de lecture.

Une infirmière était venue l'interroger sur les maladies physiques ou mentales dont il avait pu souffrir et sur les médicaments qu'il prenait.

Il était à peu près quatorze heures le vendredi quand, encore sous l'effet du choc du verdict, il avait été emmené dans sa cellule. Sachant qu'il n'avait pas pris de déjeuner, un garde lui avait apporté un sandwich à la mortadelle et un soda.

Gregg l'avait remercié avec courtoisie :

« Merci, c'est aimable de votre part ! »

Le lundi matin, Gregg se réveilla à l'aube dans un brouillard total. Il n'avait aucun souvenir du temps passé depuis qu'il avait mangé ce sandwich, le vendredi. Tout était flou. Il contempla le décor lugubre autour de lui. Comment cela a-t-il pu m'arriver ? s'étonna-t-il. Pourquoi suis-je ici ? Natalie, Natalie, pourquoi as-tu permis que cela m'arrive ? Tu sais que je ne t'ai pas tuée. Tu sais que je te comprenais mieux que personne d'autre.

Tu sais que je voulais seulement te voir heureuse.

J'aurais voulu que tu me souhaites la même chose.

Il se leva, s'étira, et, soudain conscient qu'il ne courrait probablement plus jamais dans Central Park ni sans doute ailleurs, il se rassit sur sa couchette et se demanda comment il pourrait survivre à cette situation. Il enfouit son visage dans ses mains. Des sanglots convulsifs le secouèrent pendant plusieurs minutes et, vidé de ses forces, il se rallongea.

Je dois me ressaisir, se dit-il. Ma seule chance de sortir de ce piège est de faire la preuve que Jimmy Easton ment. Quand je pense qu'il est incarcéré quelque part dans ce même bâtiment ! *Lui* mérite d'y être. Pas moi.

Après le verdict, Richard Moore était venu lui parler pendant qu'il était encore dans la cellule de détention du tribunal. Richard avait essayé de le rassurer en lui promettant d'interjeter appel dès que la sentence serait prononcée.

« En attendant, je vais donc vivre sous le même toit que cette ordure ? » avait demandé Gregg.

Richard avait répondu que le juge Stevens venait de rendre une ordonnance de « séparation » de manière à lui éviter tout contact avec Easton dans la prison.

« Il ne va pas y rester longtemps, de toute façon, lui avait assuré Richard. Il sera jugé lundi après-midi. Dans une quinzaine de jours, il sera transféré dans une prison d'État. »

Tant mieux, se dit Gregg, hors de lui à la pensée du tort que Jimmy Easton lui avait causé. Si j'en avais l'occasion, je crois que je le tuerais.

Il entendit le bruit de la clé dans la serrure. « Je vous apporte votre petit déjeuner, Aldrich », dit le garde.

À quatorze heures trente, Richard Moore, accompagné d'un garde du palais de justice, apparut à la porte de la cellule. Gregg leva les yeux d'un air surpris. Il ne s'attendait pas à voir Richard aussi tôt. Il comprit aussitôt que quelque chose de positif venait d'arriver.

Richard alla droit au but : « Gregg, je viens d'assister à la condamnation d'Easton. Comme je vous l'avais dit, je pensais que tout se déroulerait sans problème particulier. À part quelques remarques de son avocat et d'Emily Wallace, et l'inévitable discours bidon du bonhomme sur son désir de se réformer, je m'attendais à la routine habituelle. Eh bien, cela n'a pas été le cas. »

N'osant s'autoriser une lueur d'espoir, Gregg écouta Richard lui raconter ce qui s'était passé. « Je peux vous assurer qu'Emily Wallace a été très ébran-lée, Gregg. Quand Easton a hurlé qu'il aurait beau-coup de choses à dire, je crois savoir ce qui lui a traversé l'esprit. Elle a compris qu'Easton est un type méprisable et totalement imprévisible. Et tous les jour-nalistes présents l'ont compris aussi. Ce sera dans tous les journaux de demain. Si Emily Wallace ne demande pas elle-même un complément d'enquête, la pression des médias va l'y contraindre. »

Puis, devant la souffrance qui emplissait les yeux de Gregg, il résolut de lui parler sans attendre de la récompense annoncée par Michael Gordon sur son site et de l'appel téléphonique qui avait suivi.

C'est un Gregg Aldrich rasséréné qui regarda Richard Moore quitter sa cellule. Bientôt, il serait dehors – avec lui.

60

Ted Wesley n'avait pas apprécié la sortie de Jimmy Easton au tribunal. En apprenant qu'Emily avait su à l'avance qu'il exigerait sa mise en liberté conditionnelle, sa colère éclata : « Qu'est-ce que ça veut dire ? Ne lui avez-vous pas dit clairement dès le début qu'il ferait de la prison ? Et pourquoi ne m'avez-vous pas prévenu avant sa comparution devant le juge ?

— Ted, répondit calmement Emily, je lui avais clairement expliqué que la conditionnelle était hors de question dans son cas. On vient de me mettre au courant de sa sortie et je ne pense pas qu'il soit inhabituel de la part d'un prévenu de chercher un meilleur arrangement à la dernière minute. »

Son ton prit un accent déterminé : « Mais je peux vous dire une chose. J'ai l'intention de reprendre toute cette affaire de zéro. Je vais en retracer chaque étape. Je savais depuis le début que Jimmy Easton était une crapule, mais il est bien pire que je ne pensais. C'est une vraie pourriture. Si tout ce qu'il a dit à la barre est vrai, il nous crache à la figure uniquement parce qu'il ne veut pas aller en prison. Mais s'il a menti, c'est un innocent qui croupit dans une cellule. Et, dans ce cas, nous avons sur les bras un assassin en liberté qui a tiré sur Natalie Raines et l'a tuée.

— Emily, l'assassin qui a tiré sur Natalie Raines et l'a tuée est dans une cellule, à deux blocs d'ici, et il se nomme Gregg Aldrich. Vous n'avez pas signifié clairement à Easton qu'il allait faire un séjour à l'ombre. En conséquence les médias vont gamberger sur ce qu'il a d'autre à dire. »

Ted Wesley décrocha son téléphone, signe que l'entretien était terminé.

Emily regagna son bureau. Le dossier dans lequel elle s'était plongée pendant une grande partie de la matinée contenait le rapport de police initial d'Old Tappan, la ville où Jimmy Easton avait été arrêté. Il était bref. Le cambriolage avait eu lieu à vingt et une heures trente le 20 février. Au commissariat de police, pendant qu'il était pris en charge, Easton avait déclaré qu'il détenait des informations concernant l'affaire Raines.

C'est alors que Jake Rosen et Billy Tryon sont accourus pour l'interroger, pensa Emily. Une chance qu'Easton ait décidé de parler. Pour le bureau du procureur, le fait que l'affaire du meurtre de Natalie Raines n'ait jamais été élucidée après deux ans d'enquête était une vraie source d'embarras. Si Easton lisait les journaux, il devait savoir qu'Aldrich était le seul suspect. Il l'avait rencontré dans un bar. Était-il possible qu'il ait échafaudé le reste de cette histoire avec l'aide de Billy Tryon ?

Contrairement à Tryon, Jake aurait été incapable de fabriquer de fausses preuves. Il avait dit qu'il était présent lors du premier interrogatoire de Jimmy Easton au commissariat de police, mais qu'il était arrivé un peu plus tard que Tryon.

Je me fiche que Ted Wesley me vire pendant qu'il en a encore le pouvoir, se dit Emily. Je vais tout reprendre depuis le début. Puis elle prononça à voix haute ce qu'elle avait tenté de nier : « Gregg Aldrich est innocent. J'ai tout fait pour le faire condamner en sachant au fond qu'il était innocent. »

Les paroles rageuses d'Alice Mills lui revinrent comme un écho : « *Vous savez que tout ceci est une mascarade et, au plus profond de votre cœur, vous avez honte d'y avoir pris part.* »

J'ai honte, pensa Emily.

Vraiment honte.

Elle s'étonna d'en être si sûre.

61

Isabella Garcia n'arrivait pas à accepter la condamnation de Gregg Aldrich. Le vendredi et le samedi, elle avait à peine fermé l'œil de la nuit. Voilà un an, elle avait regardé un documentaire sur les prisons tard dans la soirée, et la pensée que Gregg était enfermé dans une de ces cages lui était tout simplement insupportable.

« Même la mère de Natalie croyait en lui, alors pourquoi ces crétins de jurés ont-ils écouté cet horrible escroc ? Si j'avais fait partie du jury, il serait maintenant chez lui avec sa fille », répétait-elle à Sal.

Le samedi soir, il finit par exploser : « Belle, peux-tu te mettre une chose dans la tête ? J'en ai par-dessus les oreilles de cette histoire. Ça suffit. Tu comprends ? Ça suffit. » Et il sortit furieux de l'appartement pour faire une longue marche.

De son côté, la mère d'Isabella, Nona Amoroso, surnommée Nonie, âgée de quatre-vingts ans, voulait connaître les moindres détails de l'affaire. Son bateau de croisière avait accosté le dimanche matin à Red Hook, dans le New Jersey. Isabella était allée l'attendre et, sur le trajet du retour, elles ne parlèrent que du procès. Quand Isabella la déposa à son appartement, au coin de leur rue, elle dit : « Maman, je sais que tu es fatiguée, mais viens dîner à la maison ce soir. Tu nous as beaucoup manqué. Et surtout, ne parle pas de cette affaire. Comme je te l'ai dit, il suffit de la mentionner pour que Sal se mette en boule. »

Voyant l'air dépité de sa mère, elle ajouta hâtivement : « J'ai tout arrangé. Sal a un gros déménagement à effectuer demain. Il doit partir à la première heure et aura envie de se coucher tôt ce soir. Je te préviendrai dès qu'il sera endormi, probablement vers vingt-deux heures. » Elle n'ajouta pas qu'elle lui demanderait probablement conseil à propos d'une décision importante qu'elle devait prendre.

« Je meurs d'impatience, j'ai hâte de tout savoir », lui répondit sa mère.

Nonie arriva pour le dîner avec un sac plein de photos prises par elle et ses amies et, ne pouvant parler du procès, elle entreprit de leur raconter sa croisière par le menu.

« Olga et Gertie ont eu le mal de mer dès le premier jour et ont dû porter un de ces patchs antinauséeux derrière l'oreille. J'en ai demandé un par prudence, mais je n'en ai pas eu besoin...

« La cuisine était de premier ordre. Nous avons tous pris des kilos... Ils nous proposaient à manger nuit et jour...

« Et j'ai vraiment apprécié leurs conférences. Particulièrement celles sur la faune et la flore marines... Tu sais... les baleines, les pingouins, tout ça... »

Sal, qui accueillait en général les histoires interminables de sa belle-mère avec bonne humeur, ne parvenait même pas à faire semblant de l'écouter. Isabella fit de son mieux pour paraître intéressée et admira même sincèrement la photo qui représentait sa mère rayonnante à côté du capitaine, vêtue de sa belle robe neuve.

« Vous voulez dire que ce pauvre homme doit se faire photographier avec tous les passagers ? » demanda Sal d'un ton incrédule, se joignant momentanément à la conversation. Un de ces jours, le capitaine sera peut-être tenté de sauter par-dessus bord, se dit-il.

« Oui-oui. Naturellement, les couples et les groupes posent ensemble. Mais les filles et moi nous voulions avoir des photos individuelles pour qu'elles puissent rester dans nos familles quand nous ne serons plus là », expliqua Nonie.

Je les comprends, pensa Sal. Aucune des « filles » n'avait moins de soixante-quinze ans.

Après le dessert et une deuxième tasse de café, il suggéra : « Nonie, vous devez être fatiguée après votre voyage. Et je dois me lever tôt demain matin. Si vous voulez, je vais vous raccompagner chez vous maintenant. »

Isabella et sa mère échangèrent un regard complice.

« C'est très gentil, Sal, accepta Nonie. Vous avez besoin de vous reposer et moi aussi. J'ai hâte de retrouver mon lit. »

Un peu plus tard, peu avant vingt-deux heures, Isabella vérifia que la porte de la chambre était fermée et

Sal plongé dans un profond sommeil, puis elle alla s'installer dans son fauteuil, les jambes allongées sur le pouf, et appela sa mère au téléphone.

L'heure et demie qui suivit fut consacrée à passer en revue tous les arguments qui avaient été exposés au jury. Plus elles parlaient, plus Nonie se montrait convaincue que Gregg avait été la victime d'un coup monté, plus Isabella sentait l'angoisse l'étreindre. Sal a beau le nier, je suis presque sûre que Jimmy Easton a travaillé pour lui, se disait-elle. Elle finit par confier ses soupçons à sa mère.

« Tu veux dire que Jimmy Easton pourrait avoir été employé par Sal ? s'exclama Nonie. Sal a-t-il jamais fait une livraison dans l'immeuble de Gregg ?

— Il faisait des transports pour un antiquaire qui a fait faillite. Je suppose qu'il n'y a pas assez de clients pour ce genre de choses. Je n'en raffole pas moi-même. Mais je sais que ces livraisons se faisaient généralement dans ces immeubles de luxe de l'East Side, répondit Isabella d'un ton inquiet. C'est pourquoi Sal n'aime pas que je parle du procès... Il a peur, soupira-t-elle. Depuis des années, il fait travailler des types différents quand il a besoin d'étoffer son équipe. Il les paie toujours au noir. Il ne veut pas s'embêter avec toute la paperasserie s'il doit les inscrire dans la comptabilité.

— Sans parler de l'assurance maladie, ajouta Nonie. Cela lui coûterait une fortune. Tu sais comment va le monde, les riches deviennent plus riches et les autres se serrent la ceinture. Il m'a fallu faire des économies pour accomplir ce voyage avec les filles. »

Nonie s'éclaircit la voix pendant quelques secondes : « Excuse-moi, ce sont mes allergies. Il y avait une odeur curieuse sur le bateau et c'est sans doute elle qui les a réveillées. Quoi qu'il en soit, ma chérie, je ne voudrais pas que Sal ait des ennuis avec les impôts. Mais si Jimmy Easton a travaillé pour lui et qu'il est entré dans cet appartement pour faire une livraison, cela expliquerait pourquoi il le connaît si bien.

— C'est ce qui me torture depuis un certain temps. »

Isabella était près de fondre en larmes.

« Chérie, tu ne peux pas laisser quelqu'un croupir au fond d'une prison alors que le simple fait d'ouvrir la bouche peut tout changer. De plus, si, grâce à vous deux, Gregg Aldrich est libéré, je te parie qu'il remplira un chèque dès le lendemain pour couvrir les arriérés d'impôts de Sal. Dis-le-lui. Dis-lui qu'il doit faire ce qu'il faut, sinon c'est moi qui le ferai à sa place.

— Tu as raison, maman, dit Isabella. Je suis contente de t'en avoir parlé.

— Et dis à Sal qu'il peut me faire confiance. Je me vante d'avoir la tête sur les épaules. »

Belle savait que jamais Sal ne se confierait à sa mère.

Sal partit tôt le lundi matin. Chargée du chariot dans lequel elle transportait le linge sale, Isabella descendit au sous-sol où était située la petite cave qui dépendait de leur appartement. C'est là que Sal conservait les cartons contenant les archives des vingt dernières années de son entreprise de déménagement. Elle savait qu'il détestait la paperasse, mais il avait au moins indiqué les années sur les cartons.

Elle réfléchit : Natalie Raines est morte il y a deux ans et demi. Je vais prendre cette date comme point de départ et repartir en arrière. Elle mit dans le chariot les deux cartons correspondant aux deux années qui avaient précédé le meurtre et prit l'ascenseur.

De retour dans son living-room, elle commença à inspecter le premier carton. Quarante-cinq minutes plus tard, elle avait trouvé ce qu'elle cherchait. Sal avait conservé un reçu pour la livraison d'un lampadaire de marbre à « G. Aldrich » à l'adresse qu'elle avait entendu mentionner plusieurs fois à la télévision. Le reçu était daté du 3 mars, treize jours avant la mort de Natalie Raines.

Le reçu à la main, Belle se laissa tomber sur une chaise. Elle avait gardé en tête toutes les dates importantes de l'affaire et se souvenait que le 3 mars était le jour où Easton prétendait avoir rencontré Gregg dans son appartement et reçu l'acompte pour assassiner l'actrice.

Un frisson la parcourut à la vue de la signature parfaitement lisible de la personne qui avait réceptionné le lampadaire. Harriett Krupinsky. La femme de ménage des Aldrich qui avait pris sa retraite quelques mois plus tard, et était morte subitement environ un an après l'assassinat de sa patronne.

Au fond d'elle-même, Belle était certaine que Jimmy Easton avait fait cette livraison. Comment Sal pouvait-il être au courant et continuer à se regarder dans une glace ? Quel cauchemar devaient vivre ce pauvre homme et sa fille !

Poursuivant ses recherches, elle ne mit pas long-temps à trouver la preuve irréfutable qu'Easton avait travaillé pour Sal. C'était un petit carnet d'adresses froissé qui contenait deux douzaines de noms. Elle en reconnut certains : des gens qui avaient travaillé occa-sionnellement pour Sal. Il n'y avait pas d'entrée à la lettre E mais en haut de la page des J était griffonné le nom de Jimmy Easton, suivi d'un numéro de télé-phone.

Anéantie par sa découverte, par les mensonges de Sal, et inquiète de la façon dont il prendrait les choses, Isabella rangea les archives dans leurs boîtes mais conserva le reçu et le carnet d'adresses. Elle remit les cartons dans le chariot et les redescendit au sous-sol. Puis, décidant que, si quelqu'un devait téléphoner, il valait mieux que ce soit Sal qui le fasse, elle s'affala dans son fauteuil et appela sa mère.

« Maman, dit-elle, la voix brisée, Sal m'a menti. J'ai fouillé dans ses archives. Jimmy Easton a bien travaillé pour lui et il y a un reçu d'une livraison à l'appartement d'Aldrich treize jours avant la mort de Natalie.

— Mon Dieu, Isabella. Je comprends maintenant l'attitude de Sal. Que vas-tu faire ?

« — Dès que Sal sera rentré, je vais le mettre au courant de que ce que j'ai découvert et lui dire que nous allons appeler le numéro spécial de Michael Gordon. Et tu sais quoi, maman ? Je parie que Sal sera soulagé, d'une certaine façon. C'est un bon garçon, il est simplement mort de frousse. Moi aussi. Maman, tu crois qu'ils pourraient mettre Sal en prison ? »

62

Tom Schwartz, le producteur de *Fugitive Hunt*, appela le procureur du comté de Bergen le lundi peu après seize heures. Il fut mis en communication avec la secrétaire et lui dit qu'il devait parler au procureur de toute urgence à propos d'un tueur en série dont ils avaient récemment diffusé le portrait-robot et qui se trouvait peut-être dans le comté à l'heure actuelle.

Dix secondes plus tard, Ted Wesley était au téléphone. « Monsieur Schwartz, quelle est cette histoire de tueur en série ?

— Nous avons de bonnes raisons de croire que l'information qui vient de nous parvenir permettrait de localiser un tueur en série. Connaissez-vous notre émission ?

— Oui, mais je ne l'ai pas regardée ces derniers jours.

— Dans ce cas, si vous pouvez m'accorder quelques minutes, je vais vous résumer l'essentiel. »

Tandis que Schwartz rappelait l'histoire du meurtrier connu en dernier lieu sous le nom de Charley Muir, et la raison pour laquelle le collègue de travail pensait que Muir et Zachary Lanning étaient la même personne, Ted Wesley imaginait déjà les retombées médiatiques positives qu'il en tirerait si son bureau parvenait à capturer le fugitif. « Vous dites que cet individu habite Glen Rock. Avez-vous son adresse ?

— Oui, selon notre interlocuteur, lorsque Lanning a annoncé ce matin à son patron qu'il quittait son travail, il a mentionné qu'il partait immédiatement pour la Floride. Il a peut-être déjà filé.

— J'envoie nos inspecteurs à l'instant. Je vous rappellerai. »

Wesley raccrocha et pressa le bouton de l'interphone. « Dites à Billy Tryon de venir dans mon bureau. Et appelez le procureur de Des Moines.

— Tout de suite. »

En attendant, Wesley tapotait avec impatience ses lunettes sur son bureau. Glen Rock était une petite ville aisée et tranquille. Emily y habitait, ainsi que d'autres employés du bureau. Il prit l'annuaire du téléphone derrière lui. L'informateur avait précisé l'adresse de Zachary Lanning : 624 Colonial Road.

Les yeux de Wesley s'agrandirent quand il ouvrit l'annuaire et vérifia l'adresse d'Emily. Elle habitait au 622 Colonial Road. Mon Dieu, si c'est bien le type en question, elle a un psychopathe pour voisin, se dit-il.

Au moment où le procureur de Des Moines l'appelait, Billy Tryon entra brusquement dans son bureau.

Vingt minutes plus tard, Tryon, Jake Rosen et les voitures de police du commissariat de Glen Rock arrivaient devant la maison que Zachary Lanning avait habitée pendant deux ans. Un policier sonna à la porte. Ne recevant pas de réponse, il chercha le numéro de téléphone de l'agent immobilier responsable de la location et l'appela pour obtenir l'autorisation d'entrer.

« Vous pouvez entrer, bien sûr, répondit l'agent. Quand Lanning a téléphoné ce matin, il m'a dit qu'il accrocherait les clés à un clou dans le garage. Pourquoi le recherchez-vous ?

— Je ne suis pas autorisé à vous l'indiquer pour le moment, monsieur, répondit le policier. Merci. »

Ils trouvèrent la clé dans le garage et pénétrèrent prudemment à l'intérieur puis, l'arme au poing, se dispersèrent dans la maison, fouillant chaque pièce, chaque penderie. Ils ne trouvèrent personne.

Billy Tryon et Jake Rosen parcoururent à nouveau toutes les pièces, cherchant un indice susceptible de révéler vers quelle destination Lanning était parti, mais il n'y avait rien, même pas un journal ou un magazine dans toute la maison.

« Fais venir l'équipe scientifique sur-le-champ, ordonna Tryon. Nous devrions pouvoir relever des empreintes et vérifier qu'il s'agit bien de notre oiseau.

— J'espère que nous en trouverons, fit Jake Rosen. Ce type semble être un maniaque de l'ordre. Il n'y a pas une trace de poussière nulle part, et vise un peu l'alignement des verres dans cette vitrine.

— Il sort peut-être de West Point, lança Tryon ironiquement. Jake, va dire aux types de Glen Rock d'aller sonner aux portes dans la rue et de vérifier si les voisins savent quelque chose à son sujet. Assure-toi que la police municipale soit informée que nous avons lancé un avis de recherche sur sa voiture et sa plaque minéralogique. »

Tryon regarda autour de lui. Un petit appareil sur l'appui de la fenêtre de la cuisine attira son attention. Puis il s'étonna d'entendre un chien aboyer comme s'il se trouvait dans la cuisine. Le son provenait de l'appareil qui fonctionnait comme un interphone.

Il jeta un coup d'œil par la fenêtre. Ted Wesley lui avait dit qu'Emily habitait la maison voisine de celle de Lanning. En ce moment même, elle sortait à la hâte de sa voiture et remontait l'allée qui menait à sa porte d'entrée. Voilà pourquoi le chien aboie, pensa-t-il.

Il la regarda ouvrir la porte et pénétrer à l'intérieur. Puis il l'entendit distinctement appeler son chien.

« Jake, cria-t-il, viens voir. Ce type avait posé un micro dans la maison d'Emily et écoutait tout ce qu'elle disait. »

« Viens, Bess, disait Emily. Je vais te faire sortir en vitesse. Il y a du remue-ménage chez ce détraqué qui s'est occupé de toi pendant quelque temps. »

« Bon sang », murmura Jake en entendant clairement la voix d'Emily. Il écarta les lamelles du store. « Regarde, Billy. Il plongeait directement dans la cuisine d'Emily. Et tu sais ce que je pense ? À voir sa baraque, il s'agit d'un type super organisé. Il n'a pas oublié d'enlever son appareil. Il l'a laissé exprès pour que la police le trouve et qu'Emily en apprenne l'existence. » Ils entendirent la porte de la galerie s'ouvrir, et Emily appeler son chien pour le faire rentrer.

Un policier de Glen Rock entra dans la cuisine. « On est sûr à quatre-vingt-dix pour cent que Lanning est le type en question, dit-il en s'efforçant de contenir son excitation. J'ai regardé l'émission l'autre soir. Ils ont dit que Charley Muir avait une passion pour les chrysanthèmes jaunes. On vient d'en trouver des sacs-poubelle entiers dans le garage. Il semblerait que lui aussi ait regardé l'émission et se soit inquiété au sujet des fleurs. »

Ils virent Emily traverser l'allée. Elle les rejoignit dans la cuisine. « Ted Wesley vient de m'appeler, il m'a dit que vous enquêtiez sur cet individu. Il m'a mise au courant de quelques détails. Vous parliez de chrysanthèmes dans le garage ? Mon voisin les a plantés il y a un peu plus d'une semaine, puis il les a arrachés et remplacés par d'autres fleurs vingt-quatre heures plus tard. J'ai trouvé ça bizarre, mais il est vrai qu'il se comportait toujours de manière très étrange.

— Emily, dit doucement Jake, nous sommes pratiquement certains à présent que Zachary Lanning est le tueur en série Charley Muir. Il faut aussi que nous vous disions autre chose qui risque de vous perturber. »

Emily se raidit. « Cela ne peut pas être pire que ce que je viens de comprendre. Au printemps dernier, il m'a proposé de promener Bess à ma place l'après-midi. Je la laissais enfermée dans la galerie pendant la journée et je lui en avais donné la clé, uniquement celle-là, pas celle de la porte de la cuisine. Mais un soir, je l'ai trouvé installé dans la galerie et j'ai eu peur. J'ai aussitôt cessé de lui confier mon chien. J'ai inventé une excuse, mais j'ai bien senti qu'il n'y croyait pas et qu'il était contrarié. »

Ses yeux s'agrandirent et elle pâlit. « Je suis certaine à présent qu'il est entré dans la maison la semaine dernière. Un soir, à mon retour, j'ai remarqué qu'une de mes chemises de nuit dépassait du tiroir de la commode de ma chambre. Et j'étais certaine de l'avoir rangée correctement. »

Elle s'interrompit. « Oh, mon Dieu. Je sais maintenant ce qui m'a tracassée hier quand j'ai emballé mes chemises pour les donner. Il en manquait une ! Jake, dites-moi ce que vous vouliez m'apprendre. »

Jake montra la fenêtre : « Il avait placé un micro chez vous, Emily. Nous vous avons entendue parler à votre chien il y a un instant. »

L'énormité de l'intrusion de Lanning dans son existence la rendit littéralement malade. L'estomac retourné, elle sentit ses jambes se dérober sous elle.

Soudain, un policier de Glen Rock entra précipitamment dans la pièce. « Il semble y avoir eu un cambriolage en face, dans la rue. La moustiquaire d'une fenêtre à l'arrière de la maison a été découpée et la vieille dame qui habite là ne répond pas. On y va. »

Tryon, Rosen et Emily s'élancèrent à sa suite. Un autre policier enfonça la porte. Quelques minutes leur suffirent pour avoir la certitude que Madeline Kirk n'était pas dans la maison. « Allons voir dans le garage, ordonna Tryon. Il y a une clé de voiture dans une soucoupe sur le comptoir de la cuisine. »

À quelques pas derrière les policiers, Emily remarqua le châle de Madeline en chiffon sur le sol du bureau. Elle sursauta en voyant le carnet sur la table, près du fauteuil. Les mots *Fugitive Hunt* y étaient inscrits. Un stylo posé en travers. Certaine à présent qu'un malheur était arrivé à sa voisine, elle suivit les policiers dans le garage. Ils étaient en train de fouiller l'intérieur de la voiture de Madeline Kirk.

« Ouvrez le coffre », ordonna Billy Tryon.

Au moment où le couvercle se levait, une odeur nauséabonde se répandit. Tryon défit lentement la ficelle qui maintenait les sacs de jardinage ensemble et en souleva un. La rigidité cadavérique avait figé l'expression de terreur sur le visage de la vieille dame.

« Oh, mon Dieu, gémit Emily. La malheureuse. Cet homme est un monstre.

— Emily, dit doucement Jake, vous avez eu de la chance de ne pas finir de la même manière. »

63

Michael Gordon se rendit directement à son bureau le lundi après-midi après avoir assisté à la condamnation de Jimmy Easton. À voir les vidéos le montrant en train de menacer le procureur et d'insinuer qu'il en sait bien plus qu'il n'en a dit, on peut être sûr que l'émission fera un tabac, pensa-t-il. Cherche-t-il à intimider la cour parce qu'on ne lui a pas accordé la liberté conditionnelle ou s'apprête-t-il à lâcher une bombe ? Les experts vont pouvoir s'en donner à cœur joie tout à l'heure.

Sa secrétaire, Liz, vint l'informer qu'ils avaient reçu cinquante et une réponses sur leur site depuis qu'ils avaient promis une récompense de vingt-cinq mille dollars le dimanche soir...

« Vingt-deux émanent de piqués, Mike. Deux d'entre eux doivent avoir la même boule de cristal. Ils voient un homme brun, vêtu de sombre, en train d'observer Natalie Raines au moment où elle arrive chez elle en voiture le matin où elle a été tuée. »

Elle sourit. « Vous n'allez pas croire le reste de l'histoire. Ils le voient qui attend Natalie, un pistolet à la main. Et c'est là que leur vision s'arrête. Apparemment, quand ils toucheront la récompense ils seront capables de distinguer son visage et de décrire le personnage en détail. »

Mike haussa les épaules. « J'étais certain que nous attirerions un bon nombre de cinglés. »

Liz résuma rapidement les appels. « Dix ou douze prétendent que Jimmy Easton les a volés ou escroqués. Ils se disent effarés qu'un jury ait pu condamner Gregg Aldrich sur la foi de son témoignage. Certains déclarent vouloir se présenter au tribunal quand la condamnation d'Aldrich sera prononcée et déclarer au juge qu'Easton est un menteur pathologique.

— C'est bon à savoir, mais ça ne nous aide pas beaucoup. Et cette femme qui a appelé vendredi soir et qui se demandait s'il y aurait une récompense ? Avons-nous de ses nouvelles ?

— J'ai gardé le meilleur pour la fin, dit Liz. Elle a rappelé ce matin. Elle affirme qu'elle peut révéler, preuve à l'appui, pour qui travaillait Jimmy et les raisons de sa présence dans l'appartement d'Aldrich. Elle demande s'il nous est possible de verser la prime sur une sorte de compte sécurisé afin d'être assurée de pouvoir la toucher.

— A-t-elle donné son nom et un numéro de téléphone où il est possible de la joindre ?

— Non, elle a refusé. Elle veut d'abord vous parler. Elle ne fait confiance à personne d'autre et a peur qu'on lui vole son information. Elle veut aussi savoir si vous l'inviterez à votre émission en même temps que Gregg Aldrich lorsqu'il sortira de prison grâce à ses révélations. Je lui ai dit que vous alliez rentrer d'une minute à l'autre et qu'elle pouvait vous rappeler.

— Si cette femme nous apporte une preuve concrète, Liz, je l'inviterai naturellement sur le plateau de *Courtside*. J'espère seulement qu'il ne s'agit pas d'une tordue de plus. »

Soudain, Michael regretta d'avoir mis Katie et Alice au courant de cet éventuel nouveau témoin. Il se souvint de leur réaction enthousiaste.

« Voilà. C'est tout ce que j'ai, dit Liz d'un ton enjoué. Attendons la suite.

— Ne prenez aucun appel jusqu'à ce que cette femme se manifeste à nouveau. Et passez-la-moi tout de suite. »

Liz avait à peine regagné son bureau que le téléphone sonna. Par la porte ouverte, Michael l'entendit dire : « Oui, il est de retour, je vous le passe. Ne quittez pas, je vous prie. »

La main sur le récepteur, il attendit la sonnerie indiquant le transfert de l'appel.

« Michael Gordon à l'appareil. On m'a dit que vous détenez une information concernant l'affaire Aldrich.

— Je m'appelle Reeney Sling, monsieur Gordon. Je suis très honorée de vous parler. J'apprécie beaucoup votre émission. Je n'aurais jamais pensé être un jour concernée par une des affaires que vous traitez, mais...

— En quoi êtes-vous concernée, madame Sling ?

— Je détiens une information importante concernant l'emploi du temps de Jimmy Easton à l'époque où Natalie Raines a été assassinée. Mais je veux avoir l'assurance que personne ne touchera la prime à ma place.

— Madame Sling, je vous garantis personnellement, et vous confirmerai par écrit que, si vous êtes la première personne à nous fournir cette information capitale et qu'elle a pour résultat une réouverture du procès ou une ordonnance de non-lieu, vous bénéficierez de la récompense. Sachez néanmoins qu'au cas où quelqu'un d'autre fournirait un renseignement supplémentaire, la somme serait partagée.

— Supposons que mon tuyau soit beaucoup plus important. Qu'arrivera-t-il dans ce cas ? Oh, un moment, je vous prie. Mon mari veut me dire quelque chose. »

Michael entendit des voix étouffées sans pouvoir distinguer ce qu'elles disaient.

« Mon mari, Rudy, dit que nous vous faisons confiance pour trouver une solution équitable.

— Il est juste de se poser la question, fit remarquer Michael. Nous répartirons la récompense en fonction de la valeur de chaque information.

— Cela me paraît correct, dit-elle. Rudy et moi sommes prêts à venir vous voir quand vous voudrez.

— Demain matin à neuf heures ?

— Entendu.

— Et n'oubliez pas d'apporter tous les documents pouvant étayer vos dires.

— Certainement, répondit vivement Reeney, sûre désormais de toucher la prime.

— À demain donc, dit Michael. Je vous passe ma secrétaire qui vous communiquera notre adresse et les indications nécessaires. »

64

Jimmy Easton retrouva la prison du comté de Bergen après sa condamnation.

Paul Kraft, le directeur, l'attendait. « Jimmy, j'ai une nouvelle pour toi. Tu vas quitter ta gentille petite taule. Nous allons te transférer à la prison de Newark d'ici quelques minutes.

— Pourquoi ? » demanda Jimmy.

Ses nombreuses expériences lui avaient appris qu'un transfert dans une prison d'État après une condamnation prenait normalement plusieurs jours, voire plusieurs semaines.

« Eh bien, tu n'as sans doute pas oublié que tu as eu quelques ennuis avec les gars d'ici pour avoir coopéré.

— C'est ce que mon avocat a essayé de dire au juge pendant le procès, répondit Jimmy avec impatience. Je ne suis jamais tranquille. Harcelé sans arrêt parce que j'ai aidé le procureur. Comme si les autres n'étaient pas prêts à en faire autant pour obtenir une réduction de peine !

— Ce n'est pas tout, Jimmy, poursuivit Kraft. Nous

venons de recevoir deux appels anonymes en l'espace d'une demi-heure. Il semble qu'il s'agisse chaque fois du même type. Il a dit que tu ferais mieux de la boucler, sinon... »

Voyant l'expression alarmée de Jimmy, il ajouta : « Jimmy, ça peut être n'importe qui. Probablement un dingo de plus. La sortie que tu as faite au tribunal au moment de ta condamnation est déjà diffusée à la radio et sur Internet. Avec les problèmes que tu as eus à la prison, plus ces menaces au téléphone, on a jugé préférable de te faire sortir d'ici sans attendre. Pour ta propre sécurité. »

Il était clair qu'Easton était sincèrement effrayé. « Jimmy, parle franchement. Je te le demande pour ton bien. Tu sais qui a passé ces appels, hein ?

— Non, non, je ne sais pas, bafouilla Jimmy. Un timbré, sûrement. »

Kraft n'en crut rien, mais n'insista pas davantage. « On va vérifier d'après le numéro d'identification d'appel, dit-il. Ne t'en fais pas.

— Ne pas m'en faire ? C'est facile à dire. Je peux vous garantir que ces communications proviennent d'un portable avec une carte prépayée. Je connais bien la question. J'en ai utilisé des douzaines moi-même. Vous passez un coup de fil important, puis vous jetez le portable. Essayez un jour.

— Très bien, Jimmy. Allons récupérer tes affaires. Ils sont déjà prévenus à Newark. Ils vont tout faire pour qu'il ne t'arrive rien. »

Une heure plus tard, menotté et enchaîné à l'arrière d'un fourgon de transport, Jimmy regardait d'un air morose par la fenêtre. Ils roulaient sur le Turnpike à la hauteur de l'aéroport de Newark. Il vit un avion décoller et s'élever dans le ciel. Je donnerais n'importe quoi pour être dans ce jet, où qu'il aille, se dit-il.

Il se souvint de la chanson de John Denver : « *Leavin' on a Jet Plane...* »

J'aimerais partir...

Je ne reviendrais jamais.

Je recommencerais ailleurs.

Alors que le fourgon atteignait la porte de la prison et passait le contrôle, Jimmy avait déjà concocté son prochain coup.

L'avocat d'Aldrich a été salement dur avec moi au procès, songea-t-il, mais il va être ravi d'avoir de mes nouvelles demain.

Quand j'aurai fini de vider mon sac, il ne regrettera même pas que l'appel soit en PCV.

65

Le lundi, après avoir quitté Glen Rock tôt dans la matinée, Zachary Lanning se rendit directement à l'aéroport de Newark. Il trouva une place dans le parking longue durée, à quelques mètres seulement de l'emplacement où il avait laissé la camionnette achetée à Henry Link. En transportant ses affaires d'un véhicule à l'autre, il espérait se confondre avec les voyageurs qui trimballaient leurs valises.

Il avait eu peur en voyant la voiture d'un vigile passer à proximité au moment où il sortait le téléviseur de la malle, mais l'homme n'avait pas semblé y prêter attention. Zach finit de transférer ses derniers bagages, puis ferma la voiture à clé. Il avait les nerfs à vif. Le vigile pouvait s'étonner de voir quelqu'un transporter un téléviseur et s'imaginer qu'il avait été volé dans une voiture en stationnement. Il risquait de revenir et de vouloir faire une vérification.

Mais Lanning sortit du parking sans problème. Il regagna le Turnpike et prit la direction de Camelback. À huit heures moins le quart il s'arrêta sur une aire de repos et c'est alors seulement qu'il téléphona à son employeur et à l'agent immobilier pour les prévenir qu'il ne reviendrait pas.

La circulation était très dense sur l'autoroute et il était presque onze heures quand il arriva au motel et se présenta au bureau de la réception.

En attendant que l'employé ait fini de parler au téléphone, il regarda autour de lui et retrouva son calme. C'était exactement le genre d'endroit qui lui convenait. Plutôt décrépit, à l'écart des grands axes, sans doute peu bruyant. La saison de ski n'avait pas encore débuté. Les gens qui venaient là cherchaient le calme et la tranquillité, et la possibilité de faire des marches dans la nature à l'automne.

L'employé, un vieux bonhomme engourdi, lui tendit la clé d'un bungalow. « Je vous ai donné un des plus agréables, dit-il aimablement. C'est pas encore la saison et il n'y a pas grand monde. Dans six semaines, ce sera bondé. Nous accueillons beaucoup de skieurs, surtout pendant les week-ends.

— C'est parfait », répondit Zach.

Il prit la clé et fit mine de s'en aller. Il n'avait aucune envie de poursuivre la conversation et de voir cet homme s'intéresser à lui.

L'employé plissa les yeux. « Vous avez déjà séjourné ici, il me semble. Votre visage m'est familier. J'y suis, dit-il avec un petit rire, vous ressemblez un peu à ce type qui a tué toutes ses femmes. Ils en ont fait un portrait dans *Fugitive Hunt*, la semaine dernière. Je me suis amusé à faire marcher mon beau-frère l'autre jour. Il lui ressemble encore plus que vous. »

L'homme rit de bon cœur.

Zach s'efforça d'en faire autant. « Je n'ai eu qu'une seule femme et elle vit toujours. Et si le chèque de sa pension a un jour de retard, j'ai droit à un coup de fil de son avocat.

— Sans blague ? s'exclama l'autre. Moi aussi, je verse une pension alimentaire. C'est vraiment dégueulasse. Le type de *Fugitive Hunt* a tué sa dernière femme parce qu'elle avait obtenu la maison à la suite du divorce. Il a pété les plombs, mais dans un sens je le plains.

— Moi aussi, marmonna Zach, impatient de partir.

— À titre d'information, lui dit l'employé, on sert le déjeuner à partir de midi. La cuisine est franchement très bonne. »

Le bungalow de Zach était le plus proche du pavillon de la réception. Il consistait en une grande pièce avec deux lits doubles, une commode, un divan, un fauteuil et une table de nuit. Une télévision à écran plat était installée au-dessus de la cheminée. Il y avait une petite salle de bains avec une cafetière électrique sur le comptoir.

Zach savait qu'il ne serait pas longtemps en sécurité ici. Il se demanda si quelqu'un avait déjà remarqué la disparition de Madeline Kirk. Et Henry Link ? Il avait gobé son histoire, cru qu'il s'occuperait des démarches auprès du registre des immatriculations et lui ferait parvenir les papiers dans quelques jours. Mais supposons qu'il ait regardé *Fugitive Hunt* le samedi soir lui aussi ? Supposons qu'il ait trouvé que je ressemble à Charley Muir ?

Zach ferma les yeux. Dès l'instant où on aura découvert le corps de Madeline Kirk, il y aura un regain d'intérêt dans les médias et je serai à nouveau le personnage-vedette de cette foutue émission, s'inquiéta-t-il.

Il se sentit soudain las. Il décida de s'allonger et d'essayer de dormir un peu. À son réveil il constata qu'il était dix-huit heures ; pris de panique, il saisit la télécommande posée près du lit et alluma la télévision.

Peut-être parleraient-ils de lui, ou Madeline Kirk, aux infos ? C'est possible, se dit-il. Camelback n'est qu'à deux heures du comté de Bergen.

Le journal commençait. Le présentateur annonça : « Nous apprenons qu'un fait divers sanglant a eu lieu à Glen Rock, dans le New Jersey, où une vieille femme a été sauvagement assassinée. Selon la police, le meurtrier serait un voisin qui habitait dans la rue en face de chez elle. Elle le soupçonne aussi fortement d'être le même individu qui a commis précédemment au moins sept meurtres et dont le portrait-robot a été diffusé la semaine dernière dans l'émission *Fugitive Hunt.* »

Le présentateur poursuivit : « Une information provenant d'un de ses collègues a déclenché une descente de police chez lui. Mais, apparemment, l'homme venait de s'enfuir. C'est alors que les recherches dans les environs immédiats ont abouti à la découverte d'une effraction chez une veuve de quatre-vingt-deux ans, Madeline Kirk. S'inquiétant de sa sécurité, la police a enfoncé la porte et n'a pas tardé à découvrir son corps dissimulé dans le coffre de sa voiture dans le garage. »

J'en étais sûr, pensa Zach. Un des mecs de l'entrepôt a vu l'émission et m'a reconnu. L'abruti de la réception a remarqué que je ressemblais au portrait-robot. Et que se passera-t-il s'il regarde l'émission de ce soir ? Ils vont en dire davantage sur moi, sans parler des journaux demain...

Il sentit sa gorge se nouer en entendant le présentateur annoncer qu'après la publicité il projetterait les photos et les différents portraits-robots qui avaient été diffusés dans *Fugitive Hunt*.

Je ne peux pas rester ici, se dit-il. Si le réceptionniste voit ça, il ne pensera plus à son beau-frère. Mais, avant de filer, il faut que je sache si je peux toujours utiliser la camionnette sans être inquiété. Henry Link a peut-être déjà fait certains rapprochements et appelé la police.

Utilisant un des mobiles à carte prépayée qu'il avait en stock, Zach demanda aux renseignements le numéro de Henry Link. Après la transaction, il avait jeté la petite annonce sur laquelle se trouvait son adresse. Par chance, Link était dans l'annuaire. Se mordant nerveusement la lèvre, il attendit d'être mis en relation.

Il avait utilisé le nom de Doug Brown lorsqu'il avait téléphoné à Henry Link. Il avait aussi pris la précaution de porter des lunettes de soleil et une casquette de baseball, le jour où il s'était présenté chez lui.

Il eut son interlocuteur en ligne. « Allô. » Il reconnut la voix rocailleuse d'Henry Link.

« Allô, monsieur. Doug Brown à l'appareil. Je voulais seulement vous prévenir que j'ai apporté les papiers de la voiture ce matin au registre des immatriculations. Vous devriez recevoir tous les documents par la poste dans les prochains jours. La camionnette marche à merveille. »

La voix de Link n'avait rien d'amical : « Mon gendre était furieux, il m'a reproché de vous avoir laissé faire toutes les démarches. Il m'a dit que je risquais d'être poursuivi si jamais vous aviez un accident avant que ce foutu document, la carte grise, soit établi à votre nom. Et, en ce qui concerne les plaques d'immatriculation, il prétend que c'était à moi de les rendre. Et il demande aussi pourquoi vous m'avez payé en liquide. »

Zach sentait l'angoisse le gagner. Il avait l'impression qu'un filet se refermait sur lui.

« Je n'ai eu aucun problème avec le registre ce matin. J'ai rendu les plaques et ils m'ont remis la nouvelle carte grise. Dites à votre gendre que je suis un type correct. Je devais y aller, de toute façon, pour faire immatriculer la camionnette à mon nom et j'étais content de vous rendre ce service. J'ai vraiment été peiné d'apprendre que votre femme était dans une maison de santé. »

Zach humecta ses lèvres avant de poursuivre : « J'avais apporté du liquide pour éviter les problèmes. Il y a tellement de gens qui refusent les chèques ! Si votre gendre était si soupçonneux, pourquoi n'était-il pas présent quand vous m'avez vendu la camionnette ?

— Je suis vraiment désolé, dit Henry Link, visiblement ébranlé. Je sais que vous êtes un type correct. Mais depuis qu'Edith est en maison de santé, ma fille et son mari me croient incapable de m'occuper de mes affaires. Nous avons conclu un marché honnête et vous avez pris la peine de vous charger de la paperasse et de me tenir au courant aujourd'hui. Les gens ne se montrent pas aussi serviables de nos jours. Je vais dire à mon gendre ce que j'en pense.

— Heureux d'avoir pu vous aider, monsieur Link. Je vous rappellerai d'ici à deux ou trois jours pour m'assurer que vous avez bien reçu les documents. »

Je vais pouvoir rouler avec la camionnette pendant deux jours, pensa Zach en refermant son portable. Quand Henry Link constatera qu'il ne reçoit pas les papiers, le gendre se rendra au Registre des immatriculations. Et aussitôt après il ira trouver la police.

Ma chance est peut-être en train de tourner. Mais, avant d'être pris, il faut que je retourne m'occuper d'Emily.

66

Isabella Garcia était dans tous ses états à la pensée d'affronter Sal à son retour. Les rares occasions en trente-cinq années de mariage où ils s'étaient sérieusement disputés, c'était quand elle refusait de céder. Mais il s'agissait d'autre chose aujourd'hui.

La perspective d'attirer des ennuis à Sal lui était insupportable.

Il était dix-sept heures quand elle l'entendit pousser la porte. Il entra dans la pièce, l'air épuisé. Il travaille si dur, pensa-t-elle.

« Bonsoir, chérie », dit-il en posant un baiser sur sa joue avant de se diriger vers le réfrigérateur pour y prendre une bière.

Il vint la retrouver dans le séjour, ouvrit la canette, se laissa tomber dans son fauteuil habituel et déclara qu'il était mort de fatigue. « Je regarderai un peu la télévision après dîner, et ensuite, hop, au pieu.

— Sal, dit doucement Isabella, je sais que la journée a été longue. Mais je dois te dire ce que j'ai fait ce matin. Il fallait que je sache si oui ou non Jimmy Easton avait travaillé pour toi, alors j'ai décidé d'aller vérifier dans les cartons qui sont rangés à la cave.

— Bien, dit-il d'un ton résigné. Et qu'as-tu découvert, Bella ?

— Tu sais certainement ce que j'ai découvert, Sal. J'ai trouvé un carnet d'adresses avec le nom d'Easton et un reçu pour une livraison dans l'appartement d'Aldrich peu de temps avant la mort de Natalie Raines. »

Elle fut décontenancée par l'attitude de Sal. Il l'écoutait mais évitait son regard.

« Les voilà, Sal. Regarde. Tu savais que Jimmy Easton avait travaillé pour toi. Dis-moi la vérité. » Pointant son doigt vers le reçu, elle demanda : « Est-ce qu'il a fait cette livraison ? »

Sal enfouit son visage dans ses mains et dit d'une voix brisée : « Oui, Bella. Il était avec moi. Nous sommes entrés tous les deux dans l'appartement. Et il est possible qu'il ait fouillé dans ce tiroir. »

Belle regarda les mains calleuses et crevassées de son mari. « Sal, dit-elle doucement, je sais pourquoi tu étais si tourmenté ces temps derniers. Je sais pourquoi tu as peur. Mais tu comprends, comme moi, que nous devons aller tout raconter. Nous ne pourrons jamais vivre en paix sinon. »

Elle se leva de son fauteuil, traversa la pièce, entoura Sal de ses bras, l'étreignit, puis se dirigea vers le téléphone. Elle avait noté le numéro d'appel de *Courtside*. Quand elle obtint la communication, elle dit d'un trait : « Je m'appelle Isabella Garcia. Mon mari Sal Garcia a une entreprise de déménagement. J'ai la preuve que le 3 mars, il y a deux ans et demi, le jour où Jimmy Easton prétend avoir rencontré Gregg Aldrich chez lui, il s'y trouvait en réalité avec mon mari pour livrer un lampadaire ancien. »

Son interlocuteur lui demanda de rester en ligne, puis demanda : « Madame Garcia, au cas où nous serions coupés, puis-je vous demander votre numéro de téléphone ?

— Bien sûr », répondit Isabella avant de le lui communiquer.

Moins d'une minute plus tard une voix familière se fit entendre : « Madame Garcia, ici Michael Gordon. On me dit que vous détenez peut-être une information essentielle concernant l'affaire Aldrich.

— C'est exact. » Isabella répéta ce qu'elle avait dit précédemment puis ajouta : « Mon mari payait Jimmy Easton sans le déclarer. C'est pour cette raison qu'il n'a rien osé dire. »

Une énorme vague d'espoir submergea Mike. Il resta un moment silencieux avant de pouvoir parler : « Madame Garcia, où habitez-vous ?

— Dans la 12e Rue, entre la Deuxième et la Troisième Avenue.

— Vous et votre mari pourriez-vous prendre un taxi et venir à mon bureau ? »

Isabella jeta un regard implorant à Sal et lui fit part de la demande de Mike. Il hocha la tête.

« Nous serons là aussi vite que possible, dit-elle à Mike. Mais mon mari aimerait prendre une douche et se changer d'abord. Il a fait un déménagement dans le Connecticut aujourd'hui.

— Bien entendu. Il est dix-sept heures trente. Pensez-vous pouvoir être ici vers dix-neuf heures ?

— Certainement. Sal n'en a pas pour plus de dix minutes. »

Et il faut que je m'habille moi aussi, pensa Isabella. Qu'est-ce que je peux me mettre sur le dos ? Je vais demander son avis à maman. Maintenant qu'elle avait enfin téléphoné, le soulagement l'emportait sur la crainte d'un redressement fiscal pour Sal.

« Madame Garcia, prenez bien soin de ce reçu. Vous savez qu'il constitue une preuve irréfutable. Vous pourrez bénéficier de la récompense de vingt-cinq mille dollars.

— Oh, mon Dieu, murmura Isabella. J'ignorais qu'il y avait une récompense. »

67

Le lundi à dix-huit heures, Emily, tenant Bess sous le bras, se dirigea vers sa voiture. Tous les abords de sa maison étaient interdits à la circulation. Des rubans de plastique jaune protégeaient les trois sites où opérait la police – la maison de Madeline Kirk, la sienne et celle qu'avait louée Zach. Le fourgon du médecin légiste stationnait au bord du trottoir. Des voitures de police étaient arrêtées tout le long de la rue.

Traumatisée par la mort de sa voisine, par la pensée que Zachary Lanning ne se contentait pas de l'espionner mais s'introduisait chez elle à la dérobée, elle avait dit à Jake Rosen qu'elle avait besoin de s'aérer. En l'accompagnant jusqu'à sa voiture, Jake tenta de la rassurer : « Je m'occuperai de tout, Emily. » Elle n'ignorait pas qu'ils passeraient sa maison au crible pour y relever des empreintes, rechercher la présence d'autres appareils électroniques, d'indices que Zach aurait pu laisser derrière lui.

« Essayez de retrouver votre calme, lui dit doucement Jake. C'est une bonne idée d'aller faire un tour pendant une ou deux heures. Lorsque vous reviendrez, je vous tiendrai au courant de ce que nous aurons découvert. Sans rien vous cacher. » Il sourit. « Et je vous promets que vous retrouverez votre maison en ordre.

— Merci, Jake. Je veux savoir s'il avait dissimulé des caméras ou d'autres appareils chez moi. N'essayez pas de me ménager. » Elle lui adressa un petit sourire forcé. « À tout à l'heure. »

Elle se rendit directement au palais de justice. Deux sacs de toile vides sous le bras, s'efforçant de retenir Bess qui tirait sur sa laisse, elle prit l'ascenseur. Il ne restait qu'une douzaine de personnes dans tout le service.

Dans le couloir qui menait à son bureau, elle croisa deux jeunes enquêteurs qui avaient entendu les nouvelles, ils lui exprimèrent leur écœurement devant le crime odieux de Lanning et s'indignèrent de son intrusion chez elle. Puis ils lui demandèrent s'ils pouvaient l'aider.

Emily les remercia. « Tout va bien. Je vais rester chez moi pendant un jour ou deux. Je veux faire changer toutes les serrures et faire poser une nouvelle alarme, forcément. Je n'ai pas l'intention de m'attarder ici. Il y a des d'affaires que j'ai laissées en plan à cause du procès Aldrich. Je vais travailler chez moi pendant qu'on fait les travaux nécessaires.

— Peut-on vous aider à porter vos dossiers jusqu'à votre voiture ? »

— Volontiers. Je vous préviendrai quand je serai prête. »

Emily pénétra dans son bureau et ferma la porte. Elle avait, en effet, une quantité de dossiers en retard, mais ils devraient attendre encore un peu. Elle avait décidé d'emporter chez elle la totalité des documents concernant le procès Aldrich. Elle avait pris les deux sacs à cet effet. Elle ne voulait pas que quelqu'un puisse voir ce qu'il y avait dedans. Elle avait l'intention de reprendre toute l'affaire depuis le début, d'étudier minutieusement chacune des centaines de pièces et de chercher si quelque chose avait pu lui échapper.

Réorganiser ses dossiers et les mettre dans les sacs lui prit une trentaine de minutes. L'un des plus épais l'intéressait particulièrement. Il contenait des copies des rapports de la police de New York concernant le meurtre dans Central Park, vingt ans auparavant, de Jamie Evans, l'amie de Natalie Raines qui partageait son appartement à cette époque.

C'était une histoire ancienne. Elle n'a peut-être pas retenu suffisamment notre attention, pensa-t-elle en regardant ses collègues emporter les sacs jusqu'à sa voiture.

Sur le chemin du retour, Emily se demanda si elle serait capable de trouver le sommeil dans sa maison ce soir, voire dans les prochains jours. La violation de son intimité et le sentiment d'humiliation étaient déjà horriblement désagréables, se dit-elle, la gorge serrée. Mais la pensée que ce psychopathe de Zachary Lanning courait encore dans la nature était proprement terrifiante.

Pourtant elle avait besoin de se retrouver chez elle.

Au moment où elle s'arrêtait dans son allée, elle vit Jake sortir de sa maison pour l'accueillir. « Emily, nous avons fini. Les bonnes nouvelles d'abord : il n'y avait ni caméras ni micros autres que celui qui était caché dans la cuisine. La mauvaise nouvelle c'est qu'il y a des empreintes de Lanning dans toutes les pièces et qu'elles correspondent à celles de Charley Muir. Nous avons même trouvé ses empreintes dans l'atelier du sous-sol.

— Dieu merci, il n'y avait pas de caméras, dit Emily, soulagée sur ce point. J'ignore comment je l'aurais supporté. Le reste est suffisamment déplaisant. Je n'arrive pas à croire qu'il soit allé au sous-sol et ait manipulé les outils de mon père. Quand j'étais petite, papa passait son temps à bricoler. Il était très fier de son atelier.

— Il reste un point à discuter, Emily. Nous savons vous et moi que Lanning se balade en liberté et que c'est un fou. Et un fou qui est obsédé par vous de surcroît. Si vous avez vraiment l'intention de rester ici, nous serons obligés de poster un policier vingt-quatre heures sur vingt-quatre jusqu'à ce qu'il soit arrêté.

— Jake, j'y ai beaucoup réfléchi pendant ces deux heures sans arriver à me décider. Je crois, néanmoins, que je vais rester chez moi. Mais je ne refuse pas la présence d'un policier à l'extérieur. » Elle eut un pâle sourire. « Et pouvez-vous lui demander de surveiller en particulier l'arrière de la maison ? Lanning aimait entrer par la galerie.

— Bien sûr. La police de Glen Rock s'assurera que l'agent en faction fasse en permanence le tour de la maison.

— Merci, Jake. Je me sens déjà beaucoup mieux. Il faudra que Bess soit présentée à chacun des policiers afin qu'elle n'aboie pas comme une malade. »

Voyant les sacs sur le siège arrière de la voiture, Jake demanda s'il pouvait les porter à l'intérieur.

Elle avait toute confiance en lui, mais préféra ne pas l'informer de leur contenu pour le moment. « Merci. Ils sont plutôt lourds. J'ai rapporté des dossiers que je désire examiner. Je ne retournerai pas au bureau pendant deux ou trois jours. Je veux être sur place quand on viendra changer les serrures et cette piètre alarme que Lanning a pu court-circuiter aussi facilement. »

68

L'inspecteur Billy Tryon regagna le palais de justice le lundi à vingt heures trente pour y déposer certaines des pièces à conviction qu'ils avaient recueillies dans la maison de Madeline Kirk. Il était resté sur la scène du crime depuis le début, à faire la navette entre les trois maisons, supervisant les hommes qui recherchaient des indices matériels. Il avait passé la plus grande partie de son temps dans la maison de Madeline Kirk et dans le garage.

Après avoir parlé à Emily dans la cuisine de Lanning, il n'avait pas souhaité la rencontrer à nouveau. En la voyant partir vers dix-huit heures, il avait demandé à Jake Rosen où elle allait. Jake lui avait répondu qu'Emily avait seulement déclaré qu'elle allait faire un tour.

Tryon aurait parié qu'elle était retournée à son bureau. Son cousin Ted lui avait raconté qu'après la sortie de Jimmy Easton au tribunal, Emily l'avait averti qu'elle comptait revoir en détail chaque phase du procès.

Furieux, Ted avait dit à Billy qu'il avait failli lui

interdire de continuer à perdre son temps sur cette affaire, mais il avait craint qu'elle ne dépose contre lui une plainte pour violation du code d'éthique. « Si elle en arrivait là, je n'aurais aucune chance d'être le prochain ministre de la Justice », avait-il conclu avec amertume.

De son point d'observation, dans la maison de Madeline Kirk, Tryon attendit le retour d'Emily. Elle revint vers dix-neuf heures trente et il la vit s'entretenir à nouveau dans l'allée avec Jake Rosen.

Leur apparente connivence n'était pas de son goût. Puis il vit Jake transporter deux gros sacs dans la maison.

Quand Jake ressortit, Billy le héla : « Qu'est-ce qu'il y a dans ces sacs ?

— Emily va prendre deux jours de congé et elle voulait avoir sous la main certains dossiers pour y travailler chez elle. En quoi ça te concerne ?

— Je n'aime pas son attitude, c'est tout, rétorqua Billy. Bon, je me tire. Je vais apporter au bureau les preuves que nous avons recueillies, puis regagner mes pénates. »

Sur le trajet, Billy Tryon ne décolérait pas. Elle va essayer de faire casser le verdict et de me faire porter le chapeau, se disait-il. Je ne la laisserai pas faire.

Pas question qu'elle me détruise.

Ni qu'elle détruise Ted.

69

Aussitôt après son entretien téléphonique avec Isabella Garcia, Michael Gordon composa le numéro de Richard Moore.

« Salut, Mike. » Moore semblait avoir le moral. « Je vous ai aperçu au tribunal tout à l'heure, mais je n'ai pas eu le temps de venir vous parler. Dès que la condamnation d'Easton a été prononcée, je me suis précipité à la prison pour l'annoncer à Gregg. Il avait besoin d'entendre une bonne nouvelle, et j'ai l'impression que, pour la première fois depuis le verdict, il y a un semblant d'espoir.

— Eh bien, ce n'est peut-être qu'un début, dit vivement Michael. C'est la raison pour laquelle je vous appelle. Je viens d'avoir une femme au téléphone qui m'a communiqué une information au sujet d'Easton. Si elle dit la vérité, cette affaire va exploser. »

Quand il lui eut rapporté sa conversation avec Isabella Garcia, la réaction de Richard fut celle qu'il attendait :

« Mike, si cette femme est crédible, et si elle est en possession du reçu et du carnet d'adresses, je pense pouvoir faire libérer Gregg sous caution pendant qu'on relance l'enquête. » La voix de Richard prit une intonation vibrante : « Et si nous avons toutes les preuves nécessaires, je pense qu'il n'y aura pas de nouveau jugement. Je serais étonné qu'Emily Wallace demande la réouverture du procès. Elle adressera plutôt une requête au juge Stevens pour qu'il invalide le verdict et annule la condamnation.

— C'est aussi mon point de vue, dit Michael. Ces gens vont arriver d'une minute à l'autre. Nous saurons très vite où cela nous mène. S'ils détiennent vraiment les preuves qu'ils prétendent avoir en main, je vais les inviter sur le plateau de *Courtside* ce soir, et j'aimerais que vous y soyez en même temps qu'eux.

— Mike, je viendrais volontiers, mais je dois avouer que j'ai des sentiments mitigés à leur égard. Je ne suis pas certain de pouvoir garder mon calme. Naturellement, je serai ravi pour Gregg si tout tourne aussi bien. Mais, d'un autre côté, je suis scandalisé que ce type ait gardé pour lui cette information pour la seule raison qu'il avait peur d'un redressement fiscal. C'est pour le moins honteux.

— Écoutez, Richard, je comprends votre sentiment. Il aurait dû se manifester bien plus tôt et je suis sûr que vous le direz de vive voix. Mais si vous participez à l'émission et que vous l'agressez, cela n'aidera en rien Gregg. Vous ne voudriez pas voir se défiler en public quelqu'un qui, jusqu'ici, a eu peur de parler pour une raison ou une autre.

— Je vois ce que vous voulez dire, Mike. Je ne vais pas l'agresser. Je vais peut-être même l'embrasser. Mais vous ne m'ôterez pas de la tête que c'est dégoûtant.

— C'est encore plus dégoûtant si Jimmy Easton a inventé cette histoire sur commande », lui rappela Michael.

Moore se récria :

« Emily Wallace n'aurait jamais fait une chose pareille !

— Je ne dis pas qu'elle l'a fait personnellement, mais réfléchissez : quand la vérité va éclater, une plainte sera déposée pour parjure à l'encontre d'Easton, non ?

— Sûrement.

— Richard, croyez-moi, si un membre du bureau du procureur ou de la police lui a communiqué des informations pour étoffer son témoignage, Easton n'hésitera pas à le dénoncer. Ensuite, il jurera qu'on l'a menacé de la peine maximale pour son cambriolage s'il n'acceptait pas de mentir à la barre des témoins.

— Je suis impatient de voir ça ! s'exclama Moore avec véhémence.

— Je vous rappellerai après avoir parlé au couple Garcia. Bon Dieu, j'espère que nous tenons le bon bout ! »

Peu avant dix-neuf heures, Isabella et Sal Garcia se présentèrent au bureau de Michael. Pendant la demi-heure qui suivit, en présence d'une jeune assistante de production faisant office de témoin, il écouta leur récit.

« C'était un lampadaire en marbre, expliqua Garcia nerveusement. Un type qui tenait une petite boutique de restauration d'antiquités dans la 86e Rue me demandait parfois d'effectuer des livraisons pour son compte. Jimmy Easton travaillait pour moi ce jour-là. Nous avons apporté le lampadaire ensemble.

« La femme de ménage nous a dit de le déposer dans la salle de séjour. Le téléphone a sonné à ce moment-là. Elle nous a demandé de patienter une minute et elle est allée dans la cuisine pour répondre à l'appel. J'ai dit à Jimmy d'attendre son retour pour lui faire signer le reçu. Je m'étais garé en double file et j'avais peur d'attraper une contravention. Je l'ai donc laissé seul dans la pièce. Je ne sais pas combien de temps il y est resté. Puis, la semaine dernière, j'ai reçu un appel de mon ami Rudy Sling. »

Rudy Sling, se souvint Michael. C'est sa femme, Reeney, qui a téléphoné en disant qu'elle pouvait nous dire pour qui Jimmy avait travaillé.

« Rudy m'a rappelé qu'à l'époque où j'avais fait son déménagement à Yonkers, Easton faisait partie de mon équipe, et que sa femme, Reeney, l'avait surpris en train de fouiller dans une commode. Mon idée est que Jimmy a pu ouvrir ce fameux tiroir qui grinçait à la recherche de quelque chose à dérober pendant que j'allais jusqu'au camion et que la femme de ménage était au téléphone dans la cuisine. » Sal avala nerveusement sa salive et saisit le verre d'eau que Liz lui avait apporté.

Reeney Sling et son mari doivent venir demain matin, pensa Michael. Ils pourront confirmer cette histoire. Tous les éléments du puzzle correspondent. Tandis que cet espoir faisait son chemin dans son esprit, il lui vint l'idée saugrenue que Gregg et lui pourraient à nouveau jouer au handball à l'Athletic Club.

Sal Garcia avala le contenu de son verre d'un trait et soupira : « Voilà, je crois que c'est tout, monsieur Gordon. Vous en savez autant que moi sur cette livraison. Mais, pour vous prouver que ce n'est pas une histoire bidon, j'ai retrouvé les reçus d'autres livraisons que j'ai effectuées pour cet antiquaire. »

Mike examina le reçu portant la signature de la femme de ménage et le carnet d'adresses où figurait le nom de Jimmy Easton. Puis il parcourut du regard la douzaine d'autres reçus que lui avait apportés Sal.

Tout y est, se dit-il, tout y est. À peine capable de contenir son excitation, il leur indiqua qu'il aimerait les voir participer à son émission le soir même.

« Bien sûr, dit Isabella. Heureusement que je t'ai obligé à mettre ton plus beau costume et une cravate, Sal, et que maman m'a conseillé de porter ce tailleur ! »

Sal Garcia secoua la tête avec véhémence. « Non, je n'irai pas. Bella, tu m'as convaincu de venir ici et je l'ai fait, mais je ne veux pas apparaître dans cette émission et que tout le monde me méprise. Pas question. Je n'irai pas !

— Tu iras, Sal, dit Isabelle avec fermeté. Beaucoup de gens auraient eu peur, eux aussi, d'avoir des ennuis en disant la vérité. Tu n'es pas différent d'eux. En réalité, tu seras un bon exemple à leurs yeux. Tu as commis une faute et tu la répares. J'en ai commis une moi aussi. J'étais sûre depuis plus d'une semaine que Jimmy Easton avait travaillé pour toi et j'aurais dû fouiller plus tôt dans ces cartons. Si nous avions agi comme il fallait, toi et moi, ce procès aurait pris fin avant que Gregg Aldrich ait été déclaré coupable. La plupart des gens essaieront au moins de comprendre. Et je vais participer à cette émission, que tu viennes ou non.

— Monsieur Garcia, intervint Michael, j'espère que vous allez changer d'avis. Vous vous trouviez chez Gregg Aldrich avec Easton le jour même où, suivant son témoignage sous serment, Easton dit l'avoir rencontré pour organiser le meurtre de sa femme. Il est essentiel que les gens l'entendent directement de votre bouche. »

Sal regarda l'expression inquiète, mais décidée, d'Isabella et vit les larmes qu'elle tentait de refouler. Elle était morte de peur. Ils étaient assis côte à côte sur le canapé du bureau de Michael Gordon. Il passa son bras autour de ses épaules. « Si tu peux supporter ce qui nous attend, alors je le peux moi aussi, dit-il tendrement. Je ne vais pas te laisser y aller seule.

— Formidable ! s'exclama Mike en se levant précipitamment pour leur serrer la main. Je parie que vous n'avez pas encore dîné. Je vais demander à ma secrétaire de vous conduire à la salle de réunion et elle vous fera apporter quelque chose à manger. »

Lorsqu'ils eurent quitté son bureau, il appela Richard Moore : « Venez vite. Richard, ces gens disent la vérité. Le reçu de la livraison a été signé par la femme de ménage de Gregg, celle qui est morte. J'en pleurerais de joie.

— Moi aussi, Mike, moi aussi. » Richard Moore avait la voix enrouée. « Vous savez quoi ? Je recommence à croire aux miracles. Je pars dans deux minutes, je ne devrais pas mettre plus d'une heure pour arriver en ville. Je serai là avant vingt et une heures. » Puis sa voix se brisa : « Je vais d'abord demander à Cole d'aller à la prison informer Gregg. Et je vais appeler Alice et Katie.

— Je regrette de ne pas être là quand elles apprendront la nouvelle », dit Michael, se rappelant l'instant terrible où le mot « coupable » avait été répété douze fois devant la cour.

« J'ai un autre coup de téléphone important à passer, dit Richard, d'un ton plus ferme. Emily Wallace. Et vous voulez mon avis, Mike ? Je pense qu'elle ne sera pas surprise. »

70

Zachary Lanning éteignit la télévision à la fin de la séquence qui le concernait. Revoir le portrait-robot l'avait terrifié tant il était ressemblant. Il ne pouvait pas s'attarder une minute de plus. C'était trop dangereux. Il avait remarqué une petite télévision à la réception, et le vieil employé n'avait pas l'air particulièrement occupé. S'il était encore dans le bureau à dix-huit heures, il avait très bien pu regarder l'émission. À moins qu'il ne soit chez lui en ce moment, assis devant son poste. De toute façon, à la vue de ce portrait, même un cerveau ralenti comme le sien risquait de se mettre à gamberger.

La camionnette était garée dans le parking gratuit, à côté de la loge. Heureusement que le réceptionniste ne lui avait pas demandé le numéro de sa plaque d'immatriculation quand il s'était inscrit. Si les flics débarquaient au motel, le premier venu pourrait leur indiquer la marque et la couleur de la voiture, mais il doutait que quelqu'un se souvienne du numéro minéralogique.

Passant fébrilement en revue les choix qui s'offraient

à lui, Lanning décida de baisser les stores, d'allumer quelques lampes et de quitter les lieux. Il donnerait ainsi l'illusion d'être encore là, du moins jusqu'au lendemain.

Il enrageait à la pensée que, si cet imbécile d'employé ne l'avait pas remarqué, le bungalow lui aurait offert une sécurité relative pour au moins quelques semaines. Le mieux maintenant était d'aller en Caroline du Nord, de trouver un endroit où crécher et de revenir à Glen Rock pour s'occuper d'Emily dans quelques mois, quand l'excitation serait retombée.

Mais quelque chose lui disait que la chance était en train de tourner. Où qu'il aille désormais, il risquait à tout moment de voir une voiture de police débouler derrière lui, sirène et gyrophare en action, le forçant à s'arrêter sur le bas-côté de la route.

Il songea à Charlotte qui avait demandé le divorce et trouvé un juge pour décider que la maison lui revenait. Il pensa à Lou et Wilma, avec lesquelles il s'était montré si bon et qui toutes deux l'avaient abandonné.

À présent, Emily savait sûrement qu'il l'avait espionnée et qu'il avait fouillé sa maison. Il espérait qu'elle avait compris pourquoi il avait laissé le micro en place dans sa cuisine. C'était un message pour la prévenir qu'il reviendrait.

Il se représentait la situation à Glen Rock en ce moment. Bien entendu, se dit-il, Emily est gardée par un policier posté à l'extérieur, au cas où je réapparaîtrais. Mais qui peut affirmer que je ne vais pas la trouver ailleurs que chez elle ? Et qui peut dire que je ne reviendrai pas traîner dans le coin ?

Zach avait laissé toutes ses affaires dans la camionnette. Au moment où il se mettait au volant, décidé à traverser le nord du New Jersey jusqu'au New York Thruway et à trouver un motel dans un de ces bleds endormis sur la route d'Albany, une pensée réjouissante lui vint à l'esprit.

Il avait emporté avec lui la chemise de nuit d'Emily qu'il avait dérobée dans sa commode la semaine précédente. Visiblement, elle ne l'avait jamais portée. Dommage, se dit-il.

Ce serait peut-être agréable de la lui mettre autour du cou, une fois qu'elle serait morte.

71

Emily baissa les stores de la cuisine et mit de l'eau
à bouillir pour les pâtes. Une nourriture énergétique,
se dit-elle. C'est ce qu'il me faut. Merci à Gladys qui
fait tout pour que je ne meure pas de faim. Sa femme
de ménage apportait parfois des boîtes en plastique
avec de la sauce tomate faite maison, ou du potage au
poulet qu'elle mettait dans le congélateur. En ce
moment, la sauce pour les pâtes décongelait dans le
four à micro-ondes.

En attendant, Emily prépara une salade et la plaça
sur le plateau qu'elle porterait dans la salle de séjour.
Ce soir, elle n'avait pas le courage de se plonger dans
le dossier Aldrich. Elle était trop nerveuse. Je suis passée devant la maison de Madeline Kirk hier après-
midi, se répétait-elle, et me suis souvenue de ma résolution de ne pas finir recluse comme elle. Au moment
où je formulais ce souhait, elle était enveloppée dans
des sacs de jardinage et enfermée dans le coffre de sa
voiture.

La douceur de cette journée d'automne avait fait
place au froid de la nuit. En pyjama et robe de

chambre, elle avait monté le thermostat de la chaudière, sans pour autant parvenir à se réchauffer. Que disait Mamie ? se demanda Emily. « Je suis glacée jusqu'aux os. » Après toutes ces années je comprends enfin ce qu'elle voulait dire.

Bess dormait sur un coussin dans la cuisine. Emily sortit du four le pain italien et se versa un verre de vin tout en jetant un coup d'œil à sa petite chienne, comme pour s'assurer qu'elle était toujours là. Si ce fou furieux de Lanning tente de revenir, Bess m'avertira ; elle aboiera de toutes ses forces. Et puis il y a le policier en faction devant la maison, bien sûr. Mon garde du corps personnel, pensa-t-elle. Juste ce qu'il me fallait.

Et si Bess se réjouissait de voir Zach Lanning ? Elle pourrait croire qu'il venait dans l'intention de l'emmener faire un tour. C'est lui qui s'était occupé d'elle quand Emily était allée voir son père et son frère. En voisin complaisant. Elle frissonna au souvenir de l'homme assis dans la galerie plongée dans l'obscurité, avec Bess sur les genoux. J'ai eu de la chance qu'il ne me tue pas cette nuit-là, pensa-t-elle.

L'odeur alléchante de la sauce marinara se répandit dans la cuisine et les spaghettis étaient cuits. Emily les égoutta dans une passoire, en transféra une partie dans un grand bol, sortit la sauce du micro-ondes et la répandit généreusement sur les pâtes.

Elle porta le plateau dans la salle de séjour, le déposa sur la table basse devant son fauteuil et s'assit. Bess se réveilla et vint la rejoindre en trottinant. Il était dix-neuf heures quarante-cinq. Elle allait chercher quelque chose de valable à regarder avant que *Court-side* ne commence. Il y aurait des discussions animées à propos de la sortie de Jimmy Easton. Et ensuite, certainement, de longs commentaires sur Zach Lanning.

Jimmy Easton et Zach Lanning. Un tandem intéressant, se dit-elle en enroulant les spaghettis autour de sa fourchette. Michael Gordon était présent au tribunal aujourd'hui. Il va sans doute montrer une vidéo de la déposition d'Easton. « J'ai fait ce que j'étais censé faire. » Dans quelle mesure son témoignage lui avait-il été soufflé ?

De son fauteuil, elle voyait les sacs contenant les dossiers Aldrich que Jake avait déposés contre le mur de la salle à manger. Je m'y attaquerai dès demain à la première heure, décida-t-elle.

Le téléphone sonna. Pendant un court instant, Emily fut tentée de laisser le répondeur prendre le message, puis elle pensa que c'était peut-être son père qui l'appelait. Il a sans doute entendu les nouvelles concernant Madeline Kirk et il se tourmente pour moi.

Mais c'était Richard Moore : « Emily, j'ai appris qu'un tueur en série avait assassiné votre voisine, et Cole m'a dit qu'il vous harcelait vous aussi. C'est inquiétant. Vous devez être plutôt secouée.

— On peut le dire comme ça, Richard, oui, je suis secouée. Un policier garde la maison nuit et jour.

— C'est ce que j'espérais. Emily, vous devriez regarder *Courtside* ce soir.

— C'était mon intention. Je suppose qu'on y parlera de mon témoin, Jimmy Easton.

— Toute l'émission le concerne, mais il y a davantage que ce qui s'est passé au tribunal. Mike va faire venir un type qui peut prouver que Jimmy a fait une livraison dans l'appartement de Gregg le jour même où il dit avoir touché l'argent du contrat. »

Emily resta un long moment sans pouvoir prononcer un mot. Puis elle dit doucement : « Si c'est le cas, je veux voir cet homme dans mon bureau dès demain matin. Je veux voir cette preuve et, si elle est valable, Gregg Aldrich sera relâché sous caution, et on reprendra l'affaire à partir de zéro.

— C'est ce que je m'attendais à vous entendre dire, Emily. »

Une heure plus tard, ayant à peine touché à son dîner, un bras passé autour de Bess, Emily regarda *Courtside*. Quand l'émission fut terminée, elle alla dans la salle à manger, alluma la lumière et s'empara du premier dossier.

Elle ne se coucha pas de toute la nuit.

72

Le mardi matin, les détenus de la prison d'État se présentèrent à sept heures au réfectoire pour le petit déjeuner. Jimmy Easton avait à peine fermé l'œil. Certains prisonniers l'avaient déjà traité de balance. « Tu serais capable de vendre ta mère, Jimmy, lui avait crié l'un d'eux.

— C'est déjà fait », avait déclaré un autre.

Je vais appeler Moore dès qu'ils me donneront accès à un téléphone, pensa Jimmy. Quand je cracherai le morceau, je sais qu'on tentera de m'accuser de parjure. Ils voudront me faire tomber, mais ils auront toujours besoin de mon témoignage. Moore leur conseillera de se montrer compréhensifs. Et lorsque j'aurai réussi à ridiculiser le bureau du procureur, les taulards riront un bon coup et me foutront la paix.

Il n'avait pas faim, mais il avala quand même son petit déjeuner. Flocons d'avoine, pain, jus d'orange et café. Il n'adressa pas la parole à ses voisins de table. Ils ne lui parlèrent pas. Tant mieux.

De retour dans sa cellule, il se sentit mal fichu. Il s'allongea sur sa couchette mais les brûlures d'estomac ne se calmèrent pas. Il ferma les yeux et remonta ses genoux sur sa poitrine, sentant la douleur, semblable à des charbons ardents, lui déchirer les entrailles. « Gardien, appela-t-il faiblement. Gardien. »

Jimmy Easton comprit qu'il avait été empoisonné.

Sa dernière pensée fut que sa peine avait été réduite.

73

Le mardi matin à neuf heures une réunion se tint dans le bureau du procureur Ted Wesley. Accompagnés de Richard et Cole Moore, Sal et Isabella Garcia étaient venus répéter leur histoire. Richard avait présenté à Wesley et à Emily le reçu et le carnet d'adresses que lui avait remis Garcia.

« Nous apporterons également les déclarations enregistrées sous serment d'un couple qui habite à Yonkers, Rudy et Reeney Sling, dit Richard. Lorsque Jimmy Easton a participé à leur déménagement dans leur nouvelle résidence à Yonkers, il y a presque trois ans, Mme Sling l'a surpris en train de fouiller dans les tiroirs, manifestement à la recherche de quelque chose à voler. »

Tous les participants de l'émission, la veille, avaient été très aimables, pensa Isabella, mais elle avait été outrée d'apprendre que Reeney avait essayé de mettre à profit le fait que Jimmy Easton avait travaillé pour Sal. Voilà ce qu'on appelle des amis ! Quand je pense que Sal leur a pratiquement fait cadeau de leur déménagement quand ils ont dû quitter leur appartement et qu'ils ne pouvaient pas payer ! Et Michael Gordon m'a dit que Reeney allait toucher une partie de la récompense parce que le fait de savoir que Jimmy Easton a tenté de les voler est une information précieuse. Ça prouve que c'est une habitude chez lui.

Emily Wallace était encore plus jolie en vrai qu'à la télévision. Quand on pense à tous les malheurs qu'elle a eus, la pauvre, songea-t-elle encore. Perdre son mari à la guerre. Obligée de subir une transplantation cardiaque. Se retrouver voisine d'un tueur en série qui l'espionnait. Elle doit être drôlement forte. J'espère qu'elle va pouvoir se reposer. Elle s'est démenée pour faire accuser Gregg Aldrich, mais ce n'était pas sa faute. Elle faisait son boulot. Et elle a été si gentille avec nous. Quelqu'un d'autre serait furieux d'avoir tant travaillé à ce procès pour rien.

En tout cas, il y a quelqu'un de furieux, décréta-t-elle : le procureur. Elle ne le trouvait pas sympathique. Il nous a à peine regardés quand nous sommes arrivés. On aurait cru que nous étions des criminels. Elle avait entendu dire qu'il allait être nommé ministre de la Justice. Et le voilà qui fusillait Emily du regard parce qu'elle lui demandait son autorisation pour aller trouver le juge Stevens et faire relâcher Gregg Aldrich sous caution.

J'aimerais beaucoup rencontrer Gregg Aldrich, pensa Isabella. Mais il nous en voudra sans doute terriblement, même si nous avons fini par parler. Peut-être devrais-je lui écrire une lettre d'excuses ? Ou lui envoyer une de ces jolies cartes postales avec « Je pense à vous » ?

Le procureur Wesley disait : « Nous consentirons au rétablissement de la caution. Cependant, Richard, même si Jimmy Easton a menti sur sa présence dans l'appartement d'Aldrich, cela ne signifie pas que ce dernier ne lui a pas proposé de tuer Natalie Raines. »

C'est absurde, pensa Isabella. Elle vit que cette dernière remarque avait mis Richard Moore hors de lui, car il était devenu tout rouge. Il répliqua : « Je doute que personne de sensé puisse croire que Jimmy Easton ait livré un lampadaire à quinze heures chez Gregg Aldrich et y soit retourné une heure plus tard pour toucher un acompte sur un contrat pour meurtre.

— Peut-être pas, répondit sèchement Wesley. Mais n'oubliez pas une chose : avant qu'Easton ne se présente, Gregg Aldrich était le seul suspect dans cette affaire et, en ce qui me concerne, il reste toujours l'unique suspect – et le bon. »

Il ne veut pas admettre qu'il s'est trompé, pensa Isabella, puis elle regarda Emily se lever. Elle était si gracieuse. Cette veste rouge allait à ravir avec ses cheveux bruns. Elle portait un pull à col roulé en dessous. L'opération du cœur avait-elle laissé une cicatrice importante ? se demanda-t-elle.

Emily se tourna vers Isabella et Sal Garcia : « Je sais qu'il vous a fallu du courage pour venir nous trouver. Je vous en remercie.

« Je suis sûre que le juge Stevens est à son bureau, poursuivit-elle à l'intention de Richard Moore. Nous pouvons aller le trouver immédiatement et le mettre au courant. Je vais téléphoner à la prison et leur demander de faire venir M. Aldrich tout de suite. Puis nous pourrons faire inscrire la décision concernant la mise en liberté sous caution. »

Son ton changea quand elle s'adressa au procureur : « Comme vous le savez, j'ai l'intention de prendre deux jours de congé. Je serai chez moi pendant la plus grande partie du temps si vous avez besoin de me joindre. Vous pouvez aussi me contacter sur mon portable. »

Isabella remarqua que le procureur faisait mine de ne pas l'avoir entendue.

Franchement, je détesterais travailler pour *lui*, pensa-t-elle.

74

À dix heures et demie, le juge Stevens remit Gregg Aldrich en liberté sous caution.

Quarante-cinq minutes plus tard, après avoir téléphoné à Alice et Katie, Gregg prenait un café dans un bistrot près du tribunal. « Combien de temps suis-je resté là-bas, Richard ? Environ quatre-vingt-dix heures ? Je ne me souviens même pas du week-end, mais ce furent les heures les plus longues de mon existence.

— Je comprends, dit Richard Moore. Mais vous n'y retournerez jamais, Gregg. Vous pouvez en être certain. »

Gregg avait l'air fatigué. « Vous croyez ? Rien n'est sûr. Je vais être à nouveau le principal suspect dans l'assassinat de Natalie. La police continuera à me soupçonner. Qui empêchera le premier venu de venir raconter une autre histoire tordue ? N'oubliez pas que je ne peux toujours pas expliquer les deux heures que j'ai passées à courir le matin de la mort de Natalie. Je n'ai aucun témoin qui m'ait vu dans le parc. Supposons que quelqu'un du New Jersey vienne soudain raconter qu'il m'a vu à Closter, ce matin-là, dans les parages de la maison de Natalie ou dans son allée. Qu'arrivera-t-il ? Un autre procès. »

Inquiet, Richard Moore le regarda attentivement. « Gregg, voulez-vous dire que vous pourriez vous être rendu dans le New Jersey ce jour-là ?

— Non, bien sûr que non. Je veux dire que je suis encore terriblement vulnérable. Il est possible que j'aie rencontré quelqu'un de connaissance pendant que je courais, mais je ne me suis aperçu de rien tant je me tourmentais au sujet de Natalie. J'étais dans un tel brouillard.

— Gregg, cessez de vous torturer en imaginant que quelqu'un va sortir de nulle part et raconter qu'il vous a vu près de la maison de Natalie ce matin-là. »

Richard Moore lui-même ne paraissait pas très convaincu. C'était peu probable, mais il fallait s'attendre à tout.

« Richard, écoutez-moi bien, dit Gregg. J'ai déclaré à la barre qu'en regardant par la fenêtre de la maison de Cape Cod j'ai pu constater que Natalie semblait particulièrement anxieuse. Elle était recroquevillée en position fœtale sur le canapé. En rentrant à New York, j'étais très inquiet à son sujet tout en m'avouant que j'étais prêt à renoncer à elle. J'étais las des drames perpétuels. Je me rappelais même combien j'avais été heureux avec Kathleen et pensais que c'était ce genre de relation que je voulais retrouver.

— Vous auriez peut-être dû le mentionner à la barre, dit doucement Richard.

— Quel effet aurait eu une telle réflexion ? Richard, j'ai eu le temps de réfléchir dans cette cellule. Supposons que Natalie ait eu peur de quelqu'un ? Certes, personne n'a jamais vu l'homme qu'elle prétendait fréquenter et peut-être n'existe-t-il même pas. Peut-être l'avait-elle inventé pour m'obliger à cesser de l'appeler. Mais supposons qu'elle ait véritablement connu quelqu'un, et que ce quelqu'un l'ait attendue quand elle est rentrée chez elle ?

— Où voulez-vous en venir, Gregg ?

— Je vais vous le dire. Je ne roule pas précisément sur l'or et, sans vous offenser, vous n'êtes pas bon marché. Mais il y a ce détective privé qui travaille pour vous, Ben Smith, n'est-ce pas ?

— En effet.

— Je voudrais l'engager, lui ou un autre que vous me recommanderiez, pour reprendre cette affaire de zéro. J'ai été le suspect numéro un depuis suffisamment de temps. Je ne serai libre que le jour où le meurtrier de Natalie sera démasqué et où je serai innocenté. »

Richard Moore avala la dernière goutte de son café et demanda l'addition. « Gregg, tout ce que vous dites à propos de votre vulnérabilité est exact. Et, par ailleurs, lorsque Ben a cherché à savoir avec qui Natalie pouvait sortir, il a fait chou blanc. Mais, si les Garcia retenaient une information vitale, il est possible que quelqu'un d'autre en fasse autant. Nous allons commencer à chercher dès aujourd'hui. »

Gregg lui tendit la main par-dessus la table. « Je suis heureux que vous soyez de mon avis, Richard. Sinon, nous n'aurions plus jamais bu de café ensemble. Et maintenant, je veux rentrer à la maison, embrasser ma fille et Alice, et prendre la plus longue douche de ma vie. J'ai l'impression que l'odeur de cette cellule me colle à la peau. »

75

Je devrais être fatiguée mais il n'en est rien, songea Emily en s'engageant sur le West Side Highway dans Manhattan. Il existe probablement un lien entre la mort de Natalie et le meurtre de sa colocataire, Jamie Evans, dans Central Park voilà presque vingt ans. D'après la police, Jamie a été victime de l'agresseur qui avait attaqué trois autres femmes dans le parc à peu près à la même heure.

Mais elle a été la seule à être assassinée.

À aucun moment Alice Mills n'a cru qu'il pouvait y avoir un lien entre les deux meurtres et il n'y en a probablement pas. Natalie n'avait jamais rencontré l'homme avec qui sortait Jamie. Elle avait vu sa photo une seule fois et n'était même pas sûre qu'elle se trouvait encore dans le portefeuille de Jamie quand elle a été tuée.

Deux ans et demi plus tôt, au tout début de l'enquête sur le meurtre de Natalie, Billy Tryon s'était rendu au bureau du district attorney de Manhattan pour consulter le dossier de l'affaire Evans et déterminer s'il pouvait exister un rapport, même lointain, entre les deux affaires. Il avait photocopié les documents essentiels et les avait rapportés dans le New Jersey. Ils comprenaient le portrait d'un suspect possible, établi par le profileur de la police suivant la description faite par Natalie de la photo qu'elle avait vue dans le portefeuille de Jamie.

Le dessin représentait un homme d'environ trente-cinq ans avec des cheveux blonds assez longs. Il était plutôt séduisant dans le genre intellectuel, avec des sourcils épais et des lunettes sans monture, des yeux bruns en amande.

Le bureau du district attorney était situé en bas de Manhattan, au 1 Hogan Place. Emily gara sa voiture dans un parking voisin et s'y rendit à pied à travers les rues encombrées. Elle avait pris rendez-vous par téléphone avec le directeur de la police, qui avait chargé l'inspecteur Steve Murphy, un ancien du service, de sortir le dossier Jamie Evans et d'aider Emily quand elle se présenterait.

Dans le hall, un employé prévint Murphy qui vérifia l'heure du rendez-vous. Emily eut alors l'autorisation de franchir la sécurité. L'inspecteur l'attendait à la sortie de l'ascenseur au dixième étage. La cinquantaine, le visage avenant, les cheveux coupés en brosse, il l'accueillit avec un large sourire.

« Vous n'avez donc pas assez de crimes dans le New Jersey, pour venir résoudre chez nous des affaires vieilles de vingt ans ? » lui demanda-t-il en riant.

Il plut aussitôt à Emily. « Nous en avons plus qu'il n'en faut dans le New Jersey, répliqua-t-elle. Vous êtes les bienvenus pour résoudre les nôtres dès que vous voudrez.

— J'ai mis le dossier Evans dans un de nos bureaux près de la salle des inspecteurs.

— Parfait.

— J'y ai jeté un coup d'œil pendant que je vous attendais, dit Murphy en marchant à côté d'elle dans le couloir. À l'époque, on a cru qu'il s'agissait d'un vol qui avait mal tourné. Cette femme a dû résister. Trois autres avaient été agressées dans le parc à peu près à la même heure. Evans fut la seule à être assassinée.

— C'est bien ce que j'avais compris.

— Nous y voici. Ce n'est pas luxueux.

— Je peux vous assurer que chez nous non plus. »

Emily suivit Murphy dans une petite pièce meublée d'un bureau qui avait connu des jours meilleurs, de deux chaises branlantes et d'un classeur.

« Le dossier Evans est sur le bureau. Prenez votre temps. Nous pourrons faire des photocopies de ce qui vous intéresse. Je reviens dans une minute. J'ai quelques coups de fil à passer.

— Je vous en prie. Je vous promets de ne pas être trop longue. »

Emily ne savait pas vraiment ce qu'elle cherchait. Je suis comme ce juge qui essayait de prendre une décision dans une affaire de pornographie, se dit-elle.

Il avait dit : « Je suis incapable de définir la pornographie, mais quand je tiens un cas, je le sais. »

Elle parcourut rapidement la liasse des rapports de police. Elle avait déjà lu bon nombre d'entre eux qui se trouvaient dans le lot que Billy Tryon avait rapporté. Jamie Evans avait été attaquée tôt dans la matinée et étranglée. Son corps avait été traîné depuis la piste de jogging et caché derrière d'épais buissons. Sa montre, son collier, son pendentif, sa bague avaient disparu. Son portefeuille ne contenait plus ni argent ni cartes de crédit et avait été abandonné dans l'herbe, à côté d'elle. Ses cartes de crédit n'avaient jamais été utilisées.

À l'époque du meurtre, Natalie Raines avait fourni à la police une description de l'homme dont elle avait vu une seule fois la photo dans le portefeuille de Jamie. Son amie lui avait confié que celui qu'elle voyait en secret était marié, mais qu'il lui avait promis de divorcer. Natalie avait déclaré qu'à son avis cet individu, qu'elle n'avait jamais rencontré et dont elle ignorait le nom, menait Jamie en bateau.

Natalie était tellement persuadée que ce fiancé mystérieux pouvait être l'assassin de Jamie que la police l'avait convoquée au bureau du district attorney afin de réaliser un portrait-robot.

Jusque-là, rien de nouveau, se dit Emily. J'ai déjà vu tout ça. Mais quand elle arriva au portrait réalisé par le profileur, elle ne put réfréner un sursaut. Le dessin qui se trouvait dans le dossier que Billy Tryon lui avait communiqué dans le New Jersey n'était pas le même que celui qu'elle voyait dans le dossier de New York.

Cet homme-là était séduisant, jeune, avec des yeux bleus, un nez droit, une bouche bien dessinée et une abondante chevelure brune.

C'était un portrait qui présentait une nette ressemblance avec Billy Tryon, en plus jeune. Emily le fixa, stupéfaite. En bas du dessin on lisait : « Est peut-être connu sous le surnom de Jess. »

Steve Murphy était de retour. « Vous avez trouvé une piste à explorer ? »

Emily s'efforça de garder une voix détachée en désignant le dessin : « Je suis consternée mais je crains que mes dossiers aient été mélangés. Ce n'est pas le portrait que j'ai en ma possession. Je suis sûre que l'original, réalisé par votre dessinateur, est conservé quelque part chez vous.

— Certainement. Vous savez comment ça se passe. On fait exécuter le dessin et ensuite on en tire des copies. Nous pouvons vérifier par rapport à l'original. Pas de problème. Mais, à mon avis, s'il y a eu une erreur de classement, elle a dû se produire chez vous. J'étais ici quand cette pauvre fille a été tuée. Ce portrait est bien celui qui se trouvait dans le dossier. Désirez-vous photocopier autre chose ?

— L'ensemble des pièces, si vous n'y voyez pas d'inconvénient. »

Murphy lui lança un regard étonné. « Voyez-vous quelque chose qui pourrait nous aider à résoudre cette affaire ? demanda-t-il vivement.

— Je ne sais pas encore », répondit Emily.

Y avait-il d'autres éléments dans le dossier Evans que Billy Tryon n'avait pas rapportés ? s'interrogea-t-elle en attendant les copies. Billy pouvait-il être ce mystérieux fiancé que Natalie soupçonnait d'avoir assassiné son amie ? Billy Tryon avait-il jamais rencontré Natalie Raines ?

Et, dans l'affirmative, était-ce la raison qui l'avait incité à fabriquer l'histoire de Jimmy Easton et à faire condamner Gregg Aldrich pour le meurtre de Natalie ?

Tout commence à prendre un sens, se dit Emily.

Ce n'est pas un joli tableau, mais les éléments du puzzle se mettent en place.

76

Où mieux se cacher que chez soi ?

L'idée frappa Zach Lanning comme un coup de tonnerre. Lancés à sa recherche, les flics devaient avoir pris la maison d'assaut. Il les imaginait, l'arme au poing, craignant pour leur vie, visitant toutes les pièces et, finalement, déçus de ne pas avoir ferré le poisson.

S'il n'avait craint que le gendre trop curieux d'Henry Link aille le dénoncer à la police au sujet de la camionnette, il se serait attardé un moment dans ce motel minable à cinquante kilomètres au nord de Glen Rock. Il avait dormi à peu près convenablement et s'était senti plutôt en sécurité. Le propriétaire, un vieux binoclard au pas traînant, ne ferait jamais le rapprochement entre lui et le portrait qui était apparu sur son petit poste de télévision.

Mais à quoi bon se raconter des histoires quand la camionnette avait sûrement été signalée et que tous les flics à cent kilomètres à la ronde la recherchaient ?

Il lui restait la possibilité de descendre d'une traite en Caroline du Nord et de tenter de se fondre dans la foule des nouveaux arrivants désireux de s'installer dans l'État. Cependant, le besoin de retrouver Emily était irrésistible. Il allait dormir ici ce soir, décida-t-il, payer quelques jours d'avance et laisser la camionnette sur place. Demain matin, il prendrait un bus jusqu'à Port Authority, à New York, puis un autre pour Glen Rock à la nuit tombée.

Il se glisserait à l'arrière des maisons du voisinage. Avec un peu de chance, le double de la clef qu'il avait gardé fonctionnerait encore. Il pourrait entrer par la porte de derrière et attendre. La maison d'Emily était certainement gardée. Il connaissait la routine. Et elle avait sûrement fait changer les serrures. Mais elle ouvrait toujours la porte de la galerie pour laisser sortir Bess une ou deux minutes avant d'aller se coucher.

Naturellement, Bess aboierait en le voyant. Mais il se serait muni des biscuits dont elle raffolait et il en jetterait un ou deux sur le sol. Le temps de s'introduire à l'intérieur.

C'était un bon plan.

Et il savait qu'il pouvait le réaliser.

77

Emily rentra directement chez elle en sortant du bureau du district attorney. Je dois faire preuve de la plus grande prudence, pensa-t-elle, être absolument sûre de moi. Page par page, mot par mot, elle allait comparer les rapports établis par Billy Tryon deux ans et demi auparavant et le dossier complet sur le meurtre de Jamie Evans qu'elle avait en main.

Les dessins sont complètement différents. Steve Murphy a confirmé qu'un seul portrait avait été réalisé pendant l'enquête et que c'était celui que j'ai vu ce matin, récapitula-t-elle. Combien de comptes rendus Tryon a-t-il négligé de rapporter ? Que vais-je découvrir d'autre ?

En s'engageant dans sa rue, elle constata que le cordon de sécurité entourait toujours la maison de Madeline Kirk, mais avait été ôté devant la sienne et celle de Zach Lanning. Qui serait le nouveau locataire ? De toute façon il ne pourrait être pire que le précédent.

Elle fit un signe de la main au policier en faction dans la voiture le long du trottoir, s'avouant qu'elle était rassurée par sa présence. Le serrurier et les spécialistes de l'alarme viendraient plus tard dans la journée. Elle s'était arrangée pour se réserver quelques heures tranquilles afin d'étudier le dossier Aldrich avant leur arrivée.

L'appel téléphonique de Richard, la veille au soir, a tout changé, songea Emily en descendant de voiture. Avant, je n'aurais jamais imaginé que je me retrouverais ce matin dans le bureau de Ted Wesley, à exiger que Gregg Aldrich soit mis en liberté sous caution. Et lorsque je suis allée à New York, je n'aurais jamais pensé découvrir qu'un de mes inspecteurs avait falsifié une preuve.

Dans la maison, elle fut accueillie bruyamment par Bess. « Tu peux aboyer aussi fort que tu veux, dit-elle en prenant la petite chienne dans ses bras. Non, nous n'allons pas nous promener. Je vais te faire sortir quelques minutes dans le jardin et ce sera tout pour le moment. »

Elle déverrouilla la porte de la galerie et resta debout sur les marches pendant que Bess courait derrière la maison, faisant crisser les feuilles mortes sous ses pattes. La journée avait débuté sous un brillant soleil, mais le temps se couvrait à présent et une odeur de pluie imprégnait l'air.

Emily attendit cinq minutes puis appela : « Un biscuit, Bess ? » Ça marchait à tous les coups, remarqua-t-elle en voyant la chienne se précipiter à l'intérieur. Après avoir soigneusement refermé le verrou, elle lui tendit le biscuit promis et brancha la bouilloire.

Un café lui donnerait un bon coup de fouet. Sinon, je risque de m'endormir, se dit-elle. Et j'ai faim. Je n'ai rien mangé hier soir. L'appel de Richard m'a tenu lieu de dîner.

Grâce à ses achats du dimanche, le réfrigérateur était plein. Elle se prépara un sandwich au jambon et au fromage, un café, et s'assit à la table de la cuisine. À la seconde tasse, stimulée par la caféine, elle se sentit l'esprit clair, prête à affronter ce qui l'attendait.

Elle savait ce qu'elle risquait en attaquant bille en tête Billy Tryon au sujet du portrait-robot qu'il avait apporté de New York. Il exploserait, hurlerait, dirait que ce n'était pas celui qu'il avait mis dans le dossier Aldrich, qu'un abruti de sous-fifre avait dû faire une erreur de classement. Mais pourquoi notre bureau aurait-il un second dessin émanant du district attorney de Manhattan, portant la même date que l'autre, si ce n'était pas Billy qui l'avait rapporté ?

Elle réfléchit : il pourrait rétorquer que le portrait que j'ai entre les mains offre peut-être une certaine ressemblance avec lui, mais pas plus qu'avec quantité d'autres individus. Il pourrait aussi prétendre que le dessinateur avait travaillé sur la base d'une description émanant d'une femme qui n'avait jamais rencontré la personne dont elle parlait.

Si je m'adresse à Ted, alors que la sortie de Jimmy Easton au tribunal l'a rendu furieux, il me répondra probablement que je les ai intervertis moi-même.

J'ai considéré toutes les hypothèses, conclut Emily. Pour une raison ou une autre, Billy a ôté la copie du dessin original quand il a rapporté le dossier dans le New Jersey puis s'est arrangé pour le remplacer par un second. C'est une falsification de preuves. Il ne s'attendait certes pas à ce que je me rende à New York pour consulter le dossier. Mais c'est ce que j'ai fait.

J'ignore quelle sera l'issue de cette affaire, mais quand j'en aurai fini, je reprendrai chacun des dossiers qu'il a traités et dans lesquels des plaintes ont été formulées contre lui. Que cela plaise ou non à son cousin, notre futur ministre de la Justice.

On sonna à la porte.

Bess se mit à aboyer. Emily la prit dans ses bras et alla ouvrir la porte. C'était le serrurier, un homme d'une soixantaine d'années habillé d'un jean et d'un sweatshirt de l'équipe de football des Giants. « Si j'ai bien compris, vous voulez que je vérifie tout, ma p'tite dame, les portes et les fenêtres.

— Oui, c'est bien ça. Et je voudrais que vous posiez les serrures les plus sûres qui existent.

— Rien de plus normal. C'est ce que demandent les gens par les temps qui courent. Vous pouvez me croire. Regardez ce qui est arrivé à votre voisine de l'autre côté de la rue. La pauvre vieille. Il paraît que le cinglé qui l'a tuée est entré par une fenêtre de derrière, pas sorcier. Et elle n'avait même pas d'alarme.

— Je vais en faire installer une nouvelle dès aujourd'hui, dit Emily. Le technicien devrait arriver d'un moment à l'autre. Je voulais que ma petite chienne vous rencontre tous les deux afin qu'elle ne vous dérange pas pendant votre travail. »

Le serrurier regarda Bess. « Autrefois, un chien qui aboyait était considéré comme une protection largement suffisante. (Il se baissa pour lui caresser la tête.) Salut le chien, tu ne me fais pas peur, tu sais. »

Emily regagna la cuisine et mit les assiettes sales dans le lave-vaisselle. Puis, fuyant la compagnie du serrurier qu'elle soupçonnait d'être un bavard impénitent, elle monta dans sa chambre et ferma la porte. Tandis qu'elle enfilait un pantalon et un pull, elle reprit le cours de ses réflexions. En quoi Billy Tryon était-il lié à Jimmy Easton dans l'affaire Aldrich ? Et était-il impliqué dans la mort de Jamie Evans ?

Se pouvait-il qu'il ait été le mystérieux fiancé de Jamie ? Il ressemble indiscutablement à l'homme que Natalie a décrit au profileur de la police. Il a divorcé deux fois. On dit que ses deux femmes avaient fini par se lasser de ses aventures. Jamie Evans était une jeune actrice. Et, d'après la rumeur, il choisit ses petites amies dans le show-business, récapitula-t-elle. J'ai pu le constater moi-même, j'en ai rencontré une la semaine dernière.

Billy a été chargé de conduire l'enquête sur le meurtre de Natalie Raines depuis le début. Quand on a découvert que l'amie de Natalie avait été assassinée des années auparavant, il s'est débrouillé pour aller lui-même à New York consulter le dossier.

S'il a tué Jamie Evans, songea encore Emily, il a dû être pris de panique à la vue du portrait. Et il a décidé de lui en substituer un autre avant de rapporter le dossier.

La sonnette retentit à nouveau. Cette fois, c'était l'homme qui venait changer l'alarme. Après avoir fait les présentations qui s'imposaient à Bess, Emily se rendit compte qu'elle n'arriverait pas à travailler chez elle ce jour-là. Je suis moulue, se dit-elle. Je devrais prendre rendez-vous pour un massage.

Je ne sais même pas par où commencer. Je peux toujours essayer de savoir si Billy a jamais utilisé le surnom de « Jess ».

Il y a aussi une autre question à élucider. Si Natalie Raines semblait véritablement aussi inquiète que l'a dit Gregg Aldrich quand il l'a vue à Cape Cod, se pourrait-il qu'elle soit allée se réfugier dans sa maison après la dernière représentation du *Tramway* ? Pas tant pour se retrouver seule que parce qu'elle voulait échapper à quelqu'un qui lui faisait peur ?

Une seule personne pourrait m'aider à répondre à cette question, pensa Emily. La mère de Natalie. Je ne lui ai jamais vraiment demandé si elle avait été surprise que Natalie parte pour Cape Cod aussi soudainement.

Son téléphone portable sonna au moment où elle s'apprêtait à appeler Alice Mills. C'était Jake Rosen. « Emily, nous venons d'avoir un appel de Newark. Jimmy Easton est mort.

— Quoi ? Jimmy Easton est mort ! Comment ? »

Il lui semblait encore entendre Jimmy dire au juge vingt-quatre heures plus tôt qu'il avait peur de retourner en prison parce que les autres détenus haïssaient les mouchards.

« Ils sont pratiquement certains qu'il a été empoisonné. L'autopsie le confirmera. » Jake marqua une pause, puis reprit : « Emily, cette histoire va faire un barouf de tous les diables, vous le savez comme moi. Certains vont croire que les détenus se sont chargés de le liquider parce qu'il avait coopéré avec la justice. D'autres penseront que quelqu'un s'est chargé de l'empêcher de parler dans l'affaire Aldrich.

— Et ils auront raison, dit Emily. Beaucoup d'accusés coopèrent pour bénéficier de réductions de peine et ils ne finissent pas assassinés pour autant. Jake, je suis prête à parier que Billy Tryon a quelque chose à voir là-dedans.

— Bon sang, Emily, soyez prudente. Vous ne pouvez pas répandre un bruit pareil ! »

Jake paraissait à la fois stupéfait et inquiet.

« Entendu, répondit Emily. Mettons que je n'aie rien dit. Mais j'ai le droit de le penser. Jake, tenez-moi au courant de tout ce que vous apprendrez. Je suppose que je devrais venir au bureau mais je préfère rester ici. Je suis plus tranquille pour travailler. Au revoir. »

Emily raccrocha et s'apprêta à composer le 411. Elle savait que le numéro d'Alice était dans l'annuaire de Manhattan mais elle préférait appeler les renseignements plutôt que de redescendre le chercher en bas. Elle n'en eut pas besoin. Elle se rappela soudain que c'était le 212-555-4237 ! Elle pressa les touches, se félicitant de sa mémoire. À moins que je ne tombe sur le teinturier !

Le téléphone sonna trois fois avant que le répondeur se déclenche. « Ici Alice Mills. Vous pouvez me joindre au 212-555-8456. » Elle se trouvait probablement avec Katie, chez Gregg, pensa Emily.

Elle ne pouvait s'empêcher de revoir le jour où Alice Mills était venue dans son bureau et s'était assise en face d'elle, vêtue de son tailleur noir, l'air désespéré, mais gardant sa dignité. J'ai passé mon bras autour de ses épaules au moment où elle est partie, se souvint Emily.

Je ne voulais pas qu'elle souffre.

Avec un sourire ironique à la pensée de téléphoner chez un accusé contre lequel elle venait de requérir et dont le procès n'était pas terminé, Emily entendit la voix métallique du répondeur indiquer qu'il n'y avait personne et qu'on pouvait laisser un message. « Alice, c'est Emily. Il faut absolument que je vous parle. À la barre, Gregg a dit que Natalie lui avait paru inquiète. Vous n'avez fait aucun commentaire à ce sujet. Mais peut-être avez-vous un avis. Je me souviens qu'elle est partie à Cape Cod aussitôt après la dernière représentation du *Tramway*. Je sais que ceux qui travaillaient avec elle ont tous témoigné, mais je voudrais examiner à nouveau ce point particulier. Il peut s'agir d'un élément important. »

Par exemple que Bill Tryon sortait avec une actrice qui jouait dans la pièce, qu'il avait rencontré Natalie par hasard ce soir-là. Et qu'elle l'avait reconnu après de nombreuses années.

Son portable sonna. C'était la secrétaire de Ted Wesley. D'une voix nerveuse, elle dit : « Emily, le procureur veut vous voir dans son bureau immédiatement. Et il vous prie de rapporter tous les dossiers que vous avez emportés chez vous. »

Trois quarts d'heure plus tard, Emily, Billy Tryon et Jake Rosen se retrouvaient dans le bureau de Ted Wesley. Pâle de rage, ce dernier les toisait avec un mépris non dissimulé. « Je peux vous dire que je n'ai jamais vu une accumulation d'actions plus lamentables, désorganisées, irresponsables, inefficaces que celles que vous avez menées tous les trois. Billy, as-tu vraiment aidé Jimmy Easton à mettre au point le récit qu'il a servi avec tant de conviction à la barre des témoins ?

— Non, Ted, en aucune manière. » Le ton et le comportement de Billy étaient déférents. « Mais pour être précis, quand Easton m'a dit son intention d'écrire à Aldrich pour le prévenir qu'il n'honorerait pas leur contrat, mais ne lui rendrait pas les cinq mille dollars payés d'avance, j'ai suggéré un truc du genre "Vous pouvez les considérer comme un acompte non remboursable." Il a ri et répété plus tard cette phrase à la barre.

— Je ne parle pas de ça, l'interrompit sèchement Wesley. Est-ce que cela signifie qu'il avait déjà concocté toute l'histoire qu'il t'a débitée, et que tous les détails venaient de lui ?

— Absolument, répondit Billy avec énergie. Ted, considérons les faits, même si Emily s'y refuse. Immédiatement après son arrestation à la suite du cambriolage, Easton a dit à la police locale qu'il détenait des informations sur l'affaire Aldrich. Ils nous ont appelés et je suis allé aussitôt sur place. Tout ce qu'il a raconté tenait la route. Il a rencontré Aldrich au bar. Aldrich l'a bien appelé sur son téléphone. Il a décrit l'intérieur de son appartement. Et il savait même que le tiroir grinçait...

— Il était en effet au courant pour le tiroir, rétorqua Emily. M. Garcia a révélé qu'il avait fait une livraison avec Easton dans l'appartement d'Aldrich et qu'à un moment Easton était resté seul dans la pièce. Il a pu vouloir ouvrir ce tiroir pour y chercher quelque chose à piquer et entendre le grincement.

« Et la lettre qu'il a soi-disant envoyée, continua-t-elle. Celle dont vous admettez lui avoir soufflé certains termes ? En êtes-vous l'initiateur ? Elle a donné une meilleure impression de Jimmy et plus de poids à son histoire. »

Sans laisser à Billy le temps de répondre, Wesley s'adressa à Jake Rosen : « Vous étiez là quand Easton a été arrêté. Qu'avez-vous à dire ?

— Monsieur, j'ai assisté à la plus grande partie de la première rencontre au commissariat d'Old Tappan, répondit Jake. Billy n'a pas donné la moindre directive à Jimmy Easton. » Jake se tourna vers Emily. « Je vais

410

être franc, Emily. Il y a toujours eu des frictions entre Billy et vous. Mais je pense qu'en ce moment vous vous montrez injuste envers lui.

— C'est tout ce que je voulais savoir, Jake. Merci. Vous pouvez vous retirer à présent », dit Wesley d'un ton sec.

Quand la porte se fut refermée derrière Jake, Wesley se tourna vers Emily : « Il me semble établi qu'Easton n'a pas eu besoin de conseils pour mettre au point sa déposition. Il n'en a pas eu besoin, pour la simple raison qu'il disait la vérité sur ce qui s'était passé entre Aldrich et lui. Et aujourd'hui, du fait de votre totale absence de jugement, parce que vous n'avez pas ajouté foi à sa crainte de retourner en prison après avoir coopéré, il est mort. Sans mentionner le fait qu'Aldrich est en liberté sous caution et que notre procès est probablement compromis. Pourquoi ne pas avoir accepté que la condamnation d'Easton soit limitée au temps déjà passé en prison ? Tout aurait pu être évité.

— Parce que c'était un criminel professionnel et qu'il aurait continué à s'introduire par effraction chez les gens, répondit fermement Emily. Et que cette fois, quelqu'un aurait pu le payer cher. »

Elle se redressa et poursuivit : « Et il y a un autre élément que vous n'avez pas considéré. Le jury avait entendu qu'il allait être condamné à quatre ans. Si j'avais accepté, par la suite, que la condamnation se limite au temps déjà effectué, Moore aurait déposé une requête pour l'ouverture d'un nouveau procès, arguant du fait que je savais et que Jimmy savait depuis le début que sa peine serait réduite et que les jurés auraient dû le savoir au moment d'évaluer son témoignage. En outre, Moore aurait prétendu qu'Easton était prêt à dire n'importe quoi pour être libéré. Le juge n'aurait pu refuser cette requête.

— Alors vous auriez dû y penser avant le procès, quand vous avez négocié avec lui, lança Wesley. Vous saviez qu'il était incontrôlable et qu'il risquait de se retourner contre vous par la suite. Vous auriez dû lui accorder la liberté conditionnelle dès le début. Il y avait une quantité de recoupements pour corroborer son histoire, quelle que fût la peine encourue. Maintenant l'intégrité de ce bureau va non seulement être contestée, mais directement attaquée. Les médias vont s'en donner à cœur joie. »

En arrivant à la réunion, Emily ne savait pas si elle produirait les deux portraits qu'elle avait gardés dans une chemise. Elle les sortit et les posa devant Wesley. « L'inspecteur Tryon pourra peut-être donner une explication satisfaisante à ceci. Le portrait que j'ai trouvé hier dans le dossier de New York concernant Jamie Evans, l'amie de Natalie Raines qui a été assassinée, n'est pas celui qu'il a rapporté chez nous. Il porte la même date mais la similitude s'arrête là. C'est celui d'une personne complètement différente. »

Ignorant les regards furieux que lui lançaient Wesley et Tryon, elle continua : « Je sais très bien que Billy va prétendre qu'il s'agit simplement d'une erreur de classement. Mais l'inspecteur du bureau du district attorney de Manhattan qui m'a confié le dossier est formel : il n'existait qu'un seul dessin. Je prétends pour ma part qu'il s'agit d'une tentative délibérée de Billy Tryon pour ne pas faire figurer le bon portrait dans le dossier Aldrich. »

Emily se tut, hésitant à révéler le fond de sa pensée. Puis elle prit une longue inspiration. « Je voudrais aussi souligner que le dessin original présente une ressemblance évidente avec Billy Tryon, qui pourrait expliquer qu'il ait voulu à tout prix l'empêcher de nous parvenir. »

Ted Wesley s'empara des dessins et les examina. « Emily, vous êtes en train de porter des accusations qui sont non seulement très graves, mais diffamatoires, pour ne pas dire hystériques. Dois-je comprendre que Natalie Raines n'a jamais rencontré cet homme, et que ce portrait a été réalisé d'après ses souvenirs d'une prétendue photo soi-disant aperçue dans un portefeuille ?

— C'est exactement ce que je m'attendais à vous entendre dire, répondit Emily d'un air de défi. D'une part, je considère que ce portrait ressemble fortement à Billy, et d'autre part il me paraît certain qu'il a délibérément échangé les dessins pour dissimuler quelque chose d'une importance capitale. Et je ne m'arrêterai pas avant d'avoir découvert quoi.

— Ça suffit ! hurla Wesley. J'en ai assez de vos manœuvres visant à diffamer mon meilleur inspecteur. J'en assez de vos manœuvres visant à réduire à zéro le procès Aldrich, ce que vous êtes presque parvenue à faire. Et avez-vous jamais pensé que l'inspecteur de New York pouvait se tromper en affirmant qu'il n'y avait eu qu'un seul portrait ?

« Je vous ordonne de déposer ces dossiers dans mon bureau. Et de ne plus y toucher ! Rentrez chez vous et ne remettez pas les pieds dans ce service jusqu'à ce que je décide des sanctions qui seront prises à votre encontre. Si les médias vous contactent, je vous interdis de communiquer avec eux. Demandez-leur de rappeler directement mon bureau. »

Wesley se leva. « Maintenant, sortez ! »

Emily était surprise qu'il ne l'ait pas virée plus tôt. « Je vais sortir, monsieur, dit-elle. Mais un point encore. Demandez autour de vous si personne n'a jamais connu l'inspecteur Tryon sous le surnom de "Jess". Et vous-même, ne l'avez-vous jamais entendu appeler ainsi ? Après tout, il est votre cousin. »

Ils se regardèrent fixement pendant un moment, sans prononcer une parole. Puis, ignorant Billy Tryon, Emily sortit du bureau de Ted Wesley et quitta le palais de justice.

79

Zach Lanning décida d'attendre le milieu de l'après-midi pour prendre un bus pour New York. Il savait que le terminal de Port Authority grouillait de flics en civil cherchant à repérer dans la foule des criminels dont ils avaient mémorisé le visage. Mieux valait s'y trouver à une heure de pointe.

Il avait déjeuné au motel, dans cet endroit sordide qu'ils qualifiaient de gril. Au moment où il finissait son repas, six clients étaient entrés. De leur conversation bruyante et excitée, il avait retenu qu'ils se rendaient à un mariage à dix-sept heures. Toute la noce est descendue ici, pensa-t-il. Je fais bien de m'en aller. Il aurait juré que deux personnes lui avaient lancé un regard bizarre au moment où il payait l'addition et sortait.

Une fois dehors, il s'aperçut qu'ils avaient garé leurs voitures à côté de sa camionnette. Un souci de plus. L'un d'eux pourrait s'en souvenir quand le gendre d'Henry Link aurait prévenu la police et que les recherches commenceraient.

Il portait un blouson de cuir, un pantalon marron et

une casquette. Voilà la description qu'ils donneraient de lui à la police.

Zach emporta son argent, ses faux papiers, ses téléphones à cartes prépayées, un jean, un sweatshirt à capuche et une perruque grise, le tout serré dans un petit sac.

Il arriva au terminal de Port Authority à dix-huit heures quinze. Comme il l'avait prévu, la foule des banlieusards s'y pressait. Il alla aux toilettes, se changea puis se dirigea vers le quai des bus pour Glen Rock. La pluie cinglait les baies vitrées de la gare. Il n'y aura pas un chat dans les rues, se dit-il. Les passagers que personne n'est venu attendre à l'arrivée vont se dépêcher de rentrer chez eux. Comme moi.

À dix-neuf heures trente, il descendit du bus à Glen Rock. La pluie avait collé sur son front sa perruque grise. C'était une sensation agréable.

Emily. Emily. Me voici.

80

J'ai besoin de dormir un peu, se dit Emily. Je suis vidée. À bout de forces. J'ai abattu mes cartes devant Billy. Pratiquement sans aucune preuve. Même Jake estime que je mène une véritable vendetta contre son collègue.

Maintenant que Jimmy Easton a été assassiné, Ted va devoir répondre à toutes les questions que poseront les journalistes sur la façon dont nous avons réagi aux menaces de Jimmy Easton dans la salle d'audience. Il doit donner l'impression que nous formons un front uni devant les caméras. Il n'a certainement pas envie de me voir dans les parages.

Et la réputation de Jake est en jeu. Il a peut-être été moins présent au premier interrogatoire d'Easton qu'il ne l'a admis et il a peur de le dire, désormais. Je comprends ses craintes. Billy est son supérieur et Ted son employeur.

Elle arriva chez elle à temps pour trouver le serrurier prêt à s'en aller. « Avec ces nouvelles serrures et votre pitbull, vous ne craignez rien, dit-il. Mais souvenez-vous qu'aucune serrure ne vous sera utile si vous oubliez de tourner la clé. Pareil pour le système d'alarme sophistiqué que ces types sont en train d'installer. Bon, content de vous avoir connue. Bonne chance.

— Au revoir. Merci d'être venu si vite. »

Et merci de vous en aller, pensa Emily qui le regretta aussitôt car cet homme s'était montré véritablement serviable.

Il était dix-sept heures quinze. Les techniciens de l'alarme remontèrent du sous-sol. « On a terminé, dit le plus âgé. Demain on viendra installer les caméras. Si vous voulez bien nous suivre à la cuisine, je vous montrerai comment brancher et débrancher le système. Vous pouvez aussi neutraliser des zones déterminées si vous avez envie d'ouvrir certaines fenêtres, par exemple. »

Peinant à rester éveillée, Emily lui emboîta le pas, l'écouta et essaya de comprendre les différences entre ce nouveau dispositif et l'ancien. Lorsqu'il fut parti en promettant de revenir le lendemain, elle laissa Bess gambader dans le jardin pendant une minute. Puis elle ferma le verrou de la porte de la galerie et écouta son répondeur. Déçue, elle constata qu'Alice Mills n'avait pas répondu à son message.

Elle tenta à nouveau de la joindre chez elle puis à l'appartement d'Aldrich. Elle laissa un second message : « Alice, répondez-moi, je vous en prie. Je comprendrais que vous n'ayez pas envie de me parler. Mais je voulais vous dire que le procureur m'a retiré l'affaire et que je vais sans doute être virée. »

La voix tremblante, elle continua : « Je suis certaine que si nous connaissions la raison de l'inquiétude de Natalie, nous découvririons qui l'a assassinée. »

Emily gagna ensuite son living-room, s'assit dans son fauteuil habituel et s'enveloppa dans une couverture. Je vais peut-être m'endormir avant, songea-t-elle, mais je ne voudrais pas rater le début de *Courtside*. Elle régla le signal sonore de sa montre sur vingt et une heures, ferma les yeux et s'endormit sur-le-champ.

L'alarme ne la réveilla pas. Ce fut la sonnerie obstinée de son portable qui finit par la tirer du sommeil. Elle répondit d'une voix pâteuse : « Allô.

— Emily, vous vous sentez bien ? J'ai essayé de vous appeler à trois reprises en une demi-heure. Je commençais à m'affoler. Vous sembliez si bouleversée dans votre message. »

C'était Alice Mills. L'inquiétude sincère qui perçait dans sa voix émut Emily aux larmes. « Non, je vais bien, Alice. Je suis peut-être folle, c'est ce que semble penser notre procureur, mais je crois savoir qui a tué Jamie Evans et sans doute assassiné également Natalie. »

Elle entendit Alice étouffer un cri de surprise et poursuivit : « Il y a sûrement une personne proche de Natalie, un acteur, une maquilleuse, une habilleuse, que sais-je, qui a vu ou entendu quelque chose. Alice, n'avez-vous pas trouvé étrange qu'elle se soit précipitée à Cape Cod comme elle l'a fait ?

— Natalie était angoissée à la pensée de divorcer et de changer d'agent, mais je n'ai jamais pensé qu'elle était inquiète ou effrayée, dit Alice Mills. Emily, ce n'est pas seulement pour Natalie qu'il faut découvrir le coupable. C'est aussi pour Gregg et Katie. Avez-vous regardé *Courtside* ce soir ?

— C'était mon intention, mais je me suis endormie.

— Gregg, Katie et moi étions invités à l'émission. Gregg a raconté combien c'était horrible de vivre avec cette menace perpétuelle d'être considéré comme suspect. Bien qu'il soit fou de joie d'être sorti de prison, naturellement. Katie reprend ses cours demain et je vais rentrer chez moi.

— Dans votre charmant petit appartement à quelques rues du Lincoln Center, dit Emily.

— Je vous ai dit ça ?

— Probablement.

— Emily, il y a une personne que je peux appeler tout de suite et qui ne sera pas couchée. Jeanette Steele est la chef habilleuse de la nouvelle pièce qui se joue au Barrymore en ce moment. Elle, mieux que personne, pourrait savoir quelque chose. Elle était avec Natalie le dernier soir.

— Ce serait formidable. Merci, Alice. »

À peu près réveillée, Emily se leva et alla dans la cuisine. Il est trop tard pour avaler un vrai repas, pensa-t-elle. Peut-être un toast et un verre de vin. Cela devrait m'achever rapidement.

Ses yeux se portèrent vers la fenêtre qui donnait sur la maison voisine. Le store était à moitié relevé. Elle s'approcha et, pendant un moment, regarda au-dehors. Il pleuvait à verse. Quelle nuit épouvantable, pensa-t-elle en baissant complètement le store. Et cette maison me donne toujours la chair de poule.

Avant d'introduire le toast dans le grille-pain, elle alla dans la salle de séjour, sur le devant de la maison, et vérifia que la voiture de police stationnait bien le long du trottoir.

De son point d'observation familier à la fenêtre de sa cuisine, Zachary Lanning regarda avec délectation Emily baisser le store. Comme il l'avait prévu, il n'avait eu aucun mal à pénétrer dans la maison. Il savait que personne ne l'avait vu courir le long de l'allée, derrière chez lui. Il avait enjambé la clôture basse, puis s'était introduit à l'intérieur en quelques secondes.

Il avait préparé les biscuits pour Bess. Emily était visiblement sur le point d'aller se coucher. Elle ferait sortir la chienne une dernière fois, l'alarme serait alors débranchée. Bess se mettra à aboyer quand elle me sentira approcher, se dit-il. Emily ne s'en inquiétera pas sur le moment. Cet animal aboie après tout ce qui bouge.

Je serai déjà à l'intérieur. Même si le flic rapplique en entendant les aboiements, il me suffira de quelques secondes pour la tuer. Si je m'en tire, tant mieux. Sinon, tant pis.

J'en ai assez de fuir.

Alice Mills rappela à vingt-deux heures quarante-cinq. « Emily, j'ai joint mon amie, Jeanette Steele, la chef habilleuse. Elle se trouvait avec Natalie ce soir-là. Elle dit qu'elle était rayonnante après la dernière représentation. Les applaudissements avaient duré plusieurs minutes.

— Est-elle restée avec Natalie jusqu'au moment où elle a quitté le théâtre ?

— Presque jusqu'à la fin. D'après Jeanette, Natalie s'était changée et s'apprêtait à quitter le théâtre. Elle était morte de fatigue, bien sûr, et avait dit qu'elle ne recevrait aucun visiteur dans sa loge. Mais le producteur avait frappé à sa porte. Un acteur très connu, Tim Moynihan, était venu avec des amis et désirait la voir. Natalie s'était laissé convaincre et avait fait entrer Moynihan et ses amis. C'est à ce moment-là que Jeanette est partie. »

Moynihan, réfléchit Emily. Timothy Moynihan. C'est un des amis proches de Ted. Je me demande s'il connaît Billy. « Alice, j'ai rencontré Tim Moynihan, il y a quelques jours, je suis certaine que c'est le maillon qui nous manque. Vous n'avez pas son numéro de téléphone par hasard ?

— Non, mais je ne serais pas étonnée que Gregg l'ait, ou puisse l'obtenir rapidement. J'ignore s'il a rencontré Moynihan personnellement, mais je suis sûre qu'il connaît certains de ses amis ou des gens qui participent à sa série télévisée. Ne quittez pas. »

Un moment plus tard, Alice était de retour. « Emily, Gregg va obtenir le numéro de Tim Moynihan. Pendant que nous attendons, je voudrais vous dire que je me fais du souci pour vous. Soyez prudente, je vous en prie.

— Si vous saviez le nombre de serrures et d'alarmes qui me protègent. Sans parler de la voiture de police plantée devant ma porte.

— J'ai lu un article sur cette femme qui a été assassinée dans votre rue par un tueur en série. Quand on pense qu'il habitait tout près de chez vous.

— Bon, il n'est plus là maintenant, dit Emily en prenant un ton détaché pour ne pas inquiéter davantage Alice.

— Quand même, je ne suis pas tranquille. Oh, une minute. Gregg aimerait vous parler. »

Emily avala péniblement sa salive.

« Madame Wallace, Gregg Aldrich à l'appareil.

— Monsieur Aldrich, je ne cherchais pas à vous parler en particulier. Je ne le ferais qu'en présence de votre avocat ou du moins avec son autorisation. Je voulais seulement m'entretenir avec Alice.

— Je sais, répondit Gregg. Mais, au risque d'enfreindre les règles, je voulais de mon côté vous dire que je n'ai aucune animosité à votre égard. Jimmy Easton s'est montré un témoin convaincant et c'était votre rôle de m'attaquer lors de ma déposition. Vous ne faisiez que votre travail. Et disons que vous l'avez très bien fait.

— Merci. C'est très généreux de votre part.

— Pensez-vous sincèrement tenir une piste concernant le meurtrier de Natalie ?

— Oui, je le crois.

— Pouvez-vous m'en dire un peu plus sur cette information ou cette intuition ?

— Monsieur Aldrich, il ne m'est pas possible d'en dire davantage pour le moment, mais si ce que j'espère apprendre se vérifie, j'en informerai aussitôt Richard Moore.

— Entendu. Ne m'en veuillez pas d'avoir posé la question. Voici le numéro de téléphone de Tim Moynihan. C'est le 212-555-3295. »

Emily nota le numéro. « Je vous promets que vous serez bientôt au courant.

— Très bien. Bonne nuit, madame Wallace. »

Emily garda le téléphone dans sa main une longue minute avant de le replacer sur son support. C'était tellement étrange de se sentir si proche d'Alice et de Gregg quand elle leur parlait. D'avoir l'impression de si bien les connaître. Mais il est vrai qu'Alice lui avait plu dès leur première rencontre.

Et Gregg Aldrich ? songea-t-elle. Combien de fois ai-je dû me forcer parce que je ne voulais pas affronter la vérité ? C'est peut-être ce qu'a dit Alice – dans le fond de mon cœur, j'ai su dès le premier jour qu'il était innocent.

Même ce cœur d'emprunt le savait.

Elle considéra le numéro de Tim Moynihan. Il risque d'être couché et furieux si je le réveille. Mais je ne peux pas attendre. Respirant un bon coup, elle composa le numéro.

Moynihan répondit presque aussitôt. Emily entendit des voix en arrière-plan et en déduisit que la télévision était allumée. Au moins n'était-il pas au lit. Elle se présenta et il fut visiblement surpris d'entendre sa voix.

Elle parla sans détour : « Je sais qu'il est horriblement tard pour téléphoner mais c'est très important. Je viens d'apprendre que vous étiez allé voir Natalie dans sa loge lors de la dernière représentation du *Tramway*. Vous n'y avez pas fait allusion au dîner chez les Wesley l'autre soir. Pourquoi ? Nous avons pourtant parlé du procès.

— Pour vous dire la vérité, Ted nous avait recommandé de ne pas évoquer le procès et, en particulier, de ne pas mentionner que nous avions assisté à la pièce ni que nous nous étions arrêtés dans la loge de Natalie. Il savait que vous étiez fatiguée et soumise à une énorme pression. Il voulait que cette soirée vous permette de vous détendre et d'oublier votre travail.

Souvenez-vous, le nom de Natalie n'a été évoqué que d'une manière très générale. »

Emily n'en croyait pas ses oreilles. « Êtes-vous en train de me dire que Ted Wesley assistait à la dernière représentation de la pièce et qu'il s'est arrêté dans la loge de Natalie ?

— Oui. Nancy et lui nous avaient accompagnés, Barbara et moi, ainsi qu'un autre couple d'amis. » Tim Moynihan changea de ton : « Emily, que se passe-t-il ? Quelque chose ne va pas ? »

Non, quelque chose ne va pas du tout, pensa-t-elle. « Tim, vous connaissez le cousin de Ted, Bill Tryon ?

— Bien sûr. Qui ne connaît pas Billy ?

— Était-il avec vous ce soir-là dans la loge de Natalie ?

— Non. Nancy ne l'a jamais beaucoup apprécié. Vous savez combien elle peut se montrer distante.

— Tim, peut-être pouvez-vous me renseigner. Billy a-t-il jamais été surnommé Jess ? »

Un sourire perçait dans la voix de Moynihan quand il répondit : « Pas Billy. C'était le surnom de Ted. Il s'appelle Edward Scott Jessup Wesley. Il n'utilise jamais "Jessup" professionnellement mais, il y a une vingtaine d'années, il tenait parfois un petit rôle dans un de mes feuilletons. Il se faisait appeler "Jess Wilson". »

Emily chercha à deviner. « C'était à peu près la période où Nancy et lui avaient des problèmes, n'est-ce pas ?

— Oui, ils avaient décidé de se séparer pendant quelques mois. Cette situation le rendait très malheureux. »

Tu parles, pensa Emily. Il sortait avec Jamie pendant ce temps-là. Il lui avait promis de divorcer puis, voyant qu'il traînait les pieds, elle l'avait probablement menacé d'aller tout révéler à sa femme.

Je parie qu'il ne l'a pas tuée lui-même, que c'est Billy qui a fait la sale besogne pour lui, et je parie que Natalie l'a reconnu le soir de la dernière représentation et qu'il le savait. Et elle a compris qu'il le savait. Voilà pourquoi elle avait peur.

Et lui aussi ressemble au portrait-robot. À l'original, pas à celui qui lui a été substitué... Billy et lui ont un air de famille. Leurs mères sont sœurs. Il ne m'est jamais venu à l'esprit que ce pouvait être lui.

Elle remercia Tim Moynihan, raccrocha et se leva. Elle resta immobile, s'efforçant d'appréhender la réalité effrayante de ce qu'elle venait d'apprendre. L'homme qui allait devenir ministre de la Justice des États-Unis, le principal gardien de la loi de ce pays, était responsable du meurtre de deux femmes, à presque vingt ans d'écart.

Emily entendit l'alarme d'une maison voisine se déclencher. Puis quelqu'un frappa violemment à sa porte. Sans doute le policier en faction, pensa-t-elle. Il vient me prévenir qu'il va vérifier la cause de cette alarme et qu'il revient immédiatement après. Elle se hâta d'aller ouvrir. C'était Billy Tryon. Il se rua à l'intérieur, la fit tomber à terre et claqua la porte.

« Emily, dit-il tandis qu'elle se recroquevillait, terrorisée, sur le sol, vous êtes vraiment moins intelligente que vous ne le croyez. »

83

Certain qu'Emily était prête à faire sortir Bess, et trop impatient pour attendre plus longtemps, Zach Lanning se tenait à l'arrière de la maison quand il entendit l'alarme se déclencher à proximité puis sentit une odeur de fumée. Il vit que la maison au coin de la rue était en feu. Le voisinage allait bientôt grouiller de pompiers et de flics.

À l'intérieur, il entendait la chienne aboyer furieusement. Il ne pouvait pas attendre plus longtemps. Le flic en faction devant la maison s'était précipité vers l'incendie. C'était le moment de s'introduire dans la maison d'Emily. Il courut jusqu'au soupirail qui donnait dans l'atelier du sous-sol et l'enfonça. Puis, écartant du mieux qu'il pouvait le verre brisé, il se glissa à travers l'étroite ouverture et sauta.

Il avait du sang sur le visage, mais il n'y prêta pas attention. L'incendie avait été un signe. C'était le bout de la route. Tâtonnant dans le noir, il tendit la main vers le marteau qu'il se rappelait avoir vu accroché au mur et commença à grimper l'escalier. Son intention première était de l'étrangler lentement, pour la sentir se débattre dans ses bras, l'entendre le supplier.

Mais il n'en aurait pas le temps. Le flic qui la protégeait n'allait pas tarder à revenir.

Une marche après l'autre, Lanning gravit l'escalier, son sang dégouttant sur le plancher. Il ouvrit la porte qui donnait dans la cuisine. Bess aboyait dans la salle de séjour. Il s'était attendu à ce qu'elle se précipite vers lui. Mais il entendit une voix masculine.

Non ! Ce n'était pas possible ! comment Emily osait-elle être avec un autre quand il venait lui rendre visite ? Il en tremblait de rage. Sans faire de bruit, il parcourut la courte distance qui le séparait du séjour puis s'immobilisa. L'homme qui était dans la pièce pointait un pistolet vers la tête d'Emily tout en la poussant brutalement dans un fauteuil.

Il entendit alors Emily crier : « Vous ne vous en tirerez pas cette fois-ci, Billy. Et vous le savez. C'est fini pour vous, et c'est fini pour Ted.

— Vous vous trompez, Emily. Je regrette d'avoir dû allumer cet incendie pour éloigner le flic. Tout le monde pensera que ce cinglé de Lanning est revenu pour vous.

— Le cinglé est effectivement revenu », dit Lanning, souriant, en levant le marteau pour l'abattre sur la tête de Billy Tryon. Le pistolet partit au moment même où la porte d'entrée s'ouvrait brutalement. Tandis qu'Emily s'affaissait, le sang giclant de sa jambe, deux policiers maîtrisèrent Lanning, lui arrachèrent le marteau et, le plaquant au sol, lui menottèrent les mains derrière le dos.

À demi consciente, Emily entendit une voix stupéfaite s'écrier : « Bon Dieu, c'est Billy Tryon ! Il est mort ! »

Puis l'obscurité l'enveloppa.

Le lendemain, à l'hôpital d'Hackensack, Emily reçut la visite de Gregg Aldrich et d'Alice Mills. Elle savait qu'ils allaient venir et était assise dans un fauteuil. Alice s'élança vers elle et la prit dans ses bras. « Ils auraient pu vous tuer. Grâce au ciel vous êtes saine et sauve !

— Allons, Alice, vous êtes censée remonter le moral de la personne que vous venez voir à l'hôpital », dit Gregg Aldrich en souriant. Il apportait un bouquet de roses. « Emily, merci de m'avoir rendu la vie. Richard Moore m'a dit que le procureur avait été arrêté et qu'il va être inculpé des deux meurtres de Natalie et de Jamie Evans.

— C'est exact, répondit Emily. Je suis restée évanouie à peine quelques minutes. Quand j'ai raconté les faits aux policiers, ils ont joué au plus fin avec Ted Wesley. Ils lui ont dit que Billy avait été pris chez moi et qu'il avait reconnu avoir tué Natalie et Jamie pour son compte. Ted était pétrifié. Il s'est effondré et a tout avoué. Donc, j'imagine que j'ai toujours mon job. Et j'imagine qu'il n'ira pas à Washington. »

Gregg Aldrich secoua la tête. « Je n'ai jamais compris comment toute cette histoire avait pu arriver. Mais c'est fini désormais. » Il prit la main d'Emily puis se pencha et l'embrassa sur la joue. « Je dois vous confier une chose. Je ne sais pas pourquoi, mais par certains côtés vous me faites penser à Natalie. Je suis incapable de l'exprimer clairement. Mais vous lui ressemblez.

— C'était sans doute quelqu'un de merveilleux, dit Emily. Je suis heureuse de vous la rappeler. »

Gregg se tourna vers Alice. « Vous êtes d'accord avec moi, Alice ?

— Je comprends ce que vous voulez dire, répondit doucement Alice, prenant à nouveau Emily dans ses bras. Nous allons vous quitter à présent et vous laisser vous reposer. Je vous téléphonerai demain pour avoir de vos nouvelles. »

Seigneur, pensa Alice, bien sûr qu'elle lui ressemble ! C'est le cœur de Natalie qui bat dans sa poitrine. Elle revoyait soudain le jour où, brisée par le chagrin, elle avait autorisé son médecin à faire don du cœur de Natalie à l'une de ses patientes, une jeune veuve de guerre qui n'aurait sans doute pas survécu sans une greffe dans les plus brefs délais.

Je n'ai pas eu besoin de lire le récit de la transplantation qui avait eu lieu dans l'hôpital de New York où le cœur de Natalie venait d'être prélevé. Je n'ai pas eu besoin de savoir que c'était mon médecin qui avait opéré Emily. Dès l'instant où je me suis trouvée pour la première fois en face de cette jeune femme, dans son bureau, j'ai su que Natalie était devant moi.

Les larmes aux yeux, elle se retourna pour dire au revoir à Emily. Elle ne doit jamais savoir, se dit-elle. Gregg ne doit jamais savoir. Leurs vies doivent continuer. Alice savait qu'elle reverrait rarement Emily désormais. Elle devait la laisser vivre sa vie. « Emily, dit-elle, j'espère que vous allez prendre des vacances, vous remettre et profiter de l'existence. »

Emily sourit. « Je croirais entendre mon père. Au moment où nous parlons il est dans l'avion pour venir me voir. » Puis, sans raison, spontanément, elle ajouta : « Je sors demain de l'hôpital et, samedi soir, je dois rencontrer un chirurgien orthopédiste. Je suis impatiente de faire sa connaissance. »

Vraiment impatiente, pensa Emily quand elle fut à nouveau seule.

Je suis prête maintenant.

REMERCIEMENTS

Nous vivons une époque où la médecine accomplit des miracles. Tous les jours des vies sont sauvées qui, il y a seulement une génération, auraient été perdues. J'ai souvent abordé ce thème dans mes romans et j'aime raconter ce genre d'histoires.

C'est toujours avec le même plaisir que je commence mes remerciements par Michael Korda, mon éditeur et ami qui, avec l'aide d'Amanda Murray, éditrice senior, me guide et m'encourage de la page un jusqu'au mot « Fin ». Mille mercis.

Merci comme toujours à Gypsy da Silva, responsable du travail éditorial, à mon attachée de presse Lisl Cade, et à Irene Clark, Agnes Newton et Nadine Petry, mes lectrices attentives. Quelle formidable équipe j'ai à mes côtés.

Mes remerciements les plus chaleureux au Dr Stuart Geffner, directeur du service de transplantation des reins et du pancréas au Centre médical Saint-Barnabas de Livingston, New Jersey, pour avoir si aimablement répondu à mes questions concernant les transplantations cardiaques.

Et un merci tout particulier à Lucki, l'adorable bichon maltais qui appartient à ma fille Patty et à mon petit-fils Jerry. Lucki a servi de modèle à Bess, la chienne d'Emily. Je lui dois bien une friandise.

Mary Higgins Clark
dans Le Livre de Poche

PARMI LES TITRES LES PLUS RÉCENTS

Le Billet gagnant   n° 37050

Alvirah et Willy ont touché le gros lot. Femme de ménage,
plombier, les voici désormais milliardaires. Les ennuis vont
commencer… Dans leur luxueux appartement de Central
Park, Alvirah et Willy découvrent un cadavre dans le placard… Uni pour le meilleur et pour le pire, le couple attire
la convoitise : attention aux kidnappeurs ! Et même une
reposante cure thermale peut tourner au cauchemar peuplé
de malfaiteurs… L'argent ne fait pas forcément le bonheur :
il suscite l'envie, des désirs parfois peu avouables. Menaces,
meurtres, kidnappings… sont aussi la rançon de la gloire et
l'occasion pour Mary Higgins Clark de ciseler huit petits
chefs-d'œuvre d'angoisse et de suspense.

Deux petites filles en bleu   n° 37257

Goûter d'anniversaire chez les Frawley : on fête les trois ans
des jumelles, Kelly et Kathy. Mais, le soir même, de retour
d'un dîner, les parents sont accueillis par la police : les
petites ont été kidnappées.

Après avoir rassemblé les huit millions de dollars de la rançon, Steve et Margaret entrent en contact avec le ravisseur. Le jour de l'échange, cependant, seule Kelly est là. Qu'est-il advenu de Kathy ?

Alors que tout espoir semble perdu, Kelly affirme que sa sœur est bien vivante, comme si les enfants communiquaient par télépathie…

La nuit est mon royaume   n° 37121

Soirée de gala et de retrouvailles à Cornwall, dans le comté de New York : les anciens élèves de la Stonecroft Academy fêtent le vingtième anniversaire de la création de leur club. Parmi les invités d'honneur, l'éminente historienne Jean Sheridan, qui retrouve sa ville natale. Mais le sourire de Jean ne parvient pas à cacher sa tension : elle vient de recevoir des menaces à l'encontre de sa fille. Et lorsqu'elle apprend qu'une des anciennes étudiantes de Stonecroft vient d'être retrouvée noyée dans sa piscine – c'est la cinquième élève à succomber à un décès brutal et mystérieux –, sa peur redouble. D'autant que, autour du buffet, les langues se délient et le passé refait surface. Le spectre d'une jeune femme assassinée des années auparavant dans d'étranges circonstances rôde. Et si l'assassin était parmi les invités ? Mary Higgins Clark défie la logique d'un tueur en série. Et nous fait frémir, plus que jamais.

Où es-tu maintenant ?   n° 31636

Cela fait dix ans que Mack a disparu. Dix ans qu'il téléphone à sa famille, chaque année, à l'occasion de la fête des mères. Sans rien dire de lui. Même la mort de son père dans la tragédie du 11 septembre ne l'a pas fait revenir. Sa sœur Carolyn décide de le retrouver coûte que coûte. Malgré l'avertissement glissé à leur oncle, un prêtre, dans la corbeille de la quête à l'église : « Dites à Carolyn qu'il ne faut pas qu'elle me cherche. » Son enquête va conduire celle-ci sur les traces de plusieurs jeunes filles assassinées dans le quartier où vivait Mack. Est-il le *serial killer* recherché par la police ou la victime d'une horrible machination ? Un puzzle haletant où Mary Higgins Clark brouille les pistes avec un talent diabolique pour nous entraîner dans un de ses meilleurs suspenses.

Rien ne vaut la douceur du foyer   n° 37183

Elle s'était juré de ne jamais revoir la maison où sa mère était morte, où elle l'avait tuée. Bien sûr, elle n'était qu'une enfant, c'était un accident, mais pour beaucoup Liza Barton était une criminelle. Les années ont passé. Liza, devenue Celia, connaît enfin le bonheur. Jusqu'au jour où Alex, son mari, à qui elle n'a jamais rien dit, lui fait une surprise en lui offrant une maison dans le New Jersey… Mendham, la maison de son enfance. En guise de bienvenue, ils trouvent cette inscription, en lettres rouge sang : « Danger ! » Quelqu'un connaît la véritable identité de Celia et tente de lui faire endosser un nouveau crime. Un suspense à la mécanique implacable dont Mary Higgins Clark a le secret.

Toi que j'aimais tant   n° 37000

Après avoir passé vingt-deux ans derrière les barreaux pour le meurtre de la jeune Andrea, Rob Westerfield sort de prison avec un seul but : obtenir la révision de son procès pour retrouver son honneur et mériter l'héritage que sa richissime grand-mère hésite à lui transmettre. Mais c'est compter sans la détermination d'Ellie, la sœur de la victime, une journaliste pugnace que les menaces n'intimident pas – et qui fera bientôt des découvertes terrifiantes.

Une seconde chance n° 37058

Nicholas Spencer, directeur d'un centre de recherche médicale, disparaît dans un mystérieux accident d'avion. Peu après, le vaccin anticancéreux sur lequel travaillaient ses laboratoires se voit refuser l'autorisation de mise sur le marché et Spencer est soupçonné d'avoir détourné des sommes considérables et ruiné les petits actionnaires de sa société. Carley, la jeune journaliste chargée de couvrir l'enquête (et belle-sœur de Spencer), se trouve rapidement confrontée à des questions troublantes. Et si Spencer était la victime d'un coup monté ? Si l'accident d'avion n'était qu'une mise en scène ? Pourquoi les autorités médicales, favorables à la sortie du vaccin, ont-elles brusquement changé d'avis ? Carley s'approche alors de la vérité. Dangereusement…

UNE SI LONGUE NUIT
ET NOUS NOUS REVERRONS
AVANT DE TE DIRE ADIEU
DANS LA RUE OÙ VIT CELLE QUE J'AIME
TOI QUE J'AIMAIS TANT
LE BILLET GAGNANT
UNE SECONDE CHANCE
ENTRE HIER ET DEMAIN
LA NUIT EST MON ROYAUME
RIEN NE VAUT LA DOUCEUR DU FOYER
DEUX PETITES FILLES EN BLEU
CETTE CHANSON QUE JE N'OUBLIERAI JAMAIS
LE ROMAN DE GEORGE ET MARTHA
OÙ ES-TU MAINTENANT ?
L'OMBRE DE TON SOURIRE

En collaboration avec Carol Higgins Clark :

TROIS JOURS AVANT NOËL
CE SOIR JE VEILLERAI SUR TOI
LE VOLEUR DE NOËL
LA CROISIÈRE DE NOËL
LE MYSTÈRE DE NOËL